CETTE AUTRE VIE

"Lettres allemandes"

Titre original :
Ein mögliches Leben
Éditeur original :
Ullstein Buchverlage

ISBN 978-2-330-17389-0

HANNES KÖHLER

Cette autre vie

roman traduit de l'allemand
par Justine Coquel

ACTES SUD

À Paula

I suppose if a man has something once,
always something of it remains.

Ernest Hemingway

PROLOGUE

Il enfonce les mains dans le sable humide, bouge les doigts, sent le frottement des grains sur la peau. Il a les jambes pliées et fixe ses bottes, le cuir usé, incrusté de terre. Son index heurte quelque chose de dur, peut-être un coquillage, il le touche, c'est un caillou, mobile, il utilise ses autres doigts pour l'attraper, l'extraire du sol. Il essuie avec le pouce la surface lisse, noire et brillante. Il penche le haut de son corps un peu plus en avant, entrouvre les lèvres et pose la pointe de la langue sur le caillou. Le goût du sel, du sel marin, il sent l'amertume et un léger picotement métallique. C'est donc ça, le goût de la Normandie, pense-t-il en levant la tête.

La rampe avant d'un engin de débarquement s'abat sur le sable, son claquement annonce le retour du tangage des bateaux dans le déferlement des vagues, l'odeur du diesel et du brûlé, les cris des commandos, le ronronnement des panzers qui font gicler le sable humide derrière eux en grimpant la première côte au sortir de l'eau. Au loin, toujours plus de bateaux de plus en plus grands, la proue béante. Les soldats avancent, les jeeps et les camions les précèdent ; sur les zones de chargement toujours plus d'hommes, toujours plus de casques ronds, toujours plus d'uniformes verts, toujours plus. Le temps tourne en boucle, les mêmes images encore et toujours, plus de bottes dans le sable, toujours plus de machines ; comme si les soutes des bateaux étaient aussi profondes que la mer et plus profondes encore, comme si ce déferlement de loups de mer vert algue n'en finissait pas.

Il regarde autour de lui, observe les camarades assis à côté de lui dans le sable, les yeux écarquillés, leurs rares effets personnels aux pieds. Il devine la crainte, la tristesse. Les rouleaux de barbelés jetés avec indifférence autour d'eux, la plupart des gardes leur tournent le dos, eux aussi contemplent le spectacle qu'offre le littoral, certains accompagnent de sifflements et de rires le débarquement de quelques bateaux ou engins. Et ce n'est toujours pas fini, il aperçoit les prochains bateaux valser au-dessus des vagues suivis de navires encore plus gros, la vapeur qui s'en dégage, de curieux petits zeppelins attachés à des cordes en métal flottent au-dessus, il entend le bourdonnement des avions jaillir de nuages bas. Une pluie très fine s'abat sur les visages tel un léger voile. Il serre les poings, serre fort, la pointe du caillou transperce sa peau.

— Pauvre Allemagne, dit un camarade dont le bandage autour du front s'est obscurci. Il secoue la tête. Pauvre Allemagne.

Ils sont peut-être une centaine d'hommes ; après une nuit dans un champ, on les a fait marcher dans le sable, les mains derrière la tête, à leurs côtés les Américains. Franz pense aux autres, à tous ceux qui n'ont pas encore été attrapés là-dehors, aux camarades en fuite ou dans l'arrière-pays pour lesquels le combat continue. Il pense à Essen, à Katernberg, la maison, sa mère et son frère. Pauvre Allemagne. Il devait faire partie de la contre-offensive, faire partie des sauveurs, désormais il n'est que spectateur. Il a honte, pas seulement d'avoir été fait prisonnier ni d'être assis dans le sable, mais du soulagement, ce sentiment de pouvoir respirer de nouveau, sentir l'air marin pénétrer dans les poumons. *Fini* est le mot qui revient sans cesse, et même s'il essaye encore si souvent de l'enfouir dans ses pensées, il remonte à la surface comme une bouteille à la mer. Quel genre de soldat es-tu, quel genre d'Allemand es-tu ? Il porte le poing à ses lèvres et passe la langue dessus. Le caillou pétille dans sa bouche et avec lui l'espoir de ne plus avoir à combattre. Il a essayé d'être un bon soldat, il a essayé mais on ne l'a pas laissé faire, on ne lui a pas laissé le temps. Après quelques semaines de formation au front, à l'époque sans même savoir qu'il s'agirait d'un front. La Normandie, les vacances en France, les Françaises, a dit quelqu'un. Tu es mineur de fond, pense-t-il, voilà ce que tu es. Il lève la tête. Personne ne fait attention à lui, personne ne parle, tous fixent le déferlement, les bateaux et les Américains. Il ouvre la poche de poitrine de sa veste d'uniforme pour y glisser le caillou.

Les heures passent, des heures sous la pluie, dans le vent, des heures de somnolence faisant basculer sa tête vers les genoux, et quand il se réveille en sursaut, les bateaux sont toujours là, les camions et les soldats, avec la même constance que les rouleaux du déferlement. Ce n'est que le soir, quand ils ont reçu l'ordre de se lever et de descendre vers l'eau, que le flot s'épuise, que les entrailles sont vides. Mais si les entrailles sont vides, et ça il le comprend quand il voit les camarades débarquer depuis d'autres points de la plage ou de la corniche, elles le sont uniquement pour pouvoir l'accueillir lui et tous les autres Allemands. Partout les mêmes coupes de cheveux aplaties par la pluie, les mêmes uniformes gorgés d'eau, les visages mal rasés, les yeux qui transpirent le désarroi.

Quelqu'un crie *"On board, on board"*, et les premiers camarades avancent dans le déferlement. Les vagues claquent contre ses jambes, trempent ses bottes. Il patauge dans les vagues, grimpe la rampe de chargement vers le petit engin de débarquement.

La rampe métallique fait un long bruit grave en se refermant, un grondement parcourt le bateau, il est remis à la mer. L'écume éclabousse leurs têtes. Un peu plus haut sur la poupe, le second les fait naviguer entre les grands transporteurs. Franz se cramponne au bastingage, il voit des vagues noires dont les sommets déferlent parfois dans la soute. Quelqu'un vomit. Notre Père, pense Franz, Notre Père qui es aux cieux, sans aller plus loin car un camarade tombe et manque de le renverser. Le second crie quelque chose d'incompréhensible.

La lumière du jour est avalée par la mer et les nuages au-dessus de lui, la nuit envoie des pluies plus fortes et un bruit de tonnerre, peut-être une bombe ou l'artillerie. Ou un orage, tout simplement.

Devant eux sur l'eau, la masse sombre des navires de guerre, des destroyers. Sur le côté, il reconnaît des dizaines d'autres engins de débarquement, voit les visages perdus des camarades qui quittent la France avec lui. Ils s'approchent d'une grande caisse grise dont les canons pointent silencieusement vers le ciel. Il aperçoit une chaîne d'ancre aussi épaisse qu'un homme adulte. Un coup de sifflet retentit, une échelle est déroulée. Ça y est, pense-t-il en se retournant vers la côte que des éclairs ont commencé à foudroyer. Quelqu'un le pousse en avant. Il attrape l'échelle et commence à escalader.

1

Quand Martin se réveilla, ça sentait le café. Un enfant pleurait. Les turbines vrombissaient régulièrement, une légère vibration parcourut l'avion, se prolongea dans l'accoudoir et jusque dans son bras. Sa voisine avait tiré la couette de la compagnie jusqu'au menton et dormait ; à travers le hublot derrière elle, il aperçut des nuages filandreux plongés dans la lumière rouge du soleil levant, en dessous le bleu de la mer, au loin une étendue de verdure.

Une main se posa sur son épaule. Le vieux se tenait debout dans l'allée, tout souriant. Depuis son siège, Martin pouvait voir les poils sortir de son nez.

— Ça va ? demanda le vieux.

Martin hocha la tête.

— Il faut marcher, dit son grand-père, j'ai lu qu'il fallait marcher pour éviter la thrombose.

Martin hocha la tête une nouvelle fois.

— Je porte des bas, murmura le vieux, j'ai l'impression d'être une femme pendant quelques heures.

Martin ne put se retenir de rire.

— Tu devrais te lever toi aussi.

— Je vais le faire, grand-père. Il faut d'abord que je me réveille.

— Alors réveille-toi, dit le vieux, et viens me voir. Je m'ennuie là-haut.

En partant, il effleura brièvement la tête de son petit-fils. Martin resta immobile dans son siège, il observa les doigts s'éloigner de sa tête, l'anneau doré, le bout de doigt juste au-dessus, puis cette boule blanche après l'articulation qui lui avait fait si peur enfant. La peur de voir tomber les propres parties de son corps rien qu'en touchant la moitié de doigt sur la main droite de son grand-père.

— Et là je pose ma main contre le mur… et boum ! Les Américains me dégomment le doigt.

Et pour preuve, il avait toujours brandi la main pour faire bouger son petit moignon en riant. Et le petit Martin, anxieux, avait observé le doigt qui semblait mener sa propre vie. Pourquoi ne portait-il pas simplement l'anneau à un autre doigt ou sur la main gauche ? Comme s'il était fier de porter l'alliance justement à cette espèce de bout de cigare.

— Ah, le doigt, avait dit sa mère. J'ai entendu tellement de versions différentes : une fusillade en France, un accident du travail au camp.

— Et tu en penses quoi ? avait-il demandé.

— Ça fait bien longtemps que je ne crois plus rien de ce qu'il me dit, avait-elle répondu.

Martin fixa l'écran intégré au dossier du siège devant lui, il observa le petit avion blanc qui traçait une ligne derrière lui, il avait déjà presque traversé l'Atlantique et survolait désormais la grande fosse aux poissons du fleuve Saint-Laurent. Martin regarda la vitesse affichée et fit le calcul dans sa tête : deux cents mètres par seconde. Deux cents mètres par deux cents mètres, rien que lui et le vieux, rien que lui et ce continent, rien que lui et les histoires de doigts perdus et de guerre perdue.

À l'aéroport, sa mère avait été dans tous ses états, elle avait fait les cent pas, n'avait pas arrêté de se racler la gorge, de tousser, elle l'avait pris à part et lui avait dit de bien faire attention à son grand-père, son sommeil, ses médicaments, son alimentation. Et Martin avait contemplé le vieux qui se tenait un peu à l'écart de leurs bagages, très calme. Le regard un peu trouble, nébuleux, s'était dit Martin. Son grand-père portait un costume, il s'était apprêté pour le voyage, il était élégant et se tenait droit, très droit. À l'inverse, Martin se trouvait voûté, tordu, négligé dans son jean et sa chemise large pas repassée. Petit était le mot, il s'était senti petit alors qu'il dépassait le vieux de près d'une tête.

— Qu'il n'en fasse pas trop, avait dit Barbara, et Martin avait souri à sa mère en secouant la tête.

Elle leur parlait comme à des enfants. Elle avait toujours été comme ça avec Martin, mais avec le vieux c'était tout récent. Elle en avait fait du chemin, pensa-t-il, c'est juste qu'elle n'osait pas en parler directement à son père. Il essaya d'imaginer Judith en femme adulte, dans quarante ou cinquante ans, en train de lui donner des consignes, d'essayer de lui interdire de partir en voyage avec son petit-fils. Il n'arrivait pas à se projeter aussi loin, il la voyait en maternelle, en primaire, il pouvait se représenter sa fille en fillette, mais son imagination s'arrêtait là, pas en femme, pas en mère.

Il se pencha en avant, tapota sur l'écran, atterrit dans un menu, chercha un film, lut quelques résumés, laissa tomber. Il s'adossa de nouveau, ferma les yeux, sentit l'air conditionné sur son front. Rien que toi et ton grand-père très vieux, pensa-t-il, quelle connerie. Un gigantesque bus à impériale dans l'atmosphère, des milliers de kilomètres parcourus et encore autant à parcourir. Il s'imagina en train d'observer l'arrière de son propre crâne, de plus en plus clairsemé. Manquait plus que ça, se dit-il. Qu'est-ce que tu veux à la fin, se murmura-t-il à lui-même, tu en avais tellement envie.

Tout avait commencé avec la pluie, la pluie qui avait tambouriné contre la fenêtre mansardée. Ou non, pensa-t-il, pas commencé ce jour-là, plutôt basculé. Tout avait basculé avec la pluie, ce matin-là où il avait observé le ciel gris depuis son lit, le gris de la capitale qui ne laissait entrevoir aucune perspective de printemps, rien du tout. Il avait poussé l'oreiller contre le mur et s'était redressé, avait senti un léger battement, un poids dans l'estomac. Rien de vraiment comparable à une gueule de bois, plutôt un sentiment désagréable. Voilà ce que c'était. Et la lettre de licenciement reçue la veille, un licenciement sans surprise. Il connaissait bien le cirque estival : la lettre en mai, tout ce qu'il y a de plus standard, que les directeurs d'école stockaient probablement par dizaines dans leur tiroir et envoyaient à des gens comme lui :

Avec regret, pas de prolongation possible, vous souhaitons le meilleur pour la suite. Puis la nouvelle affectation fin août, dans la même école si possible, dans une autre si le nouveau contrat devenait synonyme de CDI. Sommes très heureux de vous accueillir, super équipe, établissement dynamique et créatif. Il avait su que cette lettre arriverait, qu'ils souhaiteraient le reprendre en août, mais pas suffisamment pour le payer pendant les vacances.

Malgré cette lettre, il se tiendrait devant la classe, la 7a, il ferait cours : *Past tenses and their use*. Il préparerait le prochain contrôle, sourirait aux enfants prépubères ou carrément pubères, des garçons minuscules et des filles dont le t-shirt commençait à se gondoler. Une classe fatigante, trop d'enfants stupides, trop d'insolence, pas assez de perspectives, une prononciation trop mauvaise, pas assez d'intérêt. Et toujours la grammaire. Encore et encore. Comment leur en vouloir de s'ennuyer. Et pourtant : il était en colère que personne ne le soutienne, tout le monde voyait les heures qu'il faisait, son engagement, l'*English Film Club*, les heures supplémentaires non rémunérées qui, en toute honnêteté, étaient ce qu'il préférait, tout le monde savait tout ça mais personne n'était capable de dire : il est bon, donnons-lui un contrat, un vrai.

Il avait regardé son bureau, la bouteille de rouge presque vide à côté de l'ordinateur, le voyant qui clignotait à l'avant indiquait qu'il n'avait pas éteint l'appareil, simplement roulé avec sa chaise pour aller s'écrouler dans son lit. Un battement régulier à l'arrière du crâne, peut-être bien une gueule de bois, mais alors une petite.

Pendant un instant, Martin essaya de se convaincre que cette gueule de bois avait précisément tout changé. Mais surtout le souvenir de la journée précédente, pensa-t-il, de ce samedi avec Judith où il avait joué, rampé par terre, fait des grimaces. Comme elle tenait sur ses jambes tremblantes et potelées, comme elle regardait et comme il avait dû répéter les mêmes gestes, encore et toujours, les mains devant le visage, puis à côté, devant le visage, à côté. Sa démarche constamment penchée vers l'avant, une bascule qui finissait toujours par terre. Et quand on en arrivait là, les cris et les pleurs comme si c'était la fin du monde. Et il avait ri, pris la petite dans les bras et ri pour couvrir les larmes de sa fille. T'es vraiment pas normal, avait-il pensé, mais elle avait arrêté de pleurer et ri avec lui, l'avait regardé avec de grands yeux avant de glousser, de rigoler. L'espace d'un instant il avait fait le vide dans sa tête, des éclats de rire et rien d'autre.

Quelques heures plus tard, il se tenait devant chez Laura, la petite dans un bras, son sac posé à côté de lui par terre. Il était en retard et s'attendait à ce que Laura lui fasse un commentaire mais elle lui avait simplement fait signe d'entrer, lui avait laissé Judith qui s'était endormie, elle l'avait conduit dans sa chambre pour qu'il mette sa fille au lit. Ils étaient restés silencieux un moment dans la chambre et l'avaient observée en train de dormir.

Puis ils avaient discuté debout dans le couloir, il ne savait plus de quoi, il avait regardé par-dessus son épaule en direction du salon, vu un verre de vin sur la table près du canapé, n'avait pas pu dire s'il y en avait un deuxième à côté. Il s'était demandé quand il s'était assis là pour la dernière fois. Peut-être pour le premier anniversaire de Judith, au beau milieu des enfants qui crient et des autres parents. Tu ne t'es jamais vraiment assis là, s'était-il dit, tu n'as jamais été rien d'autre qu'un simple invité.

— Tout va bien ? avait-elle demandé.

Il avait hoché la tête avant de lui dire au revoir.

— Je te remercie, avait-elle dit en lui tapant sur l'épaule.

L'hôtesse de l'air lui servit un café et un croissant. C'était exactement ça, pensa-t-il, cette tape sur l'épaule, la journée avec sa fille et cette tape réconfortante en guise de merci, le chemin vers la maison à vélo sous la pluie, le vin, la courte nuit, la lettre et la gueule de bois. Voilà ce qui avait précédé ce moment où il avait pris son ordinateur portable dans le lit, ouvert sa boîte mail et lu le message. "Re : Aw : Re : grosses bises d'Essen" en objet, en dessous l'adresse f.schneider26@web.de. Il fit défiler les premiers messages du vieux qu'il avait découverts deux semaines auparavant dans ses spams entre "Hey baby !", "Booste ton érection !!" et le mail urgent d'appel à l'aide d'un inconnu pour le versement de son héritage. Il survola les phrases qui mentionnaient le nouvel ordinateur que le cousin de Martin avait installé, ses premières tentatives sur internet et la fascination que cela avait provoquée chez le vieux. Martin avait alors imaginé les longs doigts fins de son grand-père sur le clavier d'un ordinateur, l'annulaire sectionné qui se balançait au rythme des mots tapés.

Il le regarda traverser les allées pour retourner de l'autre côté de l'avion et lui faire signe avant de remonter les marches vers la classe affaires.

Au fil des messages que le vieux envoyait à son petit-fils depuis le bassin de la Ruhr, la distance entre eux s'était estompée, cette distance qui s'était longtemps manifestée par une poignée de main, une tape dans le dos, voire une ou deux phrases maladroitement échangées sur les études ou le travail.

Des phrases exprimant la solitude s'étaient mêlées aux paroles insignifiantes, des phrases exprimant la tristesse et le manque de l'épouse défunte. "Je me réveille et lui parle, avait écrit le vieux, même si cela fait des semaines qu'elle ne partage plus mon lit."

Martin avait posé l'oreiller contre le mur et s'était adossé, il avait pensé à l'obscurité de l'église et au cercueil de sa grand-mère, toutes les personnes en noir, toutes les mains froides qu'il avait dû serrer ce jour-là.

Et dans le message suivant, il y avait cette phrase : "J'ai trouvé les camps." Martin s'était vaguement rappelé les histoires d'emprisonnement, les anecdotes sur les parties de football et le cours d'anglais qui avaient souvent fait rire pendant les fêtes de famille. "J'ai écrit à une femme qui gère un musée au Texas là où notre camp était situé." Et en dessous le lien vers une page qui montrait une baraque grise, un mirador octogonal assez gros, et beaucoup de photos en noir et blanc.

Le Texas, avait pensé Martin avant de chercher le nom du lieu, d'ouvrir la carte pour simplement tomber sur une tache grise au milieu de nulle part. Il avait dû zoomer, encore et encore, pour voir San Antonio, Austin et Houston.

"Il y a encore quelques gardes de l'époque là-bas, avait écrit le vieux, qui se réunissent régulièrement. Parfois un Allemand se joint à eux, quelqu'un comme moi. C'est sûrement n'importe quoi, tu ne penses pas ? Cette envie de retourner une dernière fois là-bas, de vérifier une dernière fois si le Texas a la même odeur que dans mes souvenirs. Si le sol a la bonne couleur. Et de voir les hommes qui étaient de l'autre côté du grillage à l'époque. L'appel du lointain. Je l'avais presque oublié."

Martin avait fixé l'écran, il avait tapoté sous son clavier du bout des ongles avant de cliquer sur "Répondre".

La gueule de bois, pensa-t-il tout en se détachant pour se lever. Il pensa à Judith et Laura, à l'école, au licenciement en montant les marches qui le séparaient de la classe affaires, à tout ça. “Eh bien allons-y ensemble”, avait-il répondu avant d'envoyer l'e-mail. À cause de cet e-mail, il allait devoir veiller pendant plusieurs semaines sur cet homme de bientôt quatre-vingt-dix ans dont il ignorait tout de l'état de santé. Peut-être que tu aurais pu tout arrêter, peut-être. Mais quelques minutes plus tard, un nouveau message était apparu dans sa boîte de réception : “Je t'appelle !” Et presque au même moment, son portable avait résonné, sa tête avait résonné, le vieux, sa voix. Comment freiner l'enthousiasme d'un si vieil homme ?

— Je suis là, dit-il. Le vieux leva la tête de ses papiers et lui sourit. Ses lunettes étaient très basses sur le nez. Martin s'accroupit.

— Qu'est-ce que tu lis ?

Il prit appui sur l'accoudoir du grand siège. Il sentit le vieux, l'après-rasage et un parfum âpre comme de la terre séchée. Dans son dos une lumière délicate et le tapotement régulier des doigts sur les claviers. Le vieux lui tendit une feuille de papier. “*RMS Mauretania* (paquebot, 1939)” pouvait-on lire en haut de l'imprimé, en dessous quelques informations, un index. Avant-guerre, après-guerre, lut-il.

— Notre navire de croisière, dit le vieux. En haut les Ricains blessés et en bas nous. Je ne sais plus où nous avons atterri en Angleterre à l'époque. Je me suis souvent posé la question. Une petite ville, sur la côte sud. De là on a pris le train pour Glasgow. Il était là. Le *Mauretania*. Mon premier paquebot.

— Comment était la piscine ? demanda Martin.

— Top, et le buffet super.

Martin survola le texte, le rendit au vieux.

— Les machines, je savais ce que c'était de creuser pendant des jours dans la résonance, le bruit et la chaleur. Mais ce rythme martelé, strident. Le sifflement de la vapeur. Le premier jour, je crois que je n'ai fait qu'écouter, la tête collée au mur de la cale. Et puis ce va-et-vient dans les vagues. On a essuyé une de ces tempêtes, tu aurais vu. Le métal a chanté comme une baleine. Toutes ces choses…

Il tapota sur son front.

— Gravées, même si le ciboulot finira tôt ou tard par dérailler. Tout est là. Les gens ont vomi et prié. Et se sont cramponnés pour ne pas glisser à travers la soute. Des jours entiers sans pouvoir aller sur le pont. Rien que du vomi et des lamentations. Et tout puait.

Tu t'attendais à quoi, pensa Martin.

— Je connaissais l'obscurité, le fait d'être enfermé, rien de nouveau pour moi. Deux ans avant d'être enrôlé, j'ai été enseveli par deux fois. La chaleur, le noir, tout ça. La terre, la galerie, je connaissais. Mais cette caisse dans l'eau. Comment un mineur peut supporter tout ça ? Même un mineur de fond a besoin de soleil.

— Vous ne pouvez pas vous asseoir ici, dit l'hôtesse.

Elle était debout dans l'allée derrière Martin et tenait un plateau en équilibre.

— Cette zone est réservée aux passagers de la classe affaires.

— Mais mademoiselle, dit le vieux en souriant, vous ne voulez tout de même pas priver un grand-père de son petit-fils !

Elle resta immobile, les dévisagea tous les deux.

— Je voulais lui offrir son billet, mais le jeune homme a sa fierté.

Ce qu'il oubliait de dire, c'est que la fierté avait suffi à refuser la classe affaires, pas le tarif normal. La femme sourit.

— Seulement quelques minutes alors. Et si des passagers se plaignent, il faudra retourner à votre place.

— Évidemment, dit Martin.

Son grand-père regarda la femme s'éloigner en lorgnant ouvertement ses fesses. Puis il se pencha en avant pour sortir une chemise de son sac à dos, l'ouvrit et feuilleta quelques papiers. Martin aperçut la moitié d'annulaire, fut tenté un instant de lui demander ce qui lui était arrivé, mais laissa tomber.

— J'ai apporté quelques copies, dit le vieux, un peu plus de contenu que dans les livres. Des sources primaires en quelque sorte. Tu as lu *Prisoners of War* de Krammer ?

— Presque terminé, mentit Martin.

Mais au moins les premiers chapitres, pensa-t-il, il connaissait les chiffres qui lui avaient semblé absurdes, il savait pour les transports de troupes qui avaient conduit les Américains en Europe et ramené les Allemands, il avait vu les photos des Allemands au premier enregistrement, à l'épouillage, les visages tristes à l'embarquement, les hommes qui levaient la tête pour regarder le photographe, au milieu de la foule entassée sur le pont. Il avait cherché son grand-père, trouvé beaucoup de regards sceptiques, mais aussi beaucoup d'hommes souriants. Ça l'avait bouleversé de voir ces visages et d'imaginer le vieux là sur le pont en train de regarder la mer.

Martin s'assit et salua sa voisine qui était réveillée et petit-déjeunait. Elle avait posé sa couverture sur le siège du milieu resté libre, et il posa les feuilles dessus le temps de s'attacher et de déplier sa tablette. La femme sourit, laissa traîner brièvement les yeux sur les feuilles, puis se concentra à nouveau sur son café.

Il saisit la première feuille sur laquelle on pouvait lire *Prisoner of War Postcard* et la posa sur la tablette, en dessous la traduction allemande, à gauche la mention *Do not write here!*, et juste au-dessus un gros tampon *Passed By US Army Examiner*. En haut le nom de son grand-père suivi d'un numéro, sûrement son matricule, l'adresse de l'expéditeur : *German POW Camp, Co #4, Texas ASF Camp Hearne/ TX, USA*. Et en bas à droite dans le champ de l'adresse : *Hannelore SCHNEIDER, Essen-Katernberg, Viktoriastr. 100, GERMANY*. Il prit la copie du verso, fixa l'écriture griffonnée par le vieux, en haut à droite la date du 5 août 1944.

Chère mère, débutait la lettre, *enfin je trouve*, pensa-t-il lire sans en être sûr, il survola le texte sans vraiment parvenir à déchiffrer quoi que ce soit, *Star Spangled Banner**, lut-il plus bas. Puis d'autres crochets, pointes, courbes qu'il ne comprenait pas. Il faudrait qu'il demande au vieux, peut-être qu'il la lui lirait. La deuxième copie montrait un dessin : de fins traits de crayon, les façades de plusieurs baraques

* Bannière étoilée : nom donné au drapeau et à l'hymne national américains.

en longueur, portes ouvertes ; devant les bâtiments de petits ponts enjambaient un canal, sûrement un fossé de drainage, des ébauches de plantes et en arrière-plan la plateforme d'observation d'un mirador, au-dessus le toit sur lequel se trouvait un projecteur. Martin se demanda si son grand-père avait fait ce dessin lui-même ou si un autre prisonnier lui en avait fait cadeau. Il n'avait jamais vu le vieux dessiner, mais ça ne voulait rien dire. Sur la feuille suivante, la copie d'une photo qui montrait plusieurs hommes avec des pantalons larges en tissu clair et des chemisettes, casquettes militaires sur les têtes, accroupis ou debout, les visages sérieux devant un bâtiment en bois noir duquel il ne restait plus grand-chose à part deux fenêtres et un escalier qui menait à une porte ouverte. *Sep'44* pouvait-on lire en bas à droite, rien d'autre. Il ne reconnut son grand-père qu'au deuxième coup d'œil : un jeune homme aux cheveux clairs, rasés sur les côtés. Il se tenait derrière un homme accroupi, les mains sur ses épaules. On aurait dit la photo d'une équipe de sport, il pensait à ses propres photos, prises par Barbara sur les courts en terre battue de Brême, les mines sérieuses des enfants dont il faisait partie. Lui aussi avait perdu tous ses coéquipiers de vue, comme le vieux qui n'avait jamais présenté aucun ami des États-Unis aux fêtes d'anniversaire. Il observa les visages. Tous perdus, pensa-t-il. Il y avait eu ces histoires de canicule et de parties de football, de permis camion et d'un garde qui s'était endormi ivre, des histoires sans véritable lieu, sans points d'accroche. Il distingua une ressemblance entre lui et le vieux, des liens de parenté clairs dans le visage et la posture qui le surprenaient.

Suivant une intuition, il leva la copie près des yeux et observa les mains du jeune homme qu'était son grand-père. Huit, compta-t-il. Les pouces cachés, mais sur les épaules de l'homme accroupi huit doigts. Blessure par balle mon œil, pensa-t-il, il faudrait qu'il lui demande.

Il continua à feuilleter, trouva d'autres photos sans son grand-père ni l'autre homme, d'autres cartes postales illisibles, quelques-unes adressées à sa mère, d'autres à un certain Josef Schneider. Sans doute le frère, pensa Martin, car s'il avait l'histoire de la famille bien en tête, son arrière-grand-père était mort peu de temps après le début de la guerre.

C'est presque tragique, avait commenté Barbara. Soutenir le Führer à cent pour cent et caner avant même qu'il puisse s'engager vraiment dans sa grande guerre. Elle avait secoué la tête et ri. Il se demanda si elle avait fait ce commentaire en présence du vieux, mais il en doutait. Sa mère riait rarement en présence de son père.

— Il était vraiment doué, dit le vieux en lui rendant la copie du dessin.

Martin n'avait pu lire qu'une demi-heure avant de voir son grand-père réapparaître à son siège. Il n'était pas à l'aise là-haut, avait-il dit, Martin s'était alors décalé sur le siège du milieu et Franz avait pris place côté couloir. Il pointa alors l'index sur la feuille de papier :

— Il me l'a offert comme ça, sans rien ajouter. J'savais vraiment pas qu'il savait dessiner.

Martin heurta le bras de sa voisine avec le coude et s'excusa. La femme lui lança un regard indéfinissable, redressa son casque et s'appuya à nouveau contre le hublot.

— Tu l'as connu en formation ? demanda Martin.

Le vieux secoua la tête.

— À bord. J'l'ai attrapé par le colback quand la tempête faisait rage. Il aurait été catapulté contre un poteau sinon. Il m'a eu des rations supplémentaires auprès des gardes quand la tempête s'est calmée. On n'avait pas grand-chose à se mettre sous la dent à l'époque.

— Il parlait anglais ?

— Il était américain.

— Quoi ?

Franz sourit.

— Pas que. Paul était allemand et américain. Des parents de Frise orientale partis outre-Atlantique à la fin des années 1920. Crise économique. Il disait qu'il n'avait aucun souvenir de son pays natal. Une adolescence américaine. Mais il est revenu, à la fin des années 1930. Pour le Führer.

Le vieux fit une grimace, fixa un moment l'écran dans le siège devant lui.

— Ça existait ? demanda Martin. Des Américains qui ont combattu pour la Wehrmacht ?

— Bah au moins lui. Et je le connaissais. Il y en avait sûrement quelques autres. Il m'a parlé d'amis venus avec lui. Ils se sont rendus ensemble à des réunions du Bund germano-américain. Plusieurs milliers de personnes au Madison Square Garden. On a du mal à y croire quand on regarde les photos. Croix gammée, fanfare et portraits du Führer à côté de tableaux de George Washington.

— Et il est resté aux États-Unis ?

— Oui, dit le vieux.

— Tu n'as plus aucun contact ?

Le vieux fixa son alliance.

— Disons que je l'ai perdu.

Le copilote annonça le début de la descente vers Houston. Tous les passagers étaient invités à regagner leurs sièges.

— Je ne voulais même pas te poser toutes ces questions, dit-il à son grand-père déjà en train de s'attacher, mais en savoir plus sur ton arrivée à New York.

Le vieux rit.

— Oui, New York, la statue, c'était quelque chose. Une autre fois.

— *Look into the camera!* dit un petit monsieur en uniforme beige.

Martin tourna la tête, vit la webcam, un modèle rond en plastique, il la fixa, attendit qu'elle fasse un bruit ou quelque chose, mais rien ne se passa.

— *Okay*, dit l'*Officer*.

Le vieux fut lui aussi pris en photo, reçut lui aussi son tampon. On les laissa passer, ils avancèrent sous le panneau : *Welcome to George Bush Intercontinental – Welcome to the Lone Star State.* Ils suivirent la foule dans les halls clairs de l'aéroport, les odeurs de parfum, de graisse à frire et de sucre, suivirent les panneaux *TerminaLink**. Martin vérifiait la porte de la correspondance chaque fois qu'ils passaient devant un écran. À l'inverse, le vieux semblait serein, il observait tout ce qui se passait autour, tournait la tête de-ci de-là, s'arrêtait

* Nom de la navette de l'aéroport de Houston.

devant les panneaux ou les enseignes. Martin attendait toujours que le vieux le rejoigne, il marchait devant. Les grandes dalles de carrelage des couloirs réfléchissaient la lumière, reflétaient sa silhouette à mesure qu'il avançait, il suivait sa propre ombre, un Martin à la fois flou et brillant. Il avait l'impression de marcher sur l'eau.

Autour d'eux des hommes adultes aux visages roses, chapeaux de cow-boy, de vrais chapeaux de cow-boy bien voyants, des bottes à talons, il ne manquait plus que les éperons, parmi eux beaucoup de Latinos. Il fendit la foule, emprunta l'escalator qui montait, le retour de la lumière du jour, du soleil, du ciel bleu ; avec ses vitres partout, la station ressemblait à un terrarium qui offrait un aperçu du Nouveau Monde, derrière lui l'éclatante cohue du terminal, devant eux la piste foulée par de tout petits avions et des passagers.

Le voici le voyage que tu n'as jamais entrepris pendant tes études, pensa Martin, ni avant ni après. Pas de Chine, de Japon ni d'Inde, pas d'Afrique. Pas de blog, pas d'e-mails groupés, pas d'albums photo sur Facebook. Un Erasmus à Copenhague pendant six mois, rien de vraiment exotique. Des études et un appartement avec Anne, un plan, jusqu'à ce qu'il n'y ait plus d'Anne et plus de plan, que de longues heures à rester assis le regard fixe, à travailler et puis soudain, contre toute probabilité, cette brève escapade avec Laura dont Judith était le fruit.

La navette arriva : deux petites voitures massives sans chauffeur dont les portes s'ouvrirent sans bruit.

— Grand-père, fit Martin, mais le vieux s'était déjà mis en mouvement et monta dans le wagon.

Martin le suivit. Malgré la climatisation sifflante, il faisait une chaleur insupportable dans le train. Martin sentait la transpiration lui couler dans le dos. Le vieux sourit, pointa un 747 en train de décoller sur la piste. Les wagons glissèrent lentement sur les rails.

— Il fait aussi chaud qu'à l'époque, dit le vieux, à notre arrivée.

— Et il n'y avait pas de climatisation, dit Martin.

— Mais des chiffons humides, répondit le vieux.

Martin s'appuya contre la vitre, posa son front dessus, mais le verre était chaud, il sentait sa peau coller contre. Il se demanda s'il manquait à Judith, si elle s'était vraiment rendu compte qu'il n'était plus là.

— Pourquoi maintenant ? avait demandé Laura.

Il était sur le canapé à côté d'elle, une bouteille de bière entre les mains.

— Parce que le vieux veut y aller et qu'il peut encore.

— Et toi ?

— Vacances scolaires. Et je suis à nouveau viré.

Elle avait soupiré.

— J'imagine que je dois m'apitoyer sur ton sort ?

— Qu'est-ce que la pitié vient faire là ?

— Fuite en avant, insatisfaction, conquête du Nouveau Monde, possibilités infinies et j'en passe.

— N'importe quoi, arrête un peu tes conneries !

Elle avait repris une gorgée de bière. Parfois il se demandait ce qu'ils s'étaient fait l'un à l'autre. Ou si c'était justement le manque d'action, si c'était le calme et la décontraction avec lesquels ils avaient tout réglé depuis le début, si tout ça ne les mettait pas parfois vraiment en colère.

Elle avait dit que ce n'était pas l'idéal de se retrouver seule tout l'été avec Judith. Et il avait répondu qu'il ne partait que quatre semaines, grand maximum, que c'était sûrement la dernière occasion pour son grand-père.

— Je veux le faire avant sa mort, avait-il dit. Mais je veux que tu sois d'accord. Je ne veux pas le faire contre toi.

Elle l'avait fixé un instant, la tête posée entre ses genoux. Il aurait aimé la connaître suffisamment bien pour pouvoir lire dans son regard.

— OK, avait-elle fini par dire, je peux difficilement dire non après un tel discours. Mais je te préviens, tu la prends sans discuter jusqu'à la fin de l'année chaque fois que je veux sortir.

— C'est déjà ce que je fais, avait-il dit.

Le train s'arrêta au terminal C, ils descendirent, suivirent la direction de leur porte, s'assirent parmi les quelques autres passagers et regardèrent dehors.

— Ça fait bizarre, dit le vieux, d'être là sans vraiment y être. On devrait sortir, toucher le sol au moins une fois.

— Comme le pape, dit Martin.

Le vieux rit.

Tu veux voler un caillou devant le terminal, pensa Martin, pour ta collection dans le bureau, toutes ces pierres, tantôt grises et ternes, tantôt rouges, noires, bleues et brillantes, posées sur du tissu ou des coussins dans une vitrine. Petit, il pensait que son grand-père collectionnait les pierres précieuses, il s'était imaginé les richesses inestimables qu'il y avait là, s'était raconté des histoires de trésors et de pirates.

Mais un jour, sa grand-mère l'avait surpris dans le bureau, le nez collé à la vitrine.

— Ne te fais pas d'illusions ! avait-elle dit. Elles n'ont absolument aucune valeur.

— À peine arrivés, dit le vieux qui but une gorgée de sa bouteille d'eau et se pencha pour se masser les chevilles, qu'il fallait déjà repartir. On voulait tout regarder, ne pas en perdre une miette. C'était quand même New York, imagine, nous pauvres prolos qui ne connaissions rien d'autre que l'Allemagne et peut-être la Russie et la France, on avait les yeux écarquillés. Mais ils nous ont chassés du bateau par une passerelle étroite avant de nous faire passer sur des rails, entre des entrepôts. Il y avait des soldats armés partout, même sur les toits des wagons, puis il y a eu les contrôles dans les tentes pendant que tous nos vêtements et effets personnels étaient désinfectés. Papiers et enregistrement en sous-vêtements. On a ri, on aurait dit un voyage scolaire. Mais complètement irréel, complètement nouveau. C'était quand même plus authentique à l'époque. On ne pouvait rien voir. Mais on pouvait au moins sentir la ville, le charbon, le diesel, le poisson, on pouvait toucher les portes, le fer ; on y était, pour la première fois sur le sol américain. Ça là, dit-il en levant la tête, c'est du béton et du verre, comme partout.

— Et des cow-boys, dit Martin.

— Et des cow-boys, répéta le vieux.

Martin observa son grand-père, ses cheveux blancs humides et brillants, soigneusement peignés depuis la base du cuir chevelu, parsemé de taches de vieillesse, jusque dans la nuque. Son front affichait des rides creuses, ses sourcils broussailleux s'abaissèrent sur son visage fin lorsqu'il ajouta qu'il réfléchissait à s'acheter le même type de chapeau. Si c'est vraiment trop pour lui, pensa Martin, si tout ça le surmène, il joue parfaitement bien la comédie. Et il commence à se livrer, se dit Martin en fixant la main du vieux posée sur son genou. Attends encore un peu avant de demander. Il sortit son portable, tapa un message, envoya le même cinq fois. Laura lui répondit tout de suite.

je raconte les aventures de papa

— Barbara ? demanda le vieux.

— Laura, dit Martin.

Le vieux hocha la tête et regarda par la fenêtre en silence. Comment percevait-il tout ça, lui, un petit-fils sans femme mais avec enfant, un idiot qui n'a pas su bien se protéger. Et en même temps, pensa-t-il, c'était sûrement monnaie courante à l'époque.

— Je suis enceinte, lui avait-elle dit alors qu'il venait de s'asseoir.

Il avait ouvert le menu, les yeux rivés sur les sortes de thés.

— Et je veux le garder.

Qui est-ce, avait-il pensé, qui est cette femme au visage fermé, qu'a-t-elle à voir avec la femme avec laquelle il avait couché quelques semaines auparavant ? Où sont les cheveux lâchés, le sourire, les seins, les fesses, où sont passées la sueur, la nuit, la matinée et la demi-journée suivante ? Il avait levé les yeux. Elle portait une jupe, un chemisier, elle faisait très professionnelle, et peut-être, avait-il pensé, peut-être que c'était justement ce qu'il fallait. Il avait posé le menu sur la table et l'avait regardée. Ses yeux étaient de la même taille, de la même couleur. Les sourcils étaient épais, méconnaissables. Il avait levé la main, tendu l'index avant de le pointer vers lui-même. Elle avait hoché la tête.

— OK, avait-il dit avant de faire signe à la serveuse et de commander une bière.

La serveuse l'avait regardé comme pour lui laisser le temps de reconsidérer l'heure qu'il était, mais il avait confirmé sa commande. Quand la femme fut partie, il s'était retourné vers Laura :

— Dans ce cas, élaborons une stratégie, avait-il dit.

Elle avait souri, laissant brièvement entrevoir ses dents, et à cet instant précis il avait cru reconnaître la femme rencontrée quelques semaines plus tôt.

Une secousse parcourut l'avion. Martin fut propulsé au fond de son siège, son estomac fit des bonds. On se serait cru à la fête foraine, avec les picotements, la joie. Il ferma les yeux et s'imagina en train de hurler comme s'il était dans le grand 8. L'avion était deux fois plus court qu'un Airbus, le plafond était minuscule, une seule rangée de trois sièges, les hélices grondaient sur les côtés et il se rendit compte que la peur lui procurait du plaisir, sans chercher à comprendre pourquoi.

Il regarda par le hublot, vit beaucoup de rectangles verts et marron, des bois, des canaux, une large *highway* sur laquelle de petits points avançaient. Il tambourina sur le gros livre d'Arnold Krammer posé sur ses genoux, effleura les lettres blanches sur fond noir, *Nazi Prisoners*, cacha une croix gammée avec le pouce. Des centaines de pages pleines de chiffres et de tableaux, mais aussi d'explications, d'éclairages, d'histoires. Il avait ri en lisant le passage où l'historien raconte qu'après la publication du premier tirage, à la fin des années 1970, un homme l'avait appelé pour lui raconter qu'il faisait justement partie de ces prisonniers de guerre qui s'étaient enfuis et que les Américains n'avaient jamais retrouvés. Des nazis portés disparus, dans le désert, en Alaska, et partout ces camps remplis de soldats allemands.

Depuis qu'ils étaient dans l'avion pour Austin, Martin s'était surpris plusieurs fois en train d'observer son grand-père, dans l'espoir que cette situation incroyable dans laquelle il s'était mis perde de son caractère abstrait et bizarre. Il survolait le Texas pour plonger dans sa propre histoire familiale, dans les souvenirs du vieux qui devaient être remplis d'anecdotes similaires à celles de Krammer. Il se demandait si le vieil homme allait changer quand il le verrait dans ces lieux, quand il évoquerait le passé. Ce qu'il avait lu n'avait pas semblé particulièrement horrible, mais que savait-il des histoires gravées dans cette tête claire, fine, désormais surplombée d'un casque, dans cette tête qui se balançait d'avant en arrière au rythme d'une mélodie inaudible.

Martin se demandait où les vieux camarades se cachaient, les hommes des camps, s'ils étaient déjà tous morts ou si aucune de ces amitiés n'avait survécu aux années, comme celle avec Paul, l'Américain. Pourquoi n'avaient-ils pas cherché à retrouver cet ami s'il était resté aux États-Unis, pourquoi simplement cette rencontre avec d'anciens gardes ? D'un autre côté, c'était mieux que rien, pensa-t-il.

À l'aéroport d'Austin, composé d'un seul bâtiment baigné de lumière, une bonne dizaine de guitares gigantesques défilaient sur le tapis roulant, elles étaient vert pétant, jaunes, inondées de fleurs, de visages et de cœurs. Des photos de bars et de musiciens aux murs ; dans les boutiques à souvenirs, des plaques et toutes sortes de tasses et de t-shirts sur lesquels on pouvait lire *Keep Austin Weird*. Le vieux n'en avait pas grand-chose à faire, il avait l'air fatigué, les yeux et les cernes s'étaient assombris, il n'arrêtait pas de bâiller et fixait le tapis roulant, sur lequel errait la valise d'un vol précédent. Le bout d'annulaire flottait dans les airs tandis que les autres doigts étaient agrippés à la poignée de la valise cabine.

Lorsqu'ils sortirent un quart d'heure plus tard avec la clé de leur voiture de location, le soleil s'était déjà couché, mais on rentrait dans la canicule comme dans du beurre. Ils avancèrent dans le parking à la lumière des néons, les premières étoiles allumaient le ciel et les cigales entonnaient un chant parfois couvert par le décollage et l'atterrissage des avions. Martin avait vu le vieux se mettre brièvement à genoux devant l'entrée de l'aéroport, comme s'il voulait lacer ses chaussures. Il l'avait vu plonger la main dans le parterre de fleurs en bordure de bitume. Ils arrivèrent à leur voiture, une Chevrolet blanche un peu carrée. Tandis que Martin rangeait les bagages, son grand-père s'appuya sur le véhicule et observa le crépuscule qui ne traça bientôt plus qu'une fine bande rouge à l'horizon. Il prit une profonde inspiration.

— Revenir ici, dit-il. Cet air lourd, épais. C'était déjà bizarre à l'époque, mais là…

Quand Martin démarra, l'autoradio entonna de la musique country. Il se sentait à la fois parfaitement réveillé et comme dans un rêve. Ils quittèrent lentement le parking, suivirent les indications électroniques de la voix féminine et empruntèrent la *highway*. Des phares blancs et rouges qui formaient une chaîne. Le vieux éteignit la radio.

— À l'époque on a eu quelques jours, dit-il, quelques jours de train pour nous faire à l'idée. Le temps de la traversée. On l'a avalé avec les yeux, ce paysage.

— De New York au Texas ? demanda Martin.

— Ça a dû prendre deux ou trois jours, dit le vieux. Je ne sais plus vraiment. Mais nous avons passé plus d'une nuit dans le train. On est partis des docks près d'un ponton, peut-être Brooklyn. On est montés dans ces wagons Pullman, on s'est assis sur des banquettes en cuir, on a pu poser nos bagages, manger, boire. On n'en croyait pas nos yeux, tellement c'était fou. Et au début, après les tours de New York, ça ressemblait à ce qu'on connaissait, cette verdure, les forêts et les champs. Sauf les maisons en bois, ça c'était nouveau. Et l'espace, on avait toujours cette impression de vaste étendue, d'infini.

— Et vous avez fait le voyage d'une traite ?

— On a roulé toute la nuit. Le matin suivant, nous étions déjà dans le Sud. Cette chaleur. Je me rappelle les immenses arbres foncés dont les branches étaient recouvertes de feuilles mais aussi de guirlandes grises, comme de la mauvaise herbe. On aurait dit du fil d'argent sur un sapin de Noël. Et on collait le nez à la vitre jusqu'à ce que les gardes nous renvoient à nos places. Puis l'eau, les étangs, des grands ponts interminables sur lesquels nos wagons roulaient au pas. On était en sous-vêtements tellement il faisait chaud.

— Et les Américains ?

— Aimables, dit le vieux, presque trop aimables. On se méfiait. Et puis on s'est habitués. Certains se plaignaient.

Martin quitta la *highway* et slaloma entre les tours du centre-ville.

— De quoi ? demanda-t-il.

— Qu'ils nous fassent faire tout ce périple pour nous montrer les dégâts causés par les bombardements.

— Quels bombardements ?

— Bah ceux de la Luftwaffe.

Martin éclata de rire.

— C'est absurde, je sais, dit le vieux, mais certains croyaient simplement toutes les conneries qu'on leur racontait ou qu'ils lisaient.

— Et toi ? demanda Martin.

— Ah moi. Je n'en avais aucune idée. Rien du tout. Mais mon frère, lui il savait, il s'était informé. Radio clandestine, des nuits entières. Le peu que je savais, je le tenais de lui.

Ils s'arrêtèrent devant l'hôtel où l'on s'occupa de leurs bagages et de garer la voiture. Le vieux glissait des pourboires avec un tel naturel, on aurait dit qu'il avait fait ça toute sa vie. Martin leva la tête et regarda la tour de l'hôtel, une paroi en verre à travers laquelle brillaient des points lumineux.

— *You have missed the bats*, dit le portier en leur donnant les cartes magnétiques de leurs chambres. *You should take some time for them before your departure.*

— *For the bats*, dit Martin d'une voix éteinte.
— *For the colony below Congress Bridge**.

Il rejoignit le vieux qui attendait derrière et semblait observer les gens dans le hall, des hommes d'affaires et quelques familles. Quand Martin prononça son nom, il sursauta. Le petit-fils s'excusa. Le vieux ajouta qu'il s'était complètement perdu dans ses pensées. Martin lui tendit la carte magnétique.

— Tout va bien ?

— Des images, des souvenirs me reviennent tout à coup, dit le vieux qui mit la carte dans sa poche de chemise. Après soixante-dix ans, soixante-dix ans de tranquillité. Et soudain les choses ressurgissent, se reflètent dans les miroirs ou flottent dans les airs.

— Quelles choses ? demanda Martin.

— Des visages, je ne sais pas à qui ils appartiennent, qui ils sont, des objets aussi, je tiens une pelle, la sensation d'avoir des fleurs de coton dans la main, soudain les souvenirs remontent, des odeurs, le bois brûlé, le rôti de porc.

— Sérieusement ?

— Et comment, dit le vieux avec un sourire absent.

Comme un somnambule, il suivit Martin en direction de l'ascenseur.

La bière était glacée et légère, Martin s'enfonça à nouveau dans son fauteuil et fixa le ciel nocturne. Sur la terrasse qui surplombait le hall de l'hôtel, les autres clients se faisaient rares. Un léger

* Véritable attraction touristique, le Congress Bridge d'Austin abrite la plus grande colonie urbaine de chauves-souris au monde, avec 750 000 à 1,5 million de *Tadarida brasilensis* venues du Mexique pour se reproduire.

bourdonnement provenait de la *6th Street*, des rires, la sonnette des vélos-taxis qui inondaient les rues. Tu devrais être dans la rue, pensa Martin, tu devrais profiter du jet-lag, des heures sans le vieux. Plusieurs chauves-souris jaillirent devant le faisceau lumineux d'un lampadaire, puis d'autres, et après une courte pause d'autres encore. Il se connecta au wifi de l'hôtel depuis son téléphone, vit que Laura était en ligne et l'appela. Il aperçut son visage, les meubles de la cuisine étaient un peu déformés derrière elle, il entendit la voix d'un animateur radio qui présentait probablement le journal du matin. Il raconta l'avion, l'arrivée, son insomnie, les groupes de fêtards dans les rues, les chauves-souris.

— Je suis quand même un peu déçu d'avoir raté ça, dit-il. Le bal des chauves-souris qui arrivent du Mexique par millions depuis plus d'un siècle.

— Et tout ça au Texas, dit Laura.

Elle alla dans la chambre de sa fille et lui montra Judith encore endormie dans son lit. Il reconnaissait étonnamment bien sa petite tête, il voyait ses narines bouger quand elle inspirait.

Pourquoi est-ce que ça te travaille tant que ça, pensa-t-il, une fois qu'il avait raccroché puis fixé ses chaussures avant de vider sa bière d'une traite. Ils sortent d'où ces états d'âme papa-maman-enfant, pourquoi est-ce que tu n'arrives pas à laisser couler ? Il n'y avait jamais eu d'autre option. Il pensait au pragmatisme avec lequel ils avaient agi depuis que Laura lui avait dit pour la grossesse. Des mécanismes de contrôle qui leur évitaient de faire des bêtises. Et puis Judith était arrivée, et il s'était surpris à penser aux photos que ses parents avaient collées dans l'album de famille. Les rires, les câlins, les vacances d'été en Bretagne, les fêtes d'anniversaire sur la terrasse.

Il s'enfonça dans son siège et ferma les yeux, il avait un peu l'impression de tanguer. Il sentit l'odeur du fleuve, une odeur sucrée, les bars au loin recouvraient la ville d'un voile de musique et de rires. Quand il rouvrit les yeux, c'était silencieux, le ciel déjà bleu-gris, et à l'est les premières bribes de nuages se coloraient de rouge.

À peine installés en voiture, le vieux glissa un CD dans l'autoradio. Brahms retentit, les danses hongroises, et si la musique ne semblait pas du tout en phase avec le décor, elle avait au moins le mérite de donner un coup de fouet à Martin, ce que le café et les œufs brouillés avaient été incapables de faire. Il tapota sur le volant et, du coin de l'œil, il vit le vieux sourire.

Une fois la ville et les *highways* autour d'Austin derrière eux, la route se faisait plus étroite, l'horizon plus vaste. Les silos à céréales brillaient au soleil, au loin on apercevait des moissonneuses, de minuscules insectes jaunes d'où jaillissait la paille. Il vit un avion au-dessus d'eux pulvériser un liquide quelconque sur l'un des champs environnants. Il avait plutôt associé le Texas aux déserts, aux falaises, aux vautours.

— Il y en a un paquet, dit le vieux, mais plus à l'ouest. Après c'est l'Arizona, le Nevada, rien que du sable et des pierres.

Son grand-père s'enfonça un peu dans le siège comme pour laisser le paysage défiler devant lui. Il avait l'air très serein.

Une heure plus tard, Martin quitta le *diner* de la station-service et retrouva la fournaise, il s'arrêta un instant pour boire de la limonade glacée. Son dos était trempé de sueur, de petites gouttes perlaient sur son front. Il constata que le vieux s'était assoupi la tête contre la vitre. Lorsqu'il remonta en voiture, il observa un moment la bouche fine, les joues légèrement tombantes et les quelques poils ayant échappé au rasoir, la peau claire et brillante sur laquelle les taches de vieillesse esquissaient un léger motif léopard. Au fond, tu ne sais pas qui est cet homme. De quoi parlait un petit-fils avec son grand-père : des études, du travail, de la santé. La vie de cet homme, tu la connais uniquement à travers le regard de ta mère. Ses histoires à elle, ses souvenirs à elle : le père dur, distant, qui imposait sa loi à la maison tel un juge, un homme droit, mais pas au sens positif du terme. Un type qui avait chassé sa fille de la maison quand elle s'était mariée en secret. Quand Martin démarra, le vieux ouvrit les yeux et sourit. Il avait une certaine douceur dans le regard, déjà avant ce matin, une douceur que Martin n'arrivait pas à concilier avec les histoires de sa mère et son propre vécu.

— Ton doigt, grand-père, dit Martin.

Le vieux lui montra son alliance.

— Celui-là ?

— Oui celui-là.

— Eh bien ?

— Tu l'as perdu comment ?

— On me l'a arraché avec les dents, répondit le vieux.

Martin rigola en secouant la tête. Quand il posa à nouveau les yeux sur le grand-père, celui-ci avait incliné la tête et il l'observait avec intérêt, voire un certain étonnement.

Le village était ordinaire, avant même de dépasser le panneau, ils aperçurent d'immenses hangars devant lesquels des wagons de marchandises étaient entreposés, puis le nom, *Hearne TX*, en blanc sur fond vert, une suite de magasins sommaires, une station-service et des petites maisons de plain-pied en retrait qui se blottissaient sous les ormes et les chênes pour échapper à la chaleur. Ils suivirent l'itinéraire imprimé par le vieux, dépassèrent le *Love's Travel shop* dont l'apostrophe formant un cœur rouge trônait fièrement sur l'immense panneau publicitaire, ils quittèrent la rue principale et suivirent une petite route semée d'ornières jusqu'au petit panneau marron *Camp Hearne* qui les invitait à bifurquer vers un sentier poussiéreux. En arrière-plan, des hangars entourés de barbelés et un silo rongé par la rouille près d'un tas de rails de chemin de fer. Des dizaines de mètres plus loin à droite, les arbres laissaient place à une baraque anthracite tout en longueur, au toit blanc, derrière laquelle se dressait une large tour en bois. En s'approchant, Martin vit que la baraque était surélevée d'une vingtaine de centimètres par de massifs pilots. Le bâtiment était couvert de fenêtres rectangulaires blanches, seules trois étaient vitrées à l'avant, les autres étaient condamnées par des planches en bois de la même couleur sombre que le bâtiment.

— Nous y sommes, dit le vieux.

Un panneau blanc leur souhaitait la bienvenue au *Camp Hearne – Exhibit & Visitor Information Center*. Martin gara la voiture près de la tour et de six autres véhicules. La baraque et le mirador avaient été refaits à neuf, en témoignaient le bois et la peinture brillants. Martin descendit de voiture. Au bout de quelques instants, la portière s'ouvrit côté passager, laissant apparaître la tête du vieux. La porte de la baraque s'ouvrit juste après et une petite dame mince fit son apparition. Elle avait les cheveux blancs, très courts, portait une chemise à carreaux et un pantalon cargo en nylon. Lorsqu'elle s'avança vers le vieux, son sourire laissa entrevoir une quantité de petites rides sur son visage.

— *You must be Franz*, dit-elle. *I'm Cathy. Welcome back!*

Elle serra la main au vieux, puis à Martin.

— *Follow me, follow me*, dit-elle.

Ils traversèrent une première pièce qui ne contenait rien d'autre que quelques chaises avant d'entrer dans la partie arrière de la baraque qui était climatisée. Sous l'effet de cette baisse de température soudaine, les poils de Martin se dressèrent instantanément sur ses bras et sa nuque. Un frisson parcourut son corps.

La pièce devait mesurer environ trente mètres carrés, elle était encombrée de présentoirs et d'objets en tous genres. Son grand-père le devança, s'arrêta devant les clichés et les cartes, se pencha sur une vitrine comme pour plonger dedans. Un mannequin avec une casquette et un uniforme portant l'écusson PW sur la poitrine regardait ses moindres faits et gestes, à l'image de Martin et de l'Américaine, deux figures silencieuses qui observaient ce vieil homme frêle se balader de vitrine en vitrine, hocher la tête encore et encore comme si les objets parlaient avec lui.

— *Looks like he's enjoying himself*, dit Cathy.
— *He sure does*, répondit Martin.

Être dans sa tête, se dit-il, voir les images, les pensées, les sauts entre les synapses, ce passé qui ressurgit tout entier, dans ces vitrines, dans les photos, dans la figure du mannequin à l'uniforme. Il prit une photo pour sa mère. Il aurait fallu que Barbara soit là, qu'elle voie tout ça. Il ne comprenait pas pourquoi il ne l'avait pas invitée. Elle ne serait probablement pas venue. Il prit une deuxième photo pour elle. Il essaya de se mettre à la place du vieux, d'imaginer le jeune Franz portant cette veste avec l'écusson cousu sur la poitrine, le jeune Franz dans la fournaise d'une baraque ou dehors en train de creuser ce sol sec et poussiéreux à la recherche de pierres, les premières de sa collection. Ça avait dû commencer comme ça, pensa Martin, le sol du Texas, et l'idée absurde de goûter la terre survint dans son esprit.

Il rejoignit son grand-père devant les vitrines et vit des lettres ressemblant à celles que le vieux lui avait montrées dans l'avion, le même papier, le même imprimé. Il vit un étui à cigarettes sur lequel un prisonnier de guerre avait gravé les contours de sa baraque et le soleil brillant au-dessus. Cathy ouvrit l'une des vitrines et saisit une gourde également gravée par son propriétaire. L'arrière était décoré de palmiers et d'une maison à toit plat, d'un minaret et devant un animal censé représenter un chameau. On pouvait lire l'inscription *Tunis* en dessous. Sur les côtés, le nom des différentes étapes de l'homme : *France, Sicile, Tunisie, Atlantique, New York, Hearne Texas*. Devant, la représentation du mirador à côté duquel ils avaient garé la voiture. Martin tenait la gourde dans les mains, la retournait, effleurait les gravures. Il imaginait le vieux assis sur les marches de sa baraque à côté d'un homme en train de gratter une gourde au couteau.

— Tu la connais ? demanda-t-il au vieux qui lui prit la gourde des mains pour la palper, la retourner sous toutes les coutures.

— Je n'avais aucun ami d'Afrique, dit-il.

Puis, après une brève hésitation :

— Ou plutôt si, un. Mais un seul.

Il regarda Martin comme si son visage était un écran sur lequel des images étaient en train d'être projetées.

— Un seul, répéta Franz tout bas.

Il rendit la gourde à Cathy, se tourna vers une autre vitrine. Martin s'avança à côté de son grand-père, il vit des photos d'hommes déguisés en femmes, avec des chapeaux en fourrure ou de curieux uniformes sur une petite scène, et à côté, le cliché de la salle comble, des officiers américains au premier rang.

— *Compound* 3, dit Franz. La Deutsche Bühne*. Le meilleur théâtre et de loin. Ils avaient transformé toute une baraque. Orchestre et tout. Je n'ai vu que deux ou trois représentations, je crois, une à l'automne si je me souviens bien, une avant Noël. Une pièce de Goethe.

Il posa une main sur l'épaule de Martin, pointa un autre groupe de photos montrant une statue de femme et une fontaine.

— La Fontaine du Diable, dit-il en montrant le cliché de trois figures grimaçantes, tuyaux métalliques

* Équivalent allemand de La Comédie-Française.

dans la bouche. Notre point de rendez-vous au *compound*, derrière la cantine. On sortait après manger et on s'asseyait près du bassin. Plusieurs maçons et plombiers de l'Afrikakorps l'avaient construit avant notre arrivée.

Cathy s'avança vers eux et dit qu'il ne restait plus rien de la fontaine, mais que l'on pouvait visiter les fondations d'une autre fontaine et celles du château. Elle montra quelques pierres dans une autre vitrine, une tour miniature et les restes d'une muraille.

— *Newschwonstin* in Texas*, dit-elle en souriant.

Elle demanda à Franz s'il était maintenant prêt à rencontrer quelques anciens gardes. Elle montra une porte à l'autre bout de la petite salle du musée :

— *They are waiting for you*, dit-elle.

Les hommes dans la salle de réunion portaient des casquettes de base-ball, des chemises à carreaux ou à fleurs, des pantalons de jogging ou de costume, des sandales ou des chaussures sans lacets. Certains de leurs enfants ou petits-enfants se tenaient derrière eux avec des sourires gênés. Les hommes s'appelaient Bill, Walter, Joe ou Leonhard. Leurs cheveux étaient blancs ou leurs crânes chauves, les yeux vitreux, leurs mains tachées. L'un d'entre eux était en fauteuil roulant, et à l'exception de deux hommes grands et minces au visage bronzé, ils semblaient tous bien plus âgés que le grand-père de Martin. Ils enlacèrent Franz comme une vieille connaissance, même s'ils n'avaient pas l'air de se connaître. Un seul homme, chauve, mince et ridé,

* Référence au château de Neuschwanstein en Allemagne.

qui s'appuyait tout tremblant sur une canne et serra la main à Franz en dernier, soutint le regard de l'Allemand un peu plus longtemps, il avança la tête comme pour renifler son interlocuteur. Après un moment de silence, le petit monsieur émit un son, peut-être un mot ou l'expression de sa joie. Il se tourna vers sa fille, montra Franz du doigt et s'écria :

— *I know him! I know him!*

Martin vit Franz sursauter et observer l'homme, un peu embarrassé, comme pour essayer de se souvenir.

— *I know him!* répéta l'Américain.

Sa fille, une petite femme ronde dans une robe à fleurs, se détacha des autres personnes présentes, avança vers son père et posa la main sur son bras. Elle lui demanda s'il était sûr. L'Américain fit oui de la tête.

Il raconta qu'il avait transféré Franz, qu'il lui avait donné les papiers à l'époque.

— *I'm Lieutenant Williams.*

Et Martin vit l'éclair de lucidité dans le regard du vieux.

— C'est vous, dit Franz.

Williams acquiesça.

— Vous avez pleuré, je me souviens que vous avez pleuré.

Il s'adressait désormais à moitié à Franz, à moitié à sa fille :

— Il a pleuré comme un bébé quand je lui ai donné les papiers.

Martin observa son grand-père de profil, ses fines lèvres pincées. Il déteste ça, se dit-il.

— Vous vouliez partir, dit l'Américain. Où avez-vous été transféré ?

— Dans l'Utah, dit Franz.

L'Américain hocha la tête.

— Oui, dans l'Utah c'est vrai, je n'étais plus très sûr mais maintenant je me souviens. Dans l'Utah. J'ai entendu dire que c'était un bon camp, là-haut. Chez nous c'était plus compliqué. Ce n'était pas toujours simple. Avec tout ce qui s'est passé.

— Non, dit Franz, ce n'était pas simple.

2

— Allez viens, viens voir !

Il lui fait signe de s'approcher. Franz descend de son hamac, slalome entre les quelques camarades allongés au sol. Les lanternes pendues au plafond par des crochets métalliques bougent sans cesse, faisant valser leurs ombres sur l'entrepont.

— Il est d'accord.

Paul rayonne.

— Il faut aller vers la cloison, rester dans les environs. Il viendra nous chercher quand ce sera bon.

— Tu es sûr ?

Paul lève le pouce en l'air et avance vers la porte à l'autre bout de l'entrepont où il s'assied avant de sortir un jeu de cartes de sa veste d'uniforme. Ils font quelques parties de skat. Ils s'adossent finalement à la paroi et observent la cale. Ils sentent le métal chaud dans le dos, les vibrations des moteurs. Les hommes devant eux dorment ou discutent à voix basse. Le calme après des jours de tempête, un calme plat ; cette certitude que la guerre est finie pour eux, d'être à bord d'un transporteur qui les emmène en Amérique. Jusqu'à ce que le Führer vienne les chercher, a dit l'un d'entre eux. Ça en avait fait rire plus d'un. Les autres n'avaient rien dit.

La porte de la cloison s'ouvre à côté d'eux, un soldat américain fait son entrée. Il jette un bref coup d'œil.

— *You two!*

Il montre Paul et Franz du doigt.

— *Get up! Work!*

Un camarade à côté d'eux lève les yeux de son livre.

— Mes pauvres, dit-il en riant.

Ils suivent l'Américain, sortent dans le couloir. À peine l'homme a-t-il refermé la porte de la cloison qu'il tend la main à Paul en ricanant.

— *I should win an Oscar for that performance*, dit-il. *Hurry up!*

Il part devant. Ils montent quelques marches, tournent à plusieurs reprises, escaladent des échelles. Les couloirs inférieurs du bateau peints en blanc sont déserts. Les machines ronronnent, le bong-bong-bong de leurs pas est absorbé par les murs. À l'entrée d'un passage, l'homme s'arrête, se retourne et dit quelque chose en anglais. Paul l'écoute et acquiesce.

— Il dit que l'équipage et les blessés sont déjà presque tous sur le pont pour regarder. Il nous laisse aller jusqu'à la porte extérieure. Il se tiendra devant. La porte sera ouverte, mais nous devons rester à l'intérieur. Si on sort, il nous descend.

— *Alles klar?* demande le Ricain.

— *Yes*, dit Franz, *alles klar*.

Le soldat rigole.

— On peut rester ici, jusqu'à ce qu'il nous fasse signe, dit Paul. Ensuite, il faudra retourner dans la cale. Et si quelqu'un nous demande, on a nettoyé les toilettes.

Des bruits inconnus proviennent de l'extérieur, des mouettes, des mouettes ou d'autres animaux, pense Franz avant de comprendre : ils entendent des hommes crier, exulter, siffler. Le Ricain repart devant ; au bout du couloir la lumière du jour, des ombres en mouvement devant. Leur garde place un doigt devant ses lèvres avant de sortir. Ils se mettent sur le seuil, penchent les têtes en avant.

La lumière, éblouissante, le bruit, pas uniquement celui des hommes, aussi celui des sirènes d'autres bateaux ; le monde s'emballe, résonnant et brillant ; Franz ne distingue d'abord rien d'autre que la clarté, il voit les silhouettes obscures des soldats devant lui, des hommes au bastingage, à moitié cramponnés, qui hurlent, rient et se prennent dans les bras. Au bout de quelques instants, il aperçoit l'eau, le bleu, les nombreux navires, la petite tour verte sur laquelle il concentre son regard, il comprend, reconnaît la couronne et le flambeau.

Il regarde Paul qui rit à gorge déployée alors que le bateau prend un léger virage et laisse la statue derrière lui. Une série entière de bâtiments bas, d'entrepôts, de cheminées d'usines. Partout des bateaux, des grands, des petits, peints en gris, à quai ou sur l'eau, une grande pagaille, grouillante, indescriptible. On est déjà à New York, c'est ça ? On lui tape sur l'épaule.

— Regarde ! dit Paul en tendant le bras vers la sortie.

Le regard de Franz suit l'index, passe au-dessus de l'eau, esquive les entrepôts, survole les petits bateaux en direction du nord. Là, il les aperçoit : les bâtiments sombres et denses qui contrastent avec le grès gris, les briques rouges qui côtoient le verre et le métal éclatants sous le soleil, le reflet vert-de-gris des toits en cuivre, les aiguilles qui pointent vers le ciel. On dirait les tours d'une église, se dit-il, entourée de gros blocs deux fois plus hauts que le Bergmannsdom de Katernberg. Les bâtiments semblent pousser du sud vers le nord, en rang d'oignons ; la ville s'étire, happée par le bleu du ciel. Puis c'est le vide, la redescente, les bâtiments plats et derrière eux, dans la brume lointaine de l'été, toujours plus de tours.

— L'Empire State, dit Paul, tu as vu ? L'Empire State !

Et Franz acquiesce sans comprendre, il serait prêt à dire oui à tout, il est bouche bée, il n'arrive pas à détourner le regard, ses yeux sont curieux, une curiosité que Franz n'avait jamais soupçonnée, dévorante, insatiable. Ça, se dit-il en essayant de mémoriser chaque tour, chaque réflexion de lumière, chaque pointe et chaque antenne, la forme des bittes d'amarrage, ça tu n'as pas le droit de l'oublier.

*

Tout le village a fait le déplacement. Il aperçoit des pères qui portent leurs enfants sur les épaules, des mères coiffées de foulards blancs, des vieilles dames, des rôdeurs, Franz voit des automobiles, des tracteurs sur lesquels plusieurs femmes sont assises et font signe, il voit des visages blancs et noirs, entend des voix, des rires, des cris d'enfants. On dirait une fête populaire ou une visite au zoo. Tous gardent sagement leurs distances, attendent derrière la file de soldats américains qui, armes baissées, baïonnettes au fusil et la mine sérieuse, attendent que les Allemands sortent du train.

Une route ordinaire traverse les rails, deux panneaux avertisseurs, rien d'autre. Seul l'attroupement témoigne d'habitations proches.

Franz cligne des yeux, il protège son visage avec les mains, avance tant bien que mal, suit les camarades dans cette haie formée par les Américains. Ils marchent ou plutôt non, ils avancent, boitent, se traînent. Ce n'est qu'au bout de quelques mètres qu'ils semblent se rappeler qui ils sont, ils se rangent plus ou moins, maintiennent la cadence, là aussi plus ou moins, avec leurs sacs à dos, paquetages ou valises pleins à craquer. Le soleil est haut, il les brûle, la fournaise insoutenable, l'humidité leur coupe le souffle, le sel brûle leurs yeux ; l'homme en tête de cortège n'est qu'une forme floue au milieu d'un nuage de silhouettes tourbillonnantes. Il s'efforce de lever les pieds, de garder le rythme, de ne pas sortir du rang.

Le ronflement des moteurs les accompagne. Franz reconnaît deux jeeps qui roulent au pas à côté d'eux, il distingue deux grandes silhouettes sur la surface de chargement : les mitrailleuses. La population reste en retrait ou à distance, il ne considère pas tous ces étrangers, son attention est focalisée sur les canons bringuebalants. Une seule de ces armes suffirait, pense-t-il, certains survivraient peut-être jusqu'au prochain bois, ou peut-être pas. Ses vêtements lui collent au corps, le sac à dos est lourd, ses jambes épuisées ; les pensées déferlent dans son esprit comme tombées d'une étagère pour pénétrer je ne sais où, dans une galerie probablement, ton cerveau de mineur de fond.

Que se passe-t-il ? Qu'est-ce qui te passe par la tête ? On y est presque, ils ne nous feront rien, pas devant les civils. Et la Croix-Rouge, oui, la Croix-Rouge. Il se demande où est Paul, lève un peu la tête, mais la sueur coule et brûle, des traînées grises lui cachent la vue. Tu dois écrire dès ton arrivée, à ton frère et à ta mère, leur dire que tu vas bien, qu'ils te manquent, que même ton père te manque, même le mort. Ta tête, pense-t-il, le soleil. Il rêve d'une tartine, une tartine de beurre avec un verre de lait, ou il aimerait voir la tour de la mine, avoir le visage couvert de charbon, passer la main sur la toile cirée dans la cuisine de sa mère. Il te faut de l'eau, de l'ombre. Il se concentre sur ses pas, un pied devant l'autre, sans s'arrêter, toujours tout droit ; un pas, un deuxième, un troisième, il commence à les compter. Des arbres de toutes parts, épars, n'offrant aucune ombre. Il a dépassé les mille pas et arrêté de compter depuis un moment quand les voix se font enfin plus fortes et la marche plus lente. Il se passe la manche sur le visage, frotte les paupières, lève la tête, cligne des yeux jusqu'à pouvoir entrevoir quelque chose : des barbelés derrière la série d'arbres à sa gauche, plusieurs grands bâtiments en longueur derrière la clôture. L'inquiétude gagne le groupe, un bourdonnement dans les têtes et les voix, ils se remettent en mouvement sur ordre des Américains, accélèrent le pas. Les allées d'arbres s'ouvrent, offrent une vue dégagée sur les grandes baraques grises, un portail à deux battants entouré de fil barbelé est déjà ouvert et derrière, une autre jeep équipée d'une mitrailleuse. Des pylônes électriques se dressent entre les bâtiments, les câbles semblables à des cordes à linge inaccessibles. De la fumée s'élève et avec elle, l'odeur de nourriture. Il ne ressent ni joie ni peur, les images chassent tous les sentiments de sa tête. Ils passent devant les premiers bâtiments ; plusieurs personnes sont postées devant les portes ou au bord du chemin et les observent : des hommes et des femmes en uniformes verts, quelques civils ou des silhouettes en blouse blanche. Ils traversent cette zone, l'entrée d'un petit village américain peuplé de baraques, partout des uniformes verts ; à droite, il aperçoit une longue rue dans laquelle d'autres maisons en bois sont alignées, mais les Allemands poursuivent leur chemin vers le sud, quittent le secteur américain pour se diriger vers une double clôture où un portail ouvert les attend. De part et d'autre les premiers miradors imposants en forme de polygone, projecteurs sur les toits. Des soldats se tiennent sur les plateformes d'observation, les armes pointées sur eux. Puis un petit bout de no man's land, d'herbe jaunie par la sécheresse, traversée par une route qui les emmène vers une autre clôture qui s'étend d'est en ouest. Derrière le grillage d'abord une autre étendue sèche, puis quelques dizaines de mètres plus au sud, le début du camp, les premières baraques, les innombrables toits, toujours plus de portes au loin, de la fumée s'échappe des cheminées, une vraie petite ville, pense Franz, une ville barbelée.

Directement devant eux un portail fermé, derrière lui une route plus large et déserte qui les conduit au milieu du camp. Mais ce chemin n'est pas pour eux, ce n'est pas leur partie du camp, ils se dirigent à l'ouest, longent le grillage jusqu'à atteindre un autre portail ouvert. La tête de file prend à nouveau la direction du sud, passe le portail, traverse une pelouse fatiguée ; Franz emprunte lui aussi ce chemin, leur ruelle, ponctuée quelques mètres plus loin de baraques sur pilotis à gauche et à droite. De chaque côté de la rue, des fossés de drainage recouverts de minuscules blocs de pierre, au bord des fossés de jolis parterres de fleurs, des pensées, des myosotis. Un lieu idyllique et désert, comme si un tremblement de terre avait englouti avant leur arrivée tous les hommes qui avaient construit ces ponts et planté ces fleurs. De la fumée s'échappe d'un grand bâtiment, seul signe de vie. La découverte d'une fontaine derrière la bâtisse provoque murmures et chuchotements, un demi-cercle en béton entouré d'un mur en pierre sur lequel on aperçoit trois visages au menton en galoche en train de cracher l'eau dans le bassin du dessous.

— *Come on, come on, come on!* s'écrie l'un des Américains à côté d'eux. *Keep walkin', keep walkin'!*

Le chemin se poursuit encore et toujours en direction du sud, à travers leur nouveau chez-eux, jusqu'à atteindre une autre clôture avec mirador à l'extrême sud-ouest. Derrière le grillage s'étend un gigantesque terrain de sport, plusieurs buts, des barres fixes, des kiosques. Sur le terrain devant la clôture, une jeep attend les Allemands et à l'arrière, un homme grand et maigre coiffé d'une casquette. Il baisse le regard vers eux, protégé par une horde de gardes américains.

— De l'ordre messieurs, de l'ordre, dit quelqu'un devant, sûrement un sous-off, un sergent-chef qui tente de rétablir le calme dans leur formation ; tout prend une éternité, le désarroi général perturbe les mouvements appris, la masse d'Allemands envahit la quasi-totalité de la pelouse entre les baraques et la clôture.

Franz est à bout de forces, il est fatigué, ses genoux menacent de lâcher. Il aimerait s'appuyer sur quelqu'un, sur Paul, il s'appuierait bien sur Paul.

— Bienvenue, bienvenue !

La voix du commandant de camp bourdonne très distinctement dans les haut-parleurs, on dirait la voix d'une femme. Dès qu'il bascule en anglais, chacune de ses phrases est suivie de la traduction en allemand.

Des combattants faits honorablement prisonniers, entend Franz, il entend parler d'ennemis que l'on traitera avec respect tant que les règles du camp seront suivies par les prisonniers. Tous les simples soldats, entend-il, intégreront le *compound* 1 qu'ils viennent de passer, tous les sous-officiers seront répartis dans les *compounds* 2 et 3 situés plus à l'est, où ils devront s'intégrer dans une structure de camp déjà établie.

— Vos camarades de l'Afrikakorps, la voix du traducteur grésille dans le haut-parleur, vont également vous accueillir et vous réexpliquer les principales règles de la vie quotidienne dans notre camp.

Certains camarades échangent des regards devant lui.

— Le réveil sonne tous les matins à cinq heures trente, petit-déjeuner à sept, l'appel a lieu dans le réfectoire, les prisonniers mobilisés sur des lieux de travail plus éloignés peuvent, si besoin, être réveillés plus tôt. Le travail se termine tous les soirs à six heures, pour tous les soldats restés sur le camp le déjeuner est fixé à douze heures, le repas du soir sera pris par tous les prisonniers à dix-neuf heures. Extinction des feux dans toutes les baraques à neuf heures et demie, tout le monde est consigné à partir de onze heures.

Le commandant marque une pause et observe le rassemblement d'Allemands. Il se racle la gorge.

— Après une brève phase d'adaptation, tous les simples soldats devront participer au travail forcé.

L'agitation se lève. Un camarade devant fait taire tout le monde.

— Les sous-officiers pouvant s'identifier comme tels sont dispensés de travaux forcés, mais peuvent se porter volontaires.

— Le repas sera distribué au mess. Vous serez libres de dépenser le salaire de vos missions de travail dans la cantine de votre *compound* pour acheter des objets du quotidien. Chaque *compound* est équipé d'un lavoir avec toilettes, lavabos et douches. Le nettoyage et la préparation des repas sont assurés par les prisonniers. Vous pouvez vous porter volontaires pour ces tâches, surtout si vous avez de l'expérience en cuisine. Tout au long de la journée, vous pourrez récupérer à la cantine un coupon d'un dollar et cinquante centimes. Cette avance sera retenue sur votre premier salaire.

Franz étouffe un rire. Il balaye la jeep de l'officier du regard, le grillage, le terrain de sport. Chez lui, c'est tickets de rationnements, bombes et abris antiaériens. Et lui il est là, en sueur, sous le soleil qui vacille haut dans le ciel, et on lui explique qu'il peut faire ses courses, se doucher et travailler. Comment réagirait son père s'il pouvait voir son petit dernier aux mains des Ricains ? Peut-être qu'il regarde d'en haut, mais peut-être aussi, et c'est plus probable, d'en bas, de tout en bas, en dessous des galeries les plus profondes. Il imagine son père assis sur une chaise dans le jardin, la grande planche en bois sur les genoux, des papiers et le fusain dessus, il reconnaît les contours d'un sapin que le père a dessiné, le grand épicéa des voisins. Le père tourne la tête, lui fait signe.

— Tiens-toi droit, dit-il, bien droit. N'oublie jamais qui tu es !

Les draps et l'oreiller d'une blancheur éclatante sentent bon, au bout du lit des couvertures de laine soigneusement pliées, des vêtements, chaussettes et sous-vêtements posés dessus. Ils se bousculent pour entrer dans la baraque en longueur, s'entassent dans l'espace libre entre les lits, il en compte près d'une vingtaine de chaque côté. Devant chaque lit une petite caisse sur laquelle est inscrit *US Army*. Au milieu de la pièce une table et quelques tabourets, quelques chaises tout au bout, des étagères vides, une porte au fond.

Tout autour, des visages surpris, des hochements de tête. Les premiers se laissent tomber sur les lits, étirent leurs jambes. Franz s'assied sur un matelas proche de l'entrée, pose son sac à côté de lui, observe les camarades tourner en rond. Il passe la main sur le drap, la matière est rêche et amidonnée.

— Des chiottes rien que pour nous, s'écrie quelqu'un depuis la porte au bout de la baraque. Sur l'oreiller un morceau de papier soigneusement imprimé : *Instructions et règles de conduite pour la vie au camp Hearne*, suivi de toute une série de paragraphes qui, après un premier coup d'œil, contiennent beaucoup de points abordés dehors par le commandant du camp. Puis les horaires d'ouverture de la bibliothèque, les cours proposés, les instruments à emprunter.

— Alors ça…

Franz lève la tête.

— Quoi ?

Sur le lit à côté de lui, un type pâle au visage fin et cheveux noirs est lui aussi penché sur la feuille. Il lève la tête, regarde Franz.

— J'en crois pas mes yeux, dit l'autre, c'est une vraie cure thermale ici !

— Attends un peu qu'ils nous fassent trimer.

L'autre lève sa fine main en signe de protestation.

— Oh, trimer, je suis pas bien sûr que les Ricains savent ce que c'est. On va y arriver les doigts dans le nez !

Il rit. Ses dents sont courtes, très droites et très blanches. Sur le côté droit de son cou, une tache rouge s'étend vers le torse et disparaît sous la chemise d'uniforme, probablement une cicatrice de brûlure.

— Jürgens, dit-il en tendant la main droite à Franz et en tapotant le matelas de la gauche. Nous voilà voisins de lits.

— Au bon voisinage alors !

— Et à la camaraderie !

Franz s'attelle à sortir ses effets personnels du sac à dos pour les ranger dans la caisse au pied du lit. Il transpire, imite les camarades et retire sa veste et sa chemise.

Il pose sa seule autre chemise et son deuxième pantalon sur le lit, la gourde en métal un peu cabossée sur le côté depuis qu'il s'est jeté par terre à Cherbourg pour éviter les tirs des Américains. Peu après son arrivée, le début de la fin. Retranché dans une cave avec un sous-off à attendre la fin du combat, de pouvoir sortir les mains sur la tête ; le même sous-off qui avait d'abord fouillé la cave à la recherche de bouteilles de vin et fini par en trouver une, avait brisé le goulot avec sa baïonnette et fait tourner la bouteille à tous ses hommes. Plus aucune volonté de combattre. Franz avait bu. Il était soulagé, mais il avait également ressenti tristesse et déception. Il ne serait jamais un héros, jamais un guerrier.

Sur la petite table de nuit à hauteur de son oreiller, il pose le fin carnet en cuir que son frère lui avait glissé au moment de se dire au revoir. Un journal de bord, avait dit Josef, pour qu'il puisse noter ses actions héroïques. L'aîné avait ri avant de le prendre dans les bras. Franz se sentait misérable, coincé dans cet uniforme, perdu sur le quai de la gare centrale d'Essen, perdu au milieu de tous ces soldats, perdu dans son propre uniforme. Ce frère, s'était-il dit au moment de se détacher de l'étreinte avec sa mère et de monter dans le train, ce grand frère avant l'accident, lui, aurait rempli son uniforme et se serait senti tellement à l'aise dedans. Il avait été un vrai soldat, un combattant. Un soldat de la Reichswehr au début des années 1930, bataillon de garde à Berlin. Toute la rue en avait parlé. Et Franz, sur le chemin de la guerre, s'était simplement senti comme un mineur de fond qu'on avait déguisé. Il ouvre le carnet, fait défiler les pages blanches avec son pouce. Dans la poche de poitrine de sa veste d'uniforme, il trouve un crayon.

14 juillet 1944
Arrivée au camp Hearne, Texas. Instruction des règles du camp et répartition dans les baraques. Tout a l'air luxueux. Effluves de nourriture depuis le mess. Canicule.

Il tente de dessiner le camp, représente la zone réservée aux soldats américains sous forme de carré au nord, la zone allemande en dessous avec les différents *compounds*, trois rectangles de la même longueur, le terrain de sport plus au sud, à côté de leur *compound*, le plus à l'ouest, les baraques de l'hôpital. Il les dessine sous forme de cercles, s'interrompt, fixe les quelques mots et les ébauches de dessin. À quoi bon, pense-t-il, avant de remettre le crayon dans sa poche de veste, d'ouvrir la porte de son chevet et de ranger le carnet dedans.

*

Le tuyau râle, gronde. Il lève les yeux au moment où l'eau arrive, il fixe le jet puissant en pensant ressentir la fraîcheur nocturne qui a rendu le sommeil supportable pour la première fois depuis des jours. Il ferme les yeux.

Il entend les hommes fredonner et chanter à côté de lui. Il ouvre à nouveau les yeux, regarde autour de lui, voit les corps blancs et nus, bon nombre d'entre eux brûlés aux bras ou à la tête. Certains gardent les yeux ouverts, d'autres fermés, mais ils sourient ou rient presque tous, même après plusieurs jours.

Quand il sort à l'air libre, le ciel est encore d'un bleu couleur encre, le jour se reflète sur les cimes des arbres. Un léger vent souffle, un picotement dans les cheveux mouillés, bientôt secs, sur lesquels le soleil tapera. Il suit les autres vers la cantine, de laquelle émane déjà une odeur de pain frais et de café. Il se rappelle le camarade qui, à son entrée dans le bâtiment le premier soir, une fois la répartition faite dans leurs compagnies et baraques, à son entrée dans la cantine et à la vue du repas qui les attendait, s'était mis à pleurer. L'homme se tenait là, tout sanglotant et tremblant devant les casseroles fumantes, devant les montagnes de fruits, de pain, de légumes ; les mains sur son visage, il était resté un moment immobile avant de se mettre à chialer comme un enfant. Et tous les autres, en cercle autour de lui, l'avaient regardé sans savoir quoi faire, sans savoir s'il fallait rire ou, comme lui, pleurer. Ce trop-plein de nourriture ressemblait à un bizutage de bienvenue, une façon de rire au nez des pauvres Allemands amaigris qui ne savaient rien faire d'autre que manger, engloutir du rôti de porc et des pilons de poulet de peur d'avoir faim ou pire encore. On entendait parler de dernier repas du condamné. Mais il y avait le matin suivant, le midi et le soir. Le jour d'après, puis un autre et encore un autre. Le repas n'était, certes, plus aussi copieux que le premier soir, mais restait abondant, varié, cuisiné et servi par les camarades, les soldats de l'Afrikakorps, les "Afrikains", qui vivaient au Texas depuis un an déjà.

Après le premier dîner, ils étaient restés près de la clôture et s'étaient entretenus avec les Afrikains dont le couvre-feu avait été levé après l'arrivée des "Français", et qui leur proposaient du chocolat ou des cigarettes. En arrière-plan, on entendait le clapotis de l'eau de la fontaine.

— La Fontaine du Diable, avait dit un des Afrikains, et que c'était quand même un comble d'avoir intégré les Français justement dans le *compound* que les Afrikains avaient le mieux réhabilité.

Les autres Afrikains avaient ri ou murmuré, certains avaient ouvertement insulté les Américains. Malgré la camaraderie et les mots gentils, Franz avait perçu l'amertume derrière le ton de la blague. Les hommes de l'autre côté du grillage les observaient très attentivement. Leurs visages étaient bronzés, il les avait à peine distingués dans la pénombre naissante, seul le blanc de leurs yeux brillait. Il s'était retourné, avait fait quelques pas et écouté le bruit des cigales, puis laissé glisser son regard jusqu'au mirador sud sur lequel deux gardes se dressaient dans le crépuscule.

— Œufs brouillés ?

Le camarade devant lui tient une louche dans sa main géante et lui sourit. Franz hoche la tête. L'homme remplit son assiette, pose deux tranches de pain à côté, un peu de beurre et du fromage.

— Faut le dire si tu veux du rab, dit-il.

Franz lui sourit. Casquette blanche vissée sur sa grosse tête carrée. La peau très bronzée, beaucoup de rides. Le même âge que son père, ou peut-être est-ce juste une impression.

— On fait c'qu'on veut en cuisine, dit le chef, j'préfère qu'tu t'goinfres que balancer tout ça !

— Entendu, dit Franz.

— Moi c'est Rudi, dit l'autre, pour la graille c'est avec moi qu'il faut voir, pigé ?

— Pigé !

— Qu'est-ce qu'il voulait ? demande Jürgens, un gobelet de café à la main, au moment où Franz rejoint la table à laquelle ses camarades de baraque se sont installés.

Franz fait un geste vague pour montrer que c'est sans importance.

— Méfie-toi de lui, dit Jürgens, un camarade de l'Afrikakorps m'a averti qu'on avait un rouge en cuisine.

— Un rouge ?

Jürgens lève le poing serré au niveau de sa tête.

— Un comme ça, si tu vois ce que je veux dire. Un sympathisant russe.

— N'importe quoi !

Franz secoue la tête.

— Y a de la racaille partout, dit Jürgens. Dans la cordonnerie de mon vieux, on avait un apprenti, toujours souriant, toujours poli, une gueule d'ange, des parents gentils. Et un jour il se fait arrêter parce qu'il faisait de la propagande pour les rouges. T'imagines notre colère, on avait tous peur de se faire coffrer à cause de ce salopard ! Sans les bonnes relations de mon père, je serais probablement pas là avec vous, mais en train de casser des cailloux derrière les barreaux.

Franz mange ses œufs brouillés à la cuillère. Il cherche Paul du regard, intégré à une baraque au nord-est de leur *compound*, sans le trouver. Un type roux et maigre s'assied avec eux et entame la discussion avec Jürgens. Les deux hommes semblent avoir fait connaissance pendant le voyage ou sur le front. D'autres camarades affluent dans la pièce qui se remplit ; le bourdonnement de centaines de voix se mêle au cliquetis de leurs couverts. Un sous-officier américain entre, passe entre les bancs pour les compter. Ça mange, ça discute d'équipes sportives à former, de cours de langue et autres enseignements, des affectations qui les attendaient. Quelqu'un parle d'esclavage, un autre rétorque qu'ils seraient quand même payés.

— On va nous fouetter dans les champs avec les nègres, dit le roux, ici c'est pire que chez nous avec les Juifs. Elle est bien belle l'hypocrisie américaine, l'hypocrisie de tout le système. Prôner la liberté, mais exploiter ses pairs.

Le roux observe Franz. Ses yeux sont clairs et bleus, son visage recouvert de taches de rousseur. Il fait très jeune, presque comme un enfant.

— T'es pas d'accord, camarade ?

Franz hausse les épaules.

— J'en sais rien. Qu'est-ce que j'en ai à faire des Américains ?

— Il faut connaître l'ennemi, dit le roux, pour voir clair dans ses mensonges.

— On essaye, dit Jürgens en faisant un clin d'œil à Franz, mais nous ne sommes pas allés à la même école que toi.

Au moment de quitter la salle après le repas, Jürgens rattrape Franz et le prend par les épaules.

— Laisse tomber Baumann, dit-il, il peut être un peu borné. C'est sa formation qui veut ça. École hitlérienne. L'élite, si tu vois ce que je veux dire. Il aurait pu y rester et continuer à bûcher pour devenir un bonze du parti, mais il a préféré tout arrêter pour s'engager. Combattre pour le Reich. Un vrai héros. Plus à droite, tu meurs. On ne la lui fait pas à lui, et encore moins les Ricains, tu as bien vu.

Franz est assis sur son lit dans la fournaise de la baraque, il regarde par la fenêtre, sans vraiment regarder. Il a le sentiment d'avoir été emporté par un courant et de s'être laissé porter jusqu'ici sans jamais couler. Mais ce courant qui l'a propulsé dans le tourbillon de la guerre, de la captivité et du camp, se fait plus calme, il ralentit et l'eau retrouve sa stabilité. Il ne sait pas encore nager et se dit qu'il faudrait qu'il apprenne. Et plus important encore, se dit-il, bien choisir la personne avec qui on apprend. Il s'allonge sur son lit, ferme les yeux, passe la main sur les draps. Peu de temps après la mort du père, Josef était descendu pour la première fois avec sa couette au salon. Il restait là, sous sa montagne de duvet blanche, penché sur sa radio, à écouter les voix étouffées, des voix dans une autre langue. Quand Franz avait voulu le rejoindre quelques jours plus tard et se glisser avec lui sous la couette, son frère avait fait non de la tête.

— Qu'ils me pendent moi, avait-il dit, ce sera bien suffisant.

Sa main froide sur le bras de Franz. Sa manière à la fois attentionnée et ferme de le pousser vers l'escalier. Et Josef qui, un peu plus tard dans la nuit, était arrivé soudainement dans sa chambre, avant même que les sirènes ne retentissent dans la rue.

— Prépare-toi, avait-il dit, c'est pour aujourd'hui.

Si ça ne tenait qu'à son frère, il savait pertinemment avec qui nager.

— Regarde-moi ça !

Paul se tient devant la Fontaine du Diable, les mains dans les poches de son nouveau pantalon qui lui descend jusqu'aux genoux. Il observe les trois figures démoniaques qui crachent en continu dans le bassin. Ils se serrent la main, se tapent les épaules.

— Je pourrais rester là des heures, dit Paul. Quelle belle époque ce devait être, quel luxe d'avoir vécu ça.

Franz rejoint son camarade et fixe les trois gueules en pierre, leurs bouches rieuses, les cheveux bouclés et les petites cornes. Le soleil s'est déjà levé, les ombres des bâtiments sont courtes.

— Quand je pense à la Russie.

Le visage de Paul soudain s'assombrit. Franz lui jette un regard en coin, silencieux.

— Tu as déjà écrit chez toi ? demande-t-il à Paul.

L'autre acquiesce.

— Le deuxième jour. Permission spéciale. Normalement, c'est interdit. Je veux dire d'envoyer du courrier sur le territoire.

— Tu auras sûrement une réponse plus rapide, dit Franz.

— Ça ne veut rien dire. Certains Afrikains m'ont dit qu'ils n'avaient pas encore reçu de courrier. D'autres, au bout de plusieurs semaines. Ici, on a au moins le bureau de poste. Ça devrait aider.

Franz a vu les camions regagner chaque soir le camp en file indienne avant de repartir le lendemain matin. Dans une grande baraque du secteur américain, plusieurs centaines d'Afrikains sont chargés de trier les lettres de tous les camps et leur propre courrier. Les camarades ont raconté qu'à Noël 1943, la charge de travail avait été si monstrueuse que la moitié du camp s'y était attelée. Ça valait le coup de s'inscrire selon Paul, mais lui préférait tenter d'obtenir un poste d'interprète. Après tout, il était plus qualifié que tous les autres. Franz acquiesce, il s'assied au bord de la fontaine et lève les yeux vers Paul qui observe toujours les diables. Il sourit. Son ami américain.

— Réponds-moi sérieusement !

Il éclata de rire. Plusieurs camarades qui, comme lui, se tenaient au bastingage, se retournèrent.

— Tu viens d'où ?

Le soleil brillait, leurs cheveux flottaient au vent ; derrière Paul, la mer scintillait.

— Mais je suis sérieux, de Cullmann en Alabama.

Franz le poussa au torse.

— N'importe quoi, dit-il.

— Si je te le dis, rétorqua Paul. Je suis né en Frise orientale, mais mes parents ont traversé l'Atlantique quand j'étais encore enfant. Je ne me rappelle même plus le nom du village en Allemagne. Chez moi, je te le jure, c'est Cullmann. Ça je m'en souviens. Tout le reste…

Il fit un geste avec la main, comme s'il voulait se débarrasser d'un moustique.

— Tu parles de la Frise orientale ?

Il secoua la tête.

— De tout. L'Allemagne. Les amis, le Bund.

— Quel Bund ?

— Le Bund germano-américain. Les bataillons marron, section outre-Atlantique.

— Comme la jeunesse hitlérienne, dit Franz.

— Plus ou moins. Sauf que jeunes et vieux étaient mélangés. Flambeaux et drapeaux. Je me suis laissé entraîner par certains amis de Cullmann qui étaient au lycée avec moi. C'était autre chose que de travailler dans les champs sur des tracteurs ou de s'ennuyer à l'école.

— Ils passaient dans les écoles ?

Paul rit, il secoua la tête, cracha par-dessus bord.

— Non, quand même pas. Mais dans la communauté, dans la rue, dans les fêtes. Il y avait beaucoup d'Allemands en Alabama. Ils étaient en quête… d'idiots comme moi.

Paul se montra du doigt.

— Retour en Allemagne en 1939, juste à temps pour marcher sur Varsovie depuis le port de Hambourg. Quelque chose dans ce goût-là. Qu'est-ce qu'on a marché et qu'est-ce qu'on a chanté.

La corne de brume l'arrêta dans son élan ; les Allemands levèrent la tête en hurlant. La discussion fut interrompue ; les camarades les bousculèrent pour tenter d'apercevoir le bleu, l'horizon. Plus tard, de retour dans la cale, Paul s'assit de nouveau à côté de lui. Ils firent plusieurs parties de skat. Aujourd'hui encore, Franz doit vraiment se concentrer pour voir au-delà de la jeunesse apparente, des cheveux très blonds, de la peau claire, très lisse, du sourire franc, et même des rides autour de ses yeux, pour deviner la tension de ses lèvres, le regard sérieux qui peut survenir à tout moment. Ce n'est qu'à ce moment-là qu'il remarque leur différence d'âge, parmi leurs autres différences. Franz imagine son ami lors de son premier voyage en Allemagne, la première fois depuis l'enfance, ce qu'il a ressenti, étranger dans son propre pays. La première fois en uniforme, la première intervention militaire en Pologne.

— Et tu y étais vraiment depuis le début ? demanda-t-il à Paul après plusieurs parties silencieuses de skat dans les entrailles du bateau.

Paul haussa les épaules.

— Tout dépend de ce que tu entends par début. J'ai traversé début 1939 avec le Bund. Les petites mains du Reich.

— Et tes parents ?

— Ah, mes parents. – Il marqua une pause. – Ils ont bien essayé de m'en empêcher, le Bund, les rassemblements, le voyage à New York pour l'événement au Madison Square Garden. Et plus ça les énervait, plus j'avais envie d'y participer. Ils disaient, je revois encore mon père me dire que je devais plutôt me réjouir d'être en Amérique, qu'il fallait que j'essaye d'être un Américain et pas plus allemand que les Allemands.

— Et la guerre ?

— Engagé volontairement, début juin. Quand le vent a tourné. Ça flottait dans l'atmosphère. Peut-être via des contacts des gens du Bund, je ne sais plus ; mais ça flottait dans l'atmosphère. Nous voulions en faire partie, devenir des héros et tout le tintouin, alors on s'est engagés. J'étais tellement excité à l'idée de devenir un homme, un vrai de vrai, un Allemand. J'ai fini ma formation fin septembre ; juste à temps pour partir célébrer la capitulation de la Pologne à Varsovie. Puis un peu de repos et direction l'Allemagne, et là j'ai vraiment pu jouer au héros ; les attaques rapides, la progression, la jubilation, les jours à Paris. Après ce fut au tour de la Russie, infiniment longue, infiniment froide, l'interminable Russie.

Il fit une pause, fixa ses bottes, se frappa les cuisses du plat de la main comme s'il cherchait à s'encourager :

— Et retour en Allemagne à la fin.

— Tu as tout fait, dit Franz.

— Oui, dit Paul en le regardant.

Franz soutint un instant son regard, avant de remettre le nez dans ses cartes.

Il plonge la main dans le bassin de la fontaine et se passe de l'eau sur le front. Il n'est pas encore onze heures que la canicule pèse déjà sur sa cage thoracique. Il n'arrive pas à s'imaginer qu'on puisse travailler par une chaleur pareille.

— Tu t'y habitues, dit Paul, et tu as plutôt intérêt à boire toute l'eau que tu peux ingurgiter. Hier, quelqu'un s'est écroulé chez nous. Au milieu de la baraque. On a dû appeler un infirmier. Complètement déshydraté, le camarade. Le gardien nous a passé un de ces savons. Et j'ai tout bien traduit. Il était surpris et a tout de suite noté mon nom.

Il fait un clin d'œil à Franz. Il voulait parler à un officier, le plus vite possible. Hors de question d'atterrir dans un champ. Franz lui dit qu'il a son premier cours de récolte des pommes de terre le lendemain matin.

— Je suis bien parti pour trimer dans les champs.

— Tu survivras, dit Paul. Peut-être que je pourrais glisser un mot pour toi si je décroche un poste.

Franz secoue la tête.

— J'ai été mineur pendant deux bonnes années, je vais être ouvrier agricole. C'est ce qui me correspond.

— Inscris-toi à l'un de ces cours, dans le pire des cas le soir, si tu travailles la journée. J'ai regardé le programme, tu devrais toi aussi.

— Je vais y penser, dit Franz.

*

Ça commence avec *Le Chant de l'Allemagne*. Avec les camarades qui se lèvent et chantent *Le Chant de l'Allemagne* avant le petit-déjeuner. Et ceux qui, comme Franz, ont déjà commencé à manger, posent leurs couverts, se lèvent à leur tour, le regard d'abord un peu perdu, la bouche pleine, entourés d'hommes qui scandent les strophes à pleins poumons. L'Américain chargé de les compter se tient à la porte les bras croisés en attendant l'ultime *über alles in der Welt* ; Franz bouge les lèvres, entend Jürgens et Baumann à côté de lui, tente lui aussi d'émettre quelques sons, mais les mots ne veulent pas sortir, le goût des œufs brouillés et du café dans la bouche.

Il croise le regard d'un homme à la table d'en face, un petit gars trapu au nez aplati qui bouge les lèvres, mais qui semble encore moins prédisposé à chanter que Franz. Une fois terminé, l'homme soutient son regard encore un instant en ricanant, avant de se concentrer à nouveau sur son assiette.

Après le petit-déjeuner, les hommes n'affluent pas vers leurs baraques ou sur les terrains de sport comme à leur habitude. Des petits groupes se forment derrière le mess, entre la rue principale et la Fontaine du Diable. Franz voit les hommes se regrouper en cercle, les têtes jointes ; un type frêle est assis par terre et pleure toutes les larmes de son corps ; un autre, agenouillé devant lui, tente de le raisonner. Une tension plane au-dessus de leurs têtes, comme si une ligne électrique menaçait de les écraser. Franz aperçoit Paul en grande discussion avec un grand baraqué. Quand son ami croise son regard, il lui fait signe de venir.

— Qu'est-ce que… ?

— C'est Hitler, dit Paul, on a tenté d'assassiner Hitler.

— Quoi ?

— Des officiers de la Wehrmacht. Une tentative de putsch.

— Mais comment… dit Franz.

— Les Afrikains ont des radios, dit le géant. Ondes courtes. Bricolées, malgré l'interdiction.

Il tend la main à Franz. Il a la poigne très molle, très chaude.

— Heimo, dit-il.

Sa voix est étonnamment claire. Son accent du sud de l'Allemagne, probablement de la Souabe, quelque part par là, suppose Franz.

— Ils les cachent comme des trésors, mais impossible de ne pas répandre une nouvelle pareille.

— Et il est mort ?

Des photos du Führer encadrées sur l'étagère à côté du roman d'aventures *Winnetou* et de la Mannschaft en rouge et blanc, des petites cartes postales dans un cahier intitulé *Une jeunesse pour le Führer*, une statuette en bois pas plus haute qu'un doigt. Le frère lui avait dit de tout jeter. De ne pas faire l'idiot. Mais il n'y était pas arrivé, il avait tout caché derrière les livres, rangé la statuette dans sa table de chevet.

— Il a survécu, dit Paul, c'est ce que disent les Afrikains. Le putsch a échoué. Seule une petite bande de criminels serait impliquée.

Des cris proviennent d'un groupe derrière eux, un cercle de camarades s'est formé autour de deux corps enroulés au sol dans un nuage de poussière.

— Vas-y, casse-lui la gueule !

Ils se précipitent, voient deux hommes l'un sur l'autre tentant d'esquiver leurs coups respectifs. Franz reconnaît le camarade dont il a intercepté le regard pendant le *Chant de l'Allemagne*. Le petit fait pression de la tête sous le menton de son adversaire et le plaque au sol, il lève les poings à plusieurs reprises pour les lui flanquer dans les côtes. L'autre relâche la pression, si bien que le boxeur parvient à se mettre à genoux et à lui balancer deux crochets du droit en pleine tête. Le sang gicle. Certains camarades jubilent, d'autres hurlent de colère. Quelqu'un essaye de s'interposer et d'attraper le boxeur, puis quelqu'un d'autre. Heimo fend la foule avec une facilité déconcertante. Il attrape la main du boxeur :

— Viens par là, viens par là, s'écrie-t-il en le tirant vers lui.

Quelqu'un tente de l'en empêcher, mais aucune chance face à ses grosses pattes. Franz à côté de Heimo et Paul du côté du combattant, d'autres camarades à côté d'eux, épaule contre épaule, les poings fusent, des visages apparaissent dans son champ de vision, pour quelques secondes seulement, des bouches ouvertes dans la poussière, le cœur qui s'accélère dans sa poitrine, des "sales nazis" par-ci, "sales traîtres" par-là, une masse en mouvement qui ne cesse qu'au coup de sifflet des Américains. Une jeep avec mitrailleuse intégrée arrive en trombe, suivie de gardiens avec des matraques au pas de course, la sirène d'alarme retentit dans les haut-parleurs, les soldats envoient des tirs de sommation.

— *Return to your barracks immediately! Return to your barracks immediately!*

L'hésitation ne dure que quelques secondes, les premiers hommes se mettent déjà en mouvement. Indécision dans leur groupe, jusqu'à ce que Paul interpelle Heimo.

— Il faut déguerpir ! Ça n'a plus aucun sens. À plus tard.

Il se retourne, plonge les mains dans les poches de son pantalon et s'éloigne, traverse la rue juste devant la jeep garée à l'entrée du mess. Partout c'est la cohue, on se presse, mais sans courir, les seules voix qui s'élèvent sont celles des gardiens, accompagnées par le chant des sirènes qui, de longues minutes plus tard, alors que Franz a regagné sa baraque, ne cesse toujours pas. Il s'allonge sur son lit, fixe le plafond. *Return*, résonne depuis l'extérieur, *return to your barracks*.

Il se sent déstabilisé. Lorsqu'il lève la tête, il découvre Jürgens assis à côté de lui sur le lit. On dirait que son visage est illuminé tellement il est pâle, il regarde par terre. Ses mains tremblent.

— Une bombe, se murmure Jürgens à lui-même, une bombe, quelle bande de lâches.

Il lève la tête.

— Des soldats pourtant, dit-il, des soldats comme nous. Ils ont prêté le même serment, que je sache.

— Je sais, dit Franz.

Des larmes coulent le long du visage de Jürgens.

— C'était vraiment moins une, ils ont dit. Une chance. La Providence, peut-être. Et nous, on est là derrière nos barbelés à rien pouvoir faire. Rien du tout.

— Il faut être patient, dit Franz.

Jürgens attrape sa main et la serre. Ils restent assis là en silence, tandis que les camarades autour d'eux remplissent progressivement la pièce.

Le père était assis à table. Il rayonnait. Devant lui, un verre de bière à moitié bu, à côté de lui une pile de papiers sur lesquels il avait dessiné, mais aussi écrit. Des caricatures, supposait Franz, qu'il envoyait de temps en temps à des journaux. Quand l'une d'entre elles était publiée, il la montrait à Franz et à la mère avant de la coller soigneusement dans un album. Le père observait Franz en train d'aider la mère à servir le repas. Il y avait un peu plus d'un an et demi, peu après son entrée à l'école, ils avaient commencé à lui assigner des tâches à la maison. Et quand le père décidait qu'il n'avait pas bien fait son travail, les conséquences étaient rarement agréables. Franz attendait que le père dise quelque chose, mais le vieux ne faisait qu'afficher un sourire muet. Parfois, il buvait une petite gorgée de bière. Ils s'assirent. Sous leurs yeux, le goulasch et les pommes de terre bien jaunes. La chaise de Josef était encore vide. La mère se redressa.

— Je vais lui…

— Nous attendons, interrompit le père en levant la main.

Ils étaient assis en silence, Franz fixait les plats en céramique blanche dans lesquels le repas fumait. Il avait une faim de loup ; après la gym, il avait couru entre l'école et la maison, l'estomac dans les talons. Il tourna la tête, fixa le couloir. Le craquement des lames de parquet se fit entendre au premier étage, puis le pas lourd et hésitant de Josef sur le tapis de l'escalier. Il arriva, le dos très droit, le visage clair et les joues rouges, comme s'il avait couru ; il lança un bref regard en direction du père, fit une tape sur l'épaule du petit frère avant de s'asseoir. Malgré la semaine de vacances, il portait une chemise d'uniforme. La mère se leva, prit la louche avec les pommes de terre, mais le père se pencha en avant, l'arrêta de sa main lourde.

— Tu n'as rien à dire ? demanda-t-il.

Aucune réaction de la part de Josef. La mère lâcha la louche avant de se rasseoir.

— Karl, murmura-t-elle. Laisse-le.

— Tu n'es pas content de notre nouvel empereur ? C'est bien en son honneur que tu as pris des vacances, je me trompe ?

Josef commença à se servir en pommes de terre, puis se saisit de la louche qui trempait dans le goulasch pour remplir son assiette de viande encore fumante et de sauce. Franz supposa qu'il s'agissait de monsieur Hitler, le père en avait parlé, le monsieur Hitler qui allait rétablir l'ordre en Allemagne. Il ne comprenait pas ce qui se passait entre son frère et leur père ; mais cette tension, cette mine concentrée sur le visage des deux hommes, le laissèrent de marbre sur sa chaise, en observateur de la situation. Il entendit la respiration grave de la mère à côté de lui. Elle attrapa sa main sous la table et la serra. Josef leva les yeux.

— Qu'il s'amuse à jouer l'empereur, ton monsieur caporal, dit-il.

— Et toi, continue à croire que ton mouvement a gagné.

Le père éclata de rire.

— Tu verras comme il joue bien à l'empereur, vous finirez tous par changer d'avis, toi et tes congénères.

— Qu'est-ce que tu entends par mes congénères ? demanda Josef. Des vrais soldats, tu veux dire ? Pas des gens qui restent assis à leur bureau toute la semaine et défilent en ville le week-end dans leurs bures de ripeurs.

— Notre nouvel empereur a été bien meilleur soldat que tu ne seras jamais, dit le père.

Il prit à son tour la louche, servit d'abord la mère, puis Franz, en pommes de terre. Franz sentit la main de sa mère se desserrer. Elle se leva et partagea le reste de goulasch entre eux, puis alla dans la cuisine chercher de la bière pour Josef et le père. Pendant le repas, le père évoqua les derniers dessins qu'il avait faits. Il attrapa une feuille sur le secrétaire à côté de lui et la tint en l'air. On y voyait un gros monsieur chauve qui sortait, tête baissée, d'un bâtiment qui devait être le Reichstag.

— On dirait bien que ça schlingue pour von Schleicher, dit le père en ricanant brièvement, avant de se replonger dans son goulasch.

Pendant un moment, seuls le cliquetis des couverts sur la porcelaine et leur mastication étaient audibles.

— Délicieux, finit par dire Josef, c'est vraiment délicieux, Mère.

Le père acquiesça. Il vida sa bière.

— Sans rancune, dit-il en s'adressant à son fils aîné. Tu finiras bien par l'admettre, maintenant qu'une nouvelle ère commence. On va tous y gagner, tous les Allemands.

Et Franz crut un instant que le frère allait rétorquer, mais ils n'eurent droit qu'à un haussement d'épaules et à ces quelques mots : "Y a plus qu'à espérer."

— Ils n'ont rien trouvé, dit Paul. Quelle journée de merde. Hitler n'est pas mort et la fouille n'a rien donné.

— Tu rigoles, j'espère ?

Heimo le pousse à l'épaule.

— Tu crois vraiment qu'c'est mieux si on nous enlève les radios ?

— *Nous* n'avons pas de radios, dit Paul, *ils* ont les radios. Et ça restera comme ça jusqu'à ce que les Américains les trouvent.

— Il a raison, dit le petit avec le nez de boxeur dont le visage portait encore les stigmates de la bagarre matinale. Moi je dis : mieux vaut pas de radios que des radios chez les Afrikains. C'est mon avis.

— Ce sont quand même nos camarades, Husmann.

— Tu parles de camarades, dit le boxeur. Les gars de Berlin, je te le dis, ceux qu'on taxe désormais de criminels, eux ce sont mes camarades. Je parie qu'ils étaient bien plus que ce qu'ils ont dit. On ne saura jamais. Un ramassis de mensonges, voilà ce que c'est.

— Chut ! fait Paul en plaçant l'index devant ses lèvres. Il ne viendra peut-être pas si on fait trop de bruit.

Franz fixe la clôture qui, dans l'obscurité, ressemblait de prime abord uniquement à une série de pieux placés à équidistance les uns des autres. Ce n'est qu'au deuxième coup d'œil qu'on distinguait les fines lignes tendues de fil barbelé. Leur petit groupe attend silencieusement derrière le mess, près de la clôture du deuxième *compound* habité par les Afrikains. Les lumières des baraques sont déjà éteintes, les projecteurs des miradors effectuent lentement leur ronde entre les bâtiments, éclairant parfois un Allemand assis devant sa baraque en train de fumer, ou un autre en train de remonter le chemin. Un léger vent dans les arbres, le bruissement des feuilles, plus aucun cri, pas d'insultes. Le dernier couplet du *Chant de Horst Wessel*, choisi et joué sur la grande place de rassemblement après l'annonce officielle du commandant du camp concernant l'attentat manqué contre Hitler, avait retenti depuis longtemps. "La fin de l'esclavage a bientôt sonné", avaient-ils lancé. Et Franz, près de Jürgens, près du roux Baumann, n'avait pas osé se taire, il avait bougé les lèvres, laissant échapper quelques bruits ; d'abord des sons qui imitaient la sonorité des mots, avant de constater que les mots qu'il chantait, qui sortaient de sa bouche, presque automatiquement, étaient justes. Après le chant, sur le chemin de la baraque, Paul lui avait glissé un mot dans la main, qu'il n'avait osé lire qu'une fois seul dans les toilettes. *Ce soir, neuf heures et demie, derrière le mess.* Franz avait déchiré le papier en mille morceaux et l'avait jeté dans la cuvette.

— Il arrive, dit Paul.

Franz tourne la tête, il voit une silhouette sombre, massive, avancer entre les deux baraques pour les rejoindre. Ce n'est que proche de la clôture qu'il reconnaît Rudi, le camarade de la cuisine qui lui avait servi son petit-déjeuner le matin même. Pas de toque de cuisinier, mais des cheveux gris et rasés recouvraient sa tête carrée. Il s'approche des barbelés, les examine en silence.

— On est là, dit Paul.

Rudi hoche la tête.

— Approchez et posez vos miches, dit-il, à l'ombre des baraques et du mess. Les projecteurs, très peu pour moi.

Ils s'accroupissent en demi-cercle devant la clôture. Rudi les fixe en silence. En plus de Husmann, le boxeur, et le gigantesque Heimo, trois autres camarades sont assis dans la pénombre avec eux, Franz ne connaît pas leurs noms. Tandis que Rudi s'assied en tailleur à grand-peine et commence à rouler une cigarette, Franz hésite à leur demander, mais finit par se dire que c'est peut-être mieux de ne pas connaître leurs noms. Quand Rudi finit par allumer sa cigarette, son visage s'illumine un instant. Rudi le rouge, pense Franz, le conteur devant son assemblée de spectateurs.

— Tu voulais nous parler des 999, dit Paul.

— Pis t'as cru bon d'ramener toute ta meute de conspirateurs, dit Rudi, bah c'était pas l'idée du siècle, j'te l'dis, encore moins aujourd'hui.

— Ça craint rien, dit Paul.

Franz l'a senti se contracter en prononçant le mot conspirateur. Sa chemise lui colle dans le dos ; il suit les mouvements des projecteurs, ces longs bras lumineux tout droit sortis des miradors. Il ferme les yeux. Et immédiatement, il devine les camarades en train de murmurer dans l'obscurité des baraques, de se demander où Franz a bien pu passer, ce qu'il fait, s'il ne s'est pas rangé du côté du boxeur, celui qui avait souhaité la mort de Hitler.

— Pas de conspirateurs dans nos rangs, dit Paul. On veut simplement entendre l'histoire que tu as commencé à raconter après le repas.

— J'aurais mieux fait d'fermer mon clapet moi, tiens, dit Rudi.

Paul hausse les épaules.

— On ne fait rien de mal. On est simplement assis là à fumer, à discuter. C'est calme.

— Qu'est-ce tu m'chantes là, y retournent le camp, dit Rudi. Mais bon, y sont p'têt' trop occupés à fêter la survie du Führer. La sainte Providence.

— Des branquignols, dit Husmann.

— Il a queq'chose à dire le grand ?

— Des branquignols, répète Husmann avant de cracher. Je parle des officiers, les putschistes. Braves, courageux, mais une belle bande de branquignols qui n'ont pas réussi à le choper.

Rudi éclate de rire.

— Et elle était où ta bombe à toi, le héros ? Tu l'as oubliée dans ta piaule pour la dernière parade du Führer ?

Il tire sur sa cigarette, fixe l'assemblée.

— Et pis j'veux pas dire mais j'vous connais pas. Paul dit que vous êtes tranquilles, c'est bien beau. Mais ça, moi j'en parle qu'à ma grand-mère, muette comme une carpe, c'est clair ?

Le silence plane un moment. Husmann fixe le sol. Il frotte son nez aplati. Rudi écrase sa cigarette dans le sable. Autour d'eux, le bourdonnement des cigales s'amplifie.

— Parle-nous des 999, dit Paul, tu nous racontes simplement l'histoire. Qu'on sache. C'est tout.

Rudi le regarde.

— Toi, va t'faire. Tu vas m'emmerder jusqu'à ce que j'crache le morceau, c'est ça ? Je suis qui moi, Tonton Rudi qui donne un cours d'histoire aux pauvres petits Français ? Nan mais. Vous savez où vous avez atterri ? Ici, faut y réfléchir à deux fois avant de chercher des noises ou de beugler des âneries.

Le vieux envoie son mégot de cigarette en direction de Husmann et s'en rallume une autre dans la foulée.

— Ça suffit maintenant ! dit Paul, presque sur un ton autoritaire.

Rudi recrache un nuage de fumée, il rit.

— Ça va. Laisse le vieux troupier s'amuser un peu. Va falloir s'endurcir les gars, c'est un conseil. C'était des petites natures aussi les 999. Un bataillon en Afrique. En sursis. J'sais pas qui a eu l'idée. Un tas de communistes, de socialistes, pis aussi des vrais criminels. Tous envoyés en Afrique pour se saigner pour le Führer.

Il rit encore. Son visage tantôt dans l'ombre, tantôt dans le rougeoiement de sa cigarette. Raconter semble l'amuser.

— Bah c'était pas une réussite. Faut dire aussi, qu'est-ce qu'ils allaient se crever l'cul pour le petit Adolf alors qu'ils pouvaient pas l'encadrer. C'était pas fute-fute, enfin si on m'demande. Eh bah personne me d'mande. Bref : quand on est arrivés ici, dit-il en montrant les baraques derrière lui, bah c'était tout beau, tout neuf. Ça sentait la peinture, le solvant, la colle. Pas d'fleurs, rien de rien. Même pas les cages de foot. Et bah c'était quand même le paradis pour nous. Avant ça, les premières semaines de captivité en Afrique, c'était bien de la merde, ça j'peux vous l'dire. On était au Maroc, pas loin du désert, à se faire cramer la gueule par le soleil, pas de toit ni rien, même pas une tente. Que des rouleaux de barbelés et un fossé pour chier. Les mouches, l'odeur, personne peut s'imaginer. Y en a plein qui ont chopé la dysenterie, on aurait dit des squelettes. Et des squelettes y en a eu, un drap par-dessus et hop dans la fosse commune ; certains ont essayé de s'enfuir, j'vous dis pas les tirs dans la nuit. Ici, bah on s'est tout de suite cru en cure thermale.

Au loin, un chien ou un coyote hurle à la mort. Franz inspire l'air lourd. Il ferme les yeux, essaye de s'imaginer l'Afrique, les troupes d'Allemands dans le désert, les héros vaincus.

— Donc on arrive ici, on s'met à l'aise dans les baraques. Les instructions, beaucoup de blabla et tout le tintouin, vous connaissez la chanson. Tout le monde dans le même sac, sûrement comme chez vous. Pas de tri ni rien, personne qui d'mande ce qu'on pense du Führer ou quoi. Même si on les avait repérés, les gars ont vite échangé leurs beaux habits noirs contre des uniformes normaux.

— Et pourquoi tu n'as rien dit, demande Paul.

— Ou dénoncé les camarades ?

— Ce ne sont pas vraiment tes camarades ?

— Toi t'as entendu parler de Rudi le rouge et tu crois savoir qui j'suis, gros malin ? C'est un surnom qu'on m'a donné, c'est tout. J'ai jamais été un rouge, enfin jamais trop, jamais vraiment. Je m'en cogne de tout ce cirque, de leur fanatisme, d'un côté comme de l'autre. C'était déjà comme ça chez moi. Mon vieux, ils lui ont explosé le genou en 1919 sur les barricades. Et il a eu droit à quoi ? Chômage et rien à bouffer. J'ai tout vu. J'ai fait mes trucs dans mon coin, très calmement, tous les jours. Pierre après pierre, mortier au milieu, et le soir je buvais un coup. La guerre, je me suis jamais porté volontaire, jamais en première ligne. Mais quand fallait tirer, bah j'y allais. Pour certains gars d'ici qui baignent dans leur sauce brune, tous ceux qui bandent pas pour le Führer eh bah c'est des rouges.

Il s'interrompt, les fixe, secoue la tête. Il aimerait bien savoir ce qu'on pense, se dit Franz, on aimerait tous pouvoir le faire, il aimerait bien savoir s'il est en train de risquer sa peau.

— Mais tu aurais pu les éliminer, dit Paul, apparemment plus sûr de son entourage ou pas du tout concerné par ces problématiques.

Rudi le regarde un moment, baisse la tête, sort le tabac de sa poche de chemise et se roule une autre cigarette.

— Tu étais en Russie toi, c'est ça ? dit-il.

Franz a l'impression qu'il soigne désormais sa façon de parler.

Paul acquiesce.

— Pas moi. J'ai simplement entendu des histoires.

Rudi lèche le papier à cigarette, puis montre Paul du doigt qui lui retourne son regard en silence.

— Et pourtant t'es là, t'as pas pactisé avec les Russes, t'as descendu personne dans tes propres rangs, t'as bravement suivi le mouvement, je me trompe ? C'est pour ça que t'es là. Alors t'es gentil, tu ne viens pas me dire ce que j'aurais dû faire.

Le silence plane un moment. Franz contemple le profil de Paul dans l'obscurité, la ligne qui part du nez jusqu'à sa lèvre supérieure bombée. Son œil vif.

— On n'est pas en Russie ici, finit par dire Paul, on est en sécurité.

Rudi étouffe un rire.

— T'as bien vu la merde que c'était aujourd'hui. Et encore, il y avait que tes petits camarades les Français. Comment tu crois qu'ils font les Afrikains ? Ils sortent grand leurs antennes et ils s'arrangent pour que toute la tambouille aille bien dans leur sens.

— Il faut le signaler, dit Husmann, aux Américains.

— Tout ce qui intéresse les Américains ici, dit Rudi, c'est *order and quiet*, tout le reste ils s'en moquent, tu piges ? *Order and quiet*, c'est aussi tout ce qui comptait pour le bataillon 999. Rien d'autre.

Il commence à parler des soldats de la division qui étaient au début avec lui dans le camp, quelques centaines d'hommes seulement. Les premiers jours c'était calme, le temps de s'acclimater, de souffler.

— Mais c'est vite devenu l'enfer. Les Ricains pigeaient que dalle, ils n'avaient pas la moindre idée de ce qui se tramait ici.

Des bagarres générales le soir ou dans la nuit, des lames de parquet fracassées dans les baraques, des pieds de chaise aussi tranchants que des lames de rasoir. Du sang, des os broyés ; les Américains au milieu avec leurs pauvres matraques, les Américains qui s'en tenaient à la Convention de Genève et qui ne voulaient pas avoir recours aux armes dans les *compounds*. Rudi raconte que les choses ne faisaient qu'empirer, car cette foule d'Allemands, qui faisaient pourtant partie de la même armée, du même pays, avaient de profondes rancœurs. Les Allemands devaient réintégrer leurs baraques, les malades étaient pris en charge. Des patrouilles toute la nuit dans le camp, personne ne disait jamais qui était à l'origine de la rixe, une poignée de gens passaient quelques jours à l'isolement, mais on ne se balançait pas ; on se détestait, mais on voulait être celui qui éliminerait l'adversaire. Comme au début des années 1930 à Berlin, avait ajouté Rudi, les rouges et les marrons. Puis quelques jours de calme, quelques jours de couvre-feu et les annonces des Américains.

— Et à peine les gardes partis, dit-il en tirant sur sa cigarette avant de cracher le mégot par terre, que c'était reparti pour un tour.

— Mais ici c'est calme, dit Heimo, le calme plat même, pour pas dire mort. Il n'y a qu'aujourd'hui que ça a pété.

— Qu'est-ce tu crois ? demande Rudi, pourquoi on vous a mis là, vous les Français ? *Order and quiet*, c'est tout c'qui compte.

Les communistes et les sociaux-démocrates ont imaginé pouvoir tuer ou au moins faire taire les cinq ou six sous-officiers les plus influents, ceux qui tenaient le camp d'une main de fer, les ultras. Et ils ont fait comprendre aux dégonflés et aux poules mouillées que la fin du règne des bataillons marron avait sonné. Ils ont fabriqué des matraques, volé des couteaux ; ils savaient que les marrons s'étaient donné rendez-vous dans une baraque.

— Mais ce qu'y savaient pas, dit Rudi, c'est que les marrons le savaient. Depuis belle lurette !

Un soldat de sa division, ni rouge, ni social-démocrate, avait prévenu les nazis. Et quand les 999 sont entrés dans la baraque où la vipère à cinq têtes était censée siéger, ils n'ont trouvé que cinq chaises vides.

— Pis la populace s'est mise à gronder dehors, avec des matraques, des pierres, des couteaux. Cette nuit-là, dit Rudi, on replongeait en pleine guerre. Une guerre sans fusils, une guerre à l'ancienne où ça distribuait des patates, ça boxait, ça mordait.

Franz essaye de se représenter cette nuit, les cris, le sang, l'odeur de la sueur, les corps qui luttaient dans l'obscurité jusqu'à ce que le projecteur des miradors les surprenne, que les jeeps arrivent dans le camp, qu'ils prennent les armes malgré l'interdiction. C'était comme si les fontaines, les ponts et les fleurs n'étaient qu'un voile fin posé sur cette nuit-là et les jours qui avaient précédé. Un joli emballage censé cacher le sang coagulé.

— Après cette nuit-là, dit Rudi, les Ricains, ils en ont eu leur claque. Ils ont tartiné avec la mitrailleuse au-dessus de nos têtes, ils ont même explosé la jambe d'un camarade. L'hôpital débordait d'estropiés, ils ont dû appeler des médecins et des infirmiers en renfort, monter des tentes en plus. Cette petite mascarade a fait sauter le commandant du camp, on a eu un nouveau chef, surtout chargé de ramener le calme. Il a mené des interrogatoires, engagé des interprètes, ils savaient ce qu'ils faisaient. Pis quand ils ont enfin compris ce qui se tramait, ils ont déplacé tous les 999, dans un autre camp. *Anti-Nazi-Camp* qu'ils l'appellent.

Paul pousse un gémissement, il baisse la tête et étire les jambes.

— Depuis, les marrons ont le champ libre, c'est eux qui dictent leur loi, dit-il.

— Et les autres ferment leurs gueules, dit Rudi.

— Et qu'est-ce que tu fais encore ici ? demande Heimo.

— J't'ai déjà dit que j'étais pas un rouge, dit Rudi. Je suis pas de la division. J'ai rien fait, moi, cette nuit-là, je les ai laissés dans leur connerie.

Il laisse échapper un rond de fumée.

— Du coup, je suis resté. Malgré l'surnom et tout. Je ferme ma gueule et on m'fout la paix. C'est comme ça qu'ça marche ici, comme ça que l'temps passe. Attendre, travailler, chier, dormir. Surtout attendre. Garder son calme et attendre, rentrez ça dans vos petites têtes !

Personne ne dit rien. Rudi se redresse. Le couvre-feu. Il risque déjà gros avec son histoire. Il préfère attendre et voir s'il ne s'est pas trompé à leur sujet, s'il ne va pas s'en manger une bientôt à cause de tout ça. Ils acquiescent, se séparent. Paul finit par dire que ce serait bien de se revoir, mais Rudi est déjà loin, bientôt englouti par l'ombre des bâtiments. Husmann serre la main à Franz, Heimo brièvement aussi de sa grosse poigne. Les deux se mettent doucement en chemin, à l'ombre du mess on ne distingue plus qu'un nain et un géant. Les autres ont déjà avancé. Paul est resté à côté de la clôture, les bras croisés sur la poitrine.

— Bonne soirée, dit Franz à voix basse.

Paul se retourne. Ses yeux brillent.

— J'ai participé à ça pendant trop longtemps, dit-il, bien trop longtemps.

En voyant la mine perplexe de Franz, il hausse les épaules.

— Laisse tomber. Il faut y aller. C'était bien que tu sois venu, dit-il, avant de retourner et de disparaître vers le nord, en direction de son dortoir.

Quand Franz a enfin atteint sa baraque, les camarades sont déjà couchés. Plus aucune lumière allumée, plus aucun bruit. Il se dirige vers son lit, se fige à chaque craquement du plancher, quitte ses bottes et ses vêtements. Jürgens est allongé sur le dos dans le lit d'à côté, le visage tourné vers lui, les yeux fermés. Sa respiration est régulière. Mais Franz est persuadé que le camarade ouvre les yeux et le fixe dès qu'il a le dos tourné. Pourtant, quand il se met au lit et se place face à son voisin, le regard braqué sur lui, ses yeux demeurent clos.

*

Le Texas a un goût amer, de poussière et de canicule. Pas de pétillement, pas de sel, mais au bout de quelques secondes, un petit goût sucré, comme de la betterave ou du bois de réglisse. Franz lève les yeux, il regarde autour de lui. Les hommes tous accroupis, entre les sillons de terre retournée, travaillée, qui renferme de-ci de-là les grosses pommes de terre. Un long sac beige dans le dos, chapeaux de paille ou casquette sur la tête, peu d'ombre, le soleil pèse sur les nuques et les épaules, un picotement, la poussière qui s'élève dans les airs sous leurs pas, qui se dépose sur leur peau et remplit leurs poumons. Il crache dans sa main la pierre noire, sortie de terre semblable à la pointe d'une flèche, avec un mélange de salive et de terre. Sa langue et son palais sont secs, il tousse, essuie la pierre et la glisse dans la poche de sa chemise de travail. Puis il se remet vite à l'ouvrage. Les autres le devancent de quelques mètres, il se rapproche du prochain sillon de terre, plonge ses mains dedans, libère les pommes de terre de leurs racines et feuilles, et les jette dans son sac. Il mettra la pierre dans le bocal que Rudi lui a donné, avec les autres de sa collection ; quelques exemplaires du camp, du terrain de sport et du chemin en gravier, la pierre de Normandie, une autre d'Angleterre, le minuscule bloc de béton du port de Glasgow qui goûte le diesel et la fumée, toutes ces choses qui l'aident à se souvenir, même si elles le font passer pour un original. L'accident de mine de trop, ils vont penser, privé d'oxygène pendant trop longtemps, le cerveau atteint, le mineur fou, le rat taupier qui suçote des pierres. Il jette plus de pommes de terre dans son sac. Qui peut bien se terrer dans la mine en ce moment même, dans les galeries ; un Américain, peut-être, un Américain prisonnier sous la terre d'Essen, pendant que Franz rampe dans un champ de pommes de terre texan. Il lève les yeux et voit un camarade de la rangée d'à côté s'accroupir, plonger la main dans la terre, étaler quelques pierres à côté des pommes de terre et les glisser dans son sac. Tous, se dit-il, ils font tous comme lui maintenant.

Au début de la semaine, leur premier jour sous le soleil d'août, alors que leurs têtes et leurs corps brûlaient, que tout faisait mal, le fermier, à la corpulence d'un taureau, la tête chauve et le ventre rond, avait posé leurs sacs sur la balance et secoué la tête.

— *Lazy Krauts*, avait-il dit. *No food for you.*

Ils étaient assis à l'ombre des quelques arbres en bordure de champ, en sueur et les visages poussiéreux, affamés, complètement épuisés, la lumière du jour si perçante pour les yeux. Quand Franz s'était levé pour aller boire un peu d'eau, il avait eu l'impression de perdre connaissance. Près du baril, il y avait des hommes plus âgés, les visages noir charbon, les cheveux courts et frisés, gris ou blancs. Depuis le matin, le groupe cultivait un champ à côté d'eux. Leurs sacs de pommes de terre étaient bien remplis par rapport à ceux des Allemands. En le voyant arriver, ils avaient arrêté leur conversation pour le fixer. Franz avait essayé d'interpréter leurs regards. Il avait cru déceler de la curiosité, un grand intérêt. L'un des hommes souriait, lui avait pris sa gourde pour la remplir d'eau avec sa louche, avant de la rendre à Franz accompagnée d'un morceau de pain.

— *English?* avait demandé le Noir, et Franz de répondre :

— *A little.*

L'homme avait tourné la tête en direction du groupe d'Allemands.

— *If you're slow, pick some rocks*, avait-il dit, *pick stones. Do you understand?*

Franz avait hoché la tête.

— *Only a few*, avait dit l'homme. *Until you can go faster.*

— *Thank you*, avait répondu Franz.

Les dents de l'homme brillaient. Il montrait le fermier du doigt.

— *He's a mean bastard, okay?*

— *Yes*, avait dit Franz, *a bastard.*

Les hommes avaient ri.

— Qu'est-ce qu'il te voulait le nègre ? avait demandé Jürgens, quand Franz avait rejoint le groupe.

— Il dit que si nous sommes trop lents, il faut ajouter des cailloux de temps en temps, on n'atteindra jamais le poids sinon.

— Moi, je ne travaille pas comme un nègre, avait dit Jürgens.

— Mais lui peut-être, avait répondu un autre, un type à qui il manquait l'oreille droite, tout en pointant Franz du doigt : lui le fera sûrement.

Le type s'était esclaffé et Franz avait fait de même, il avait ri jaune et haussé les épaules. *Bastard, mean bastard.* Et les estomacs étaient restés vides jusqu'au soir. Un camarade s'était effondré dans la poussière, les infirmiers avaient dû venir le chercher.

Et aujourd'hui, à la fin de la semaine, Franz surprend le camarade en train de glisser quelques pierres dans son sac, le voit se redresser pour avancer vers le prochain sillon de terre. Ils ont tous fini par le faire. Personne n'en parle, personne ne l'admet, pense Franz, ils espèrent tous secrètement que le fermier ne découvre pas le pot aux roses.

Le dernier soir de la semaine, quand le camion arrive pour les récupérer, quand les soldats américains les alignent, le soleil logé juste au-dessus de la cime des arbres leur éclaire le visage. Le ciel est bleu, les fins nuages filandreux rouges, la campagne semble aussi usée que les couleurs qui l'entourent. À la lumière du mois d'août, plus douce sur le soir, presque délicate, les sacs de pommes de terre brillent dans la benne du camion, le véhicule brille, les visages aussi. Ce pays semble regorger de richesses, de campagne, de montagnes, de champs et surtout de lumière, il est plus riche de lumière que n'importe quel autre endroit qu'il peut s'imaginer.

Ils disent au revoir aux Noirs, se serrent la main, rient, même Jürgens.

— *What's your name?* demande le Noir qui a donné du pain à Franz le premier jour.

Sa main rugueuse dans la sienne. Franz donne son nom et demande le sien.

— *Christmas*, dit l'homme. *Like the holiday.*

— *Good*, dit Franz, *good name.*

Les hommes descendent la rue, Franz les voit discuter et rire. Quand le camion d'Allemands les dépasse, certains lèvent la main. Franz est adossé à l'arrière, il est en sueur et fatigué, mais derrière l'épuisement il ressent aussi du bonheur, un soulagement qu'il n'a pas éprouvé depuis longtemps. Il se sent pousser des ailes, mais ne sait pas pourquoi. Il ferme les yeux, sent les secousses du véhicule, l'odeur du diesel. Quelqu'un siffle une chanson que Franz connaît, il fredonne à voix basse ; *stand eine Laterne und steht sie noch davor**.

Il pense à la lanterne, après sa première semaine sous terre, à la lanterne devant le portail de la mine à laquelle son grand frère s'appuyait. Josef semblait ne pas remarquer tous les hommes qui affluaient autour de lui et se dirigeaient en grands groupes vers la gare de Katernberg sud. Il se tenait simplement là, tête baissée, et fumait, une jambe légèrement repliée, le talon contre le poteau de la lanterne, les yeux dans l'ombre du bord de son chapeau. Quand Franz s'approcha de lui, il leva cependant la tête et sourit. Le frère était blême, comme si c'était lui qui avait passé toutes ces journées dans les galeries, privé de soleil. Ils s'étaient brièvement pris dans les bras, et l'aîné passa le pouce sur la joue de son cadet.

— Faut mieux frotter que ça mon petit gars, sinon tu vas finir noir comme un nègre.

Franz repoussa son frère, montra les poings et fit mine de lui envoyer un uppercut. L'aîné rit, leva lui aussi les poings devant son visage et balança le haut du corps. Après quelques coups simulés, Josef sortit son paquet de cigarettes de la poche de veste et le tendit à Franz. Le cadet fit non de la tête. Josef haussa les épaules et en sortit une pour lui. Ils attendirent un moment en silence que la masse de copains aient quitté la mine, puis ils commencèrent à descendre la Köln-Mindener-Straße en direction

* *"La vieille lanterne soudain s'allume et luit"* : paroles de la chanson *Lili Marleen*, chantée à l'origine par Lale Andersen en 1938, puis reprise notamment par Marlene Dietrich.

du centre de Katernberg. La carrure tout entière de Josef vacillait à cause de sa jambe raide, c'était comme s'il dansait à chaque pas autour d'un axe fixe planté dans son corps. Franz attendait depuis des années le moment où les mouvements du frère ne seraient plus si grossiers, comme un mauvais jeu d'acteur. Mais ce moment ne vint jamais.

L'aîné demanda si les copains l'avaient bien accueilli, comment se passait le travail sous terre, si cela plaisait à son cadet. Franz répondit que la fournaise l'avait surpris, cette transpiration permanente. Les pierres et le charbon, c'était ce qui lui plaisait le plus ; la dureté, le calme, malgré toute l'activité et le bruit autour de lui. Josef s'arrêta, le fixa. Il avait une expression douce dans le visage, qui rappelait leur mère, pour Franz c'était comme si le frère appartenait bien plus à la mère qu'au père.

— C'est quand même du gâchis que tu sois sous terre, dit-il. Tout ça pour que le vieux perpétue sa foutue tradition.

Il prit une autre cigarette dans la poche intérieure de sa veste. Franz vit trembler la main qui tenait le briquet. Toujours en opposition au père, pensa Franz, pour tout, tout le temps. Et ça le dérangeait. Le sifflement bruyant d'un train retentit. Ils tournèrent la tête, virent la vapeur de la locomotive en provenance d'Altenessen s'élever derrière les arbres. Certains des hommes devant eux se mirent à courir pour ne pas rater le train en direction de Gelsenkirchen.

— Le porion est gentil, dit Franz, il m'a mis avec un aboutier qui explique bien tout et me guide.

— Un quoi ?

— Aboutier, dit Franz en grimaçant. Il dirige le couloir dans lequel je travaille. Il dit qu'on voit tout de suite que je suis le fils de Schneider.

Josef leva le nez et cracha. Il semblait vouloir dire quelque chose, mais préféra se taire. Ils avancèrent l'un à côté de l'autre en silence pendant un moment. Le ciel gris granit commença à lâcher quelques gouttes au-dessus d'eux. Le train siffla de nouveau, cette fois-ci en gare de Katernberg. Josef retira son chapeau, leva la tête et tira la langue. Il n'était pas aussi bizarre avant l'accident, pensa Franz. Ou peut-être était-il trop jeune pour remarquer l'étrangeté de son frère.

— Ça risque de durer, dit l'aîné en fixant le ciel gris les yeux plissés. Mais ça tombe bien, j'avais justement envie de me mettre au chaud avec toi.

La porte du bistrot s'ouvrit sur un nuage de voix et de fumée. En entrant, Franz baissa instinctivement la tête. Josef alla au bar et serra la main au patron. L'homme avait les bras aussi épais que des mollets de footballeur, entièrement tatoués. Franz n'avait encore jamais vu autant de dessins sur un même homme. Josef présenta son petit frère. Le patron salua Franz et leur servit deux Stauder. Alors qu'il suivait son frère dans le troquet, il vit plusieurs hommes lever la main ou poser leur bras sur celui de Josef.

Le plafond de la *Marktschenke* était très bas, la portée lumineuse des lampes accrochées au mur ne semblait être que de quelques mètres, avant d'être absorbée par la carrure de tous les hommes assis et debout dans l'estaminet. Le bistrot était une galerie en chêne foncé dans laquelle étaient parqués la moitié de tous les copains de la mine. Franz reconnaissait plusieurs visages, mais personne ne le salua, personne ne le considéra. Toute l'attention était centrée sur Josef.

Ils s'assirent à une table au coin, les épais vitraux à côté d'eux transformaient le monde extérieur en une masse tordue et colorée. Depuis qu'ils étaient entrés dans le bistrot, c'était comme si Josef se tenait plus droit, comme s'il avait grandi. Ses joues avaient pris des couleurs. Il but une grosse gorgée de bière, s'adossa, les mains derrière la tête, les yeux fermés. Son visage se détendit. Il sourit. Ils discutèrent un moment de l'association sportive de Katernberg qui, depuis de nombreuses années, rassemblait à nouveau une bonne troupe de supporteurs. Franz raconta que certains copains se rendaient toutes les deux semaines au stade, la plupart du temps pour aller voir les rouge et blanc ou Schalke 04. Il ajouta que ce serait bien d'y retourner ensemble un jour.

— Et la guerre ? demanda Josef.

— Quoi la guerre ?

— Vous en parlez souvent ?

Franz secoua la tête.

— Le porion a dit qu'on devrait être contents d'être sous terre. Que c'est notre façon d'accomplir notre devoir pour le Reich, sans armes à la main.

— Pour combien de temps encore, dit Josef. Vu ce qu'il se passe en Russie, on va bientôt avoir besoin de tous les hommes. Mais j'espère bien qu'ils te laisseront encore longtemps dans ta galerie, avec ton aboutier.

Il rit.

— La guerre, on ne souhaite ça à personne.

— Je suis sûr qu'on va bientôt pouvoir reprendre Moscou, dit Franz, et quand nous aurons atteint la mer Noire…

— Eh bien quoi ? demanda Josef. Napoléon a déjà siégé à Moscou. Ça ne l'a pas aidé pour autant. Ils lui ont mis le feu aux fesses. Et nous, on n'a sûrement pas hérité d'un Napoléon. Seulement d'un caporal autrichien qui n'a pas la moindre idée de ce qu'il fait.

Franz tourna la tête, regarda autour de lui. Sa main s'était crispée autour de son verre à bière. Josef ne semblait même pas se préoccuper de ce qu'il venait de dire. Quand il remarqua le regard de Franz, il grimaça.

— Ici, tu ne trouveras personne pour chanter les louanges du Führer, dit-il avant de crier, Mahlke !

À deux tables d'eux, un type rond tourna la tête. Josef lui fit signe. L'homme se leva de sa table dans un gémissement et se traîna jusqu'à eux.

— Johann, dit Josef, tu ne veux pas raconter à mon petit frère comment c'était à la maison des fous avec Hitler ?

Le gros tira une chaise de la table et se laissa lourdement tomber dessus, il pencha le haut de son corps massif en avant et fixa d'abord Josef un instant. Puis il prit une grande inspiration, tourna la tête et fixa Franz en plissant les yeux, comme s'il cherchait à l'inspecter dans le détail.

— C'était à l'époque, finit-il par dire, où j'étais encore chef des gros charbonniers, la garde rapprochée secrète de Hitler.

Il tapa de sa main plate sur sa brioche en grimaçant :

— J'ai encore mes décorations à la maison, la croix de chevalier de la couenne dorée.

Franz entendit son frère rire sans pour autant oser détourner le regard du visage rouge et bouffi de l'homme dont l'expression restait très sérieuse.

— Toujours est-il qu'on passe en revue toute la rangée de fous, tous lèvent le bras, crient *Heil Hitler, Heil Hitler*, sauf un en bout de file, tête baissée, qui se tait. Le Führer se met devant lui et l'observe. Le type ne réagit pas alors que les autres continuent à crier. *Heil Hitler, Heil Hitler!* "Et lui, me demande le Führer, qu'est-ce qu'il a ?" Ça, *mein Führer*, que je lui dis, c'est le gardien.

Le haut du corps de Mahlke bascule en arrière et il éclate d'un rire gras, quelques hommes qui écoutaient aux tables voisines se mirent aussi à rire. Franz sentit un tressaillement dans son ventre, il n'arrivait pas à rire, avec son frère et tous les autres, mais il sentit ce tressaillement qui lui faisait entrevoir à quel point cela pourrait être libérateur de suivre le mouvement. Il en avait sifflé des bières cet après-midi-là, qui s'était transformé en longue soirée ; il se fondit dans les rires, le bruit et la chaleur qui émanaient de toutes ces carrures d'hommes. Il se sentait vieux, pas adulte, mais vieux. Il avait fini par rire avec eux, le bras lourd de Mahlke sur les épaules, front contre front avec Josef qui l'avait attrapé par les épaules pour le secouer.

— Mon petit frère, bredouillait-il sans cesse, mon petit, petit frère.

Mais le matin suivant, la tête lourde enfoncée dans l'oreiller, Franz ne se rappelait plus pourquoi il avait ri, ce qui avait été si drôle plus tard dans la soirée. La blague de Mahlke et ce tressaillement dans le ventre quand il était encore sobre, ça il s'en rappelait, tout comme l'impulsion pressante de le réprimer.

Dans le camp, sur le chemin de la baraque des douches, il voit Paul assis près de la fontaine, adossé contre le mur du bassin, les jambes tendues. L'ami lui fait signe de venir, il sourit. Il demande comment ça se passe avec les pommes de terre, et Franz lui répond que tout va bien, qu'il est devenu suffisamment rapide pour abandonner l'astuce des pierres.

— Ils m'ont pris, dit Paul.

— Qui ça ?

— Les Américains. Comme interprète.

Ils se serrent la main, se regardent en riant. Rien à voir avec des soldats, pense Franz, ils sont comme deux amis en paix. Paul dit qu'il commence dans quelques jours, qu'il a hâte de voir les tâches qu'on va lui confier. Il veut aider.

— Peut-être que les choses peuvent changer ici. Je veux leur montrer qu'il ne s'agit pas uniquement de calme et d'ordre. Que ça ne fait pas tout. Ils doivent comprendre que ça peut valoir le coup d'aider des gens comme nous.

Des gens comme nous. Il fait de grands gestes, ses yeux brillent. Et Franz se demande ce qu'il entend par “des gens comme nous”. Des gens qui se retrouvent à intervalles irréguliers avec Rudi près de la clôture, qui discutent de l'injonction des Afrikains de ne pas acheter de journaux américains, de ne pas coopérer avec les Américains ; qui se demandent s'il faut obtempérer à cet ordre, s'il n'est pas envisageable de le contourner. Qui pestent contre les chants, la marche. Qui ne sont pas d'accord sur ce qu'il faut faire. C'est toujours

Paul qui pousse à agir, à affirmer ses positions. La plupart du temps, Husmann est d'accord avec lui et Heimo le contredit, il appelle au calme et à la circonspection, tout comme Rudi, tandis que les autres restent muets, discrets comme dirait Franz, du moins lui le reste, il écoute et se tait, il serre la main aux camarades et s'en va, il reste allongé sur son lit et sourit à Jürgens, et même à Baumann quand il parle de victoire finale, de l'arme secrète, de la réception de bienvenue que l'on va préparer pour le Führer en Amérique. Franz assiste à un cours d'anglais, au moins ça. Il lit et bosse son vocabulaire, même après les longues journées dans le champ ou, les semaines précédentes, après son travail au service de nettoyage, après avoir astiqué les douches et les toilettes armé de lavettes, brosses et seaux. La compagnie caca l'avait baptisée un camarade, et Franz s'était réjoui de pouvoir intégrer les champs.

— Tu lis en ce moment ? demande Paul.

Franz secoue la tête.

— Ici, ils ont des livres qu'on ne trouvait pas en Allemagne ces dernières années. Je t'en rapporterai.

— Entendu, monsieur le professeur ! dit Franz.

— Avoue que c'est tout ramolli là-dedans, dit Paul en tapotant son front avec l'index. Je vais faire en sorte de remettre tout ça en marche.

— C'est plus dur que d'extraire du charbon avec un marteau en guimauve, dit Franz en se redressant.

Sous la douche, l'eau frémit sur sa tête, faisant glisser la poussière de la journée en traînées noires dans le siphon. Il lève les bras, ouvre la bouche, gargarise, crache.

I go, you go, he she it goes, we go, you go, they go.

Même son frère n'avait pas été aussi énervant avec l'apprentissage et la lecture, son père pas du tout. Sûrement la faible différence d'âge entre Paul et lui. Tu as déjà un grand frère. Tu n'as jamais été le plus futé de tous, tu as cogné sur des pierres en profondeur, le visage aussi noir que celui de Christmas. Ça ne t'a pas particulièrement plu, mais c'est comme ça. Et voilà que tu apprends l'anglais et qu'on t'apporte des livres. Il sort de la douche et se sèche.

— Tu peux être fier d'être un mineur de fond, de poursuivre la lignée. J'ai toujours aimé mes journées à la mine, j'étais déçu quand ils m'ont promu au bureau. Mais je suis heureux car je sais que mon fils va continuer le travail dans la galerie, je suis fier que tu reprennes le flambeau, pas comme ton frère.

Le père était assis à table, les mains sur le ventre et deux bouteilles de bière ouvertes devant lui, en face de Franz, seize ans, le contrat à la mine sous les yeux, sa petite signature griffonnée dessus. D'autres camarades arrivent sous la douche, commencent à faire du bruit, ils le saluent. Il enfile son pantalon, lace ses chaussures.

— C'est comme de s'engager pour le Corps du Peuple, ce lien entre les copains sous terre, la sueur, la poussière. C'est comme ça qu'on construit un pays, on part de la terre, un travail difficile et manuel.

Ils avaient trinqué, bu de la bière. Le père lui avait montré des dessins de gens qu'il avait vus dans le tramway. Aussi quelques caricatures. Un Français, un maréchal ou je-ne-sais-quoi, Franz avait oublié le nom, qui baisait les pieds de Göring. Staline et le président américain qui s'enlaçaient tendrement.

Ils avaient ri. Quand il s'était mis au lit plus tard, en pensant à la prochaine semaine sous terre, avec les copains, la porte de sa chambre s'était ouverte et le frère était entré, il était allé à la fenêtre et s'était appuyé contre le cadre. Franz repense au bruit de sa jambe qui traînait sur le tapis, à sa silhouette sombre face à la vitre.

— Tu sais qu'ils l'ont collé avec les autres au bureau à cause de sa claustrophobie ? avait dit le frère.

Franz s'était redressé, avait observé son aîné, le front appuyé contre le verre, le regard orienté sur la rue, la moitié de son visage dans l'obscurité. Il parlait tout bas, comme s'il s'adressait à quelqu'un de l'autre côté.

— Il a paniqué, eu des sueurs froides. Il n'a pas tenu dans l'obscurité. N'écoute pas ses histoires.

— C'est toi qui racontes n'importe quoi, avait dit Franz.

Josef avait souri. Il avait cogné l'index contre le cadre de la fenêtre.

— Je te l'avais dit, je te le redis maintenant, je te le redirai. Toujours.

Franz ne savait pas de quoi son frère parlait. Il s'était éloigné de la fenêtre, lui avait souhaité une bonne nuit avant de partir. Cette démarche vacillante, lourde.

Cette démarche, pense Franz en quittant les sanitaires pour rejoindre l'extérieur, comme si le frère trimbalait un poids sur les épaules, chaque jour. Comme si le camion, qui avait écrasé la jambe de Josef, avait emporté sa joie en même temps. Franz imagine la joie du frère comme un os supplémentaire dans sa jambe, qui avait tout simplement explosé sous la pression des roues du camion.

Il n'y avait qu'au bistrot, pense-t-il, parmi tous ces hommes qui le connaissaient et l'estimaient, que cette cassure semblait guérir un peu. Franz bombe le torse, fait pénétrer l'air chaud du soir dans ses poumons. Le soleil émet ses derniers rayons au-dessus des arbres sur Brazos River. Depuis le terrain de football, on entend les cris d'une partie en cours.

I say, you say, he she it says…

Il se dirige vers la baraque et prend dans l'armoire ses feuilles pour le cours d'anglais. Jürgens est au football, Baumann est allongé sur son lit et ronfle. Franz pose ses habits trempés de sueur dans sa caisse. Il faudra qu'il fasse une lessive avant de retourner dans le champ dans deux jours, avant de transpirer de nouveau, de ramasser des pommes de terre, rassembler, ramasser, rassembler. *He she it*, pense-t-il, *he she it*. Il se lève et quitte la baraque.

Quand il pense au père, il est toujours assis à la table à manger, c'est l'image la plus stable qu'il a encore de son vieux. Le ventre arrondi appuyé contre la table, les chemises bien repassées, l'insigne du parti à la poitrine quand il s'agissait d'un jour de rassemblement. Les traits fins, le rire bruyant et contagieux, mais aussi les cris quand Josef et le père se disputaient, quand le vieux traitait son aîné d'estropié bon à rien, un chicaneur que les camarades avaient délibérément mis à l'ombre.

— Un accident, hurlait-il, un accident, c'est ce que tu veux bien croire, c'est l'histoire que tu te racontes chaque soir avant de t'endormir. Mais personne, je dis bien personne, n'a besoin de quelqu'un comme toi dans la Wehrmacht. Toi et tes socialos de la Reichswehr, vous auriez dû déguerpir depuis longtemps. Quelqu'un a bien été obligé de freiner tes ardeurs.

Le sifflement d'un train perturbe le calme de la soirée. Les premières chauves-souris sillonnent le camp, les étoiles brillent déjà.

I shout, you shout, he she it shouts…

Plusieurs camarades attendent devant la baraque pour le cours. Ils se serrent la main. S'il était au courant, lui demande un type, Paris serait tombée. C'est de la propagande, rétorque un autre. Il n'était pas foutu de réfléchir par lui-même pour croire à toutes les conneries des Américains. C'était un Afrikain qui lui avait dit, c'était quand même eux qui avaient les radios, renchérit le premier. Quand bien même, reprend l'autre. Rien d'autre qu'une manœuvre pour que l'ennemi se sente en sécurité. L'Amérique arrivait à sa fin, plus aucune morale, les ressources épuisées. Alors pourquoi il apprenait l'anglais, lui demande le premier. La discussion tourne court avec l'arrivée du professeur, un vétéran aux cheveux gris qui avait enseigné à l'école élémentaire avant la guerre. Ils s'asseyent à leurs tables et reprennent le vocabulaire. Franz a la tête ailleurs, probablement à cause de la fatigue. Quelque part à Paris, pense-t-il, là-dehors des combats et des morts. Il regarde les dos courbés des hommes devant lui, écoute le griffonnement des crayons. Des rires sous leur fenêtre, au loin le bourdonnement d'un camion. Son regard croise celui du professeur. L'homme hoche la tête. Franz se remet donc à former des phrases.

I die, écrit-il. *You die. He dies. The father dies. The father dies on the table.*

Ils étaient encore assis à table après le dîner à jouer aux petits chevaux. La soirée était calme. La Pologne avait capitulé, l'assaut de la France n'avait pas encore commencé. C'était la guerre, sans l'être vraiment. Josef fumait. La mère lança les dés et bougea son pion. Le père posa sa bière. Il toussa, d'abord brièvement, il se tapa sur la poitrine, se remit à tousser, cette fois-ci sans pouvoir s'arrêter, il commença à râler, à lutter pour respirer. Son visage passa d'abord au rouge, puis au violet. La mère sauta de sa chaise, Josef écrasa sa cigarette.

— Père, dit-il.

Et avant de pouvoir ajouter quoi que ce soit, le vieux tomba raide, le front contre la table. Il fit valser sa bouteille au passage, la bière moussa sur la nappe, la flaque s'étendit avant de goutter par terre.

— Willi, criait la mère sans arrêt, Willi !

Elle releva sa tête, caressa son visage, lui donna des gifles. Josef courut chercher un médecin, de sa démarche bancale, à grandes enjambées. Franz était assis calmement à sa place, cramponné à son verre de limonade, il voulait bouger, mais n'y arrivait pas. Il n'arrivait pas à détacher son regard du père, son gros nez écrasé sur la table et un œil, celui qu'il pouvait voir, ouvert et blanc.

The doctor comes, écrit-il, *the doctor comes too late*.

Un grand groupe de camarades fume devant la baraque, les hommes saluent Franz. Ils restent silencieux, mais c'est comme s'ils avaient interrompu leur discussion en le voyant arriver.

Lorsqu'il ouvre la porte d'accès au dortoir de la baraque, il entend les gémissements. Il voit l'homme assis à quelques lits de là, voit Jürgens agenouillé par terre devant lui. Il reconnaît la nuque rousse et frisée de Baumann qui se balance d'avant en arrière, il entend à nouveau des cris de douleur qui semblent s'échapper du corps de Baumann. Plusieurs camarades sont assis sur son lit et sur les lits autour, ils regardent Baumann pleurer ou fixent le sol. Jürgens a les mains posées sur le genou de son ami et lui parle.

— Tu peux être fier, dit-il, il est mort en héros. Qui peut encore se vanter de ça aujourd'hui ? Sûrement pas nous qui sommes coincés derrière ces barbelés.

Baumann sanglote, il secoue la tête. Il semble vouloir dire quelque chose, mais ses mots sont incompréhensibles. Franz demande à un camarade ce qu'il se passe.

— C'est son frère, dit l'homme, tombé juste avant Paris. Il a reçu le télégramme ce matin.

— Merde, dit Franz.

Et en même temps il pense à la chance que Josef avait eue avec cet accident, de ne plus être apte au combat, même s'il avait atteint le grade de Feldwebel, un Feldwebel claudiquant que personne n'enverrait plus au front.

— Les salopards.

Baumann a levé la tête, il se retourne, les regarde tous sans vraiment les voir, pense Franz.

— Ces sales Ricains, des lâches et des salopards. Et ce sale traître de von Choltitz. Sans résistance, hurle Baumann, mon frère tombe et ce salaud cède cette ville de merde sans aucune résistance.

— Paris, murmure l'homme à côté de Franz, aucun tir, aucune explosion.

— Qu'est-ce que vous murmurez, vous là ? hurle Baumann.

De la morve lui coule du nez, ses yeux sont rouges et gonflés.

— Je ne savais pas, dit Franz à voix haute, pour Paris.

— Les Ricains doivent se croire en sécurité.

Jürgens pose les mains sur les épaules de Baumann. À la manière d'un prêtre.

— On va réduire la ville à néant en menant une contre-offensive, jusqu'à la dernière pierre, la tour Eiffel, les châteaux, tout le merdier, on aurait dû le faire depuis le début, dès 1941. Et von Choltitz, dit Jürgens, y en a bien un qui va lui tomber dessus dans un camp. Les opportunités ne manquent pas, il y a suffisamment de camarades avertis qui savent quoi faire des traîtres.

— On va tous les choper, dit Baumann à voix basse.

Il fixe le sol.

— Viens, murmure le camarade à côté de Franz, j'en ai assez de ce cirque.

Une fois dehors, devant la baraque, le nouveau lui tend la main.

— Leo, dit-il.

Il est à peine plus grand que Franz, peut-être un peu plus âgé. Il porte des lunettes rondes, ses cheveux courts sont bouclés. Franz donne son nom.

— Tu es nouveau, dit-il.

Leo acquiesce.

— Transfert depuis l'Alabama avec une compagnie. Ils nous ont dispersés dans les baraques.

— Et pourquoi le transfert ?

Leo hausse les épaules.

— Dieu seul le sait, dit-il. C'était calme chez nous, belle région. Aliceville. Des jolies collines et des forêts clairsemées. Hölderlin se serait très bien senti dans notre commando de travail.

— Qui ça ?

Leo fait signe de laisser tomber.

— Ici, c'est autre chose, dit-il en montrant la baraque, le climat est différent.

— Ici, il faut faire attention avec le climat, dit Franz.

Ils avancent jusqu'à la double clôture au sud de leur *compound* et derrière, le grand terrain de sport sur lequel on joue une partie de football, comme tous les soirs. Franz lui demande d'où il vient.

— Lübeck, dit Leo, je venais de décrocher mon baccalauréat et c'est là qu'ils m'ont enrôlé. *Bella Italia*. Je me suis dit que j'avais de la chance. Sur les traces de Goethe. Tout se passait bien d'ailleurs, du moins jusqu'à ce que les Américains débarquent.

Leo raconte qu'il est aux États-Unis depuis six mois déjà, qu'il a commencé des études d'histoire à distance et qu'il espère pouvoir les poursuivre ici.

— Si j'ai le choix, dit-il, je resterai ici quand tout sera fini, après la guerre.

Le voilà qui me raconte tout ça, pense Franz, en totale confiance, comme ça. Je pourrais être n'importe qui, je pourrais m'empresser d'aller voir Baumann et Jürgens, je pourrais être ce genre de personne. Et il se surprend à se réjouir que Leo ne le prenne pas pour cette personne-là.

— Tout va bien ?

Leo le regarde.

— Pour le mieux, dit Franz. Il y a quelques camarades que j'aimerais te présenter.

*

— Qui c'est lui ?

Paul se lève et vient vers lui.

— On n'est pas à une réunion de scouts ici.
— C'est un ami, dit Franz, il est réglo.
— Leo, dit Leo en tendant la main à Paul.
— Parfois je me demande à quoi tu penses, dit Paul.

Il se retourne et va s'asseoir avec les autres. Franz et Leo s'asseyent en silence. Franz regarde Paul. Il joue au dur, se dit-il. Husmann lui serre la main. Rudi le salue de l'autre côté de la clôture.

— C'est bon, je peux continuer maintenant ? poursuit Paul.

— Quelle mouche t'a piqué ? demande Franz.

Les autres se taisent, les yeux rivés par terre. Paul tourne la tête, le fixe. Franz lit la colère dans ses yeux, l'aversion. Paul secoue finalement la tête et s'adresse à Rudi, comme si Franz n'était pas là.

— Ils l'ont chopé hier soir sous la douche. Un officier américain m'en a parlé ce matin. Il y avait un blessé, il m'a demandé si je pouvais venir le voir, aider pour l'entretien. Me voilà parti vers l'hôpital, je ne me doutais de rien. Et là je le vois allongé, blessé à la tête, un bandage aux côtes.

— Qui ça ? demande Franz.

— Je pensais, dit Husmann, que ce genre de commando n'existait qu'au deuxième et au troisième ?

— Chez nous aussi maintenant, dit Paul.

— Quelle merde, dit Husmann.

— Il m'a salué et m'a souri quand je suis arrivé, l'andouille. Je me suis précipité à son chevet pour lui demander ce qu'il s'était passé. “Tu aurais dû voir l'autre” qu'il me dit. Et l'officier a évidemment compris que nous nous connaissions, il s'est dit que ce serait plus facile d'obtenir des informations. Il a posé la main sur mon épaule et dit que c'était très bien, un heureux hasard, car il pourrait directement commencer à l'interroger.

Franz a envie de reposer la question, mais il n'ose pas. Il cherche Leo du regard, mais il a les yeux tournés vers Paul et semble l'écouter attentivement.

— Et ? demande Rudi.

Paul crache un graillon blanc devant lui dans le sable.

— Rien. Le con. Il a dit qu'il avait glissé dans la douche et qu'il était tombé sur la tête.

— Il a bien fait, dit Rudi.

— Toi aussi t'as le cerveau cramé ? Il ne se passera jamais rien ici si on laisse faire.

— Et il devrait s'passer quoi, dis-moi ? demande Rudi.

— Je m'en cogne, dit Paul, quelque chose qui fasse que ce truc avec Heimo n'arrive plus, par exemple.

Heimo qui n'est pas là, Franz comprend, Heimo qui est à l'hôpital, qu'ils ont bastonné, Heimo qui ne veut rien balancer. Rudi s'allume une cigarette, inspire et expire lentement. Il le laisse mijoter, pense Franz, il voit que les genoux de Paul tremblent, qu'il tape nerveusement du talon.

— Pis tu crois qu'y vont hisser le drapeau blanc parce que tu vas balancer queq'camarades ? Même si les Ricains font queq'chose. Bah ça en fera quat' de moins, allez, p'têt' cinq. Tu vas juste te r'trouver avec le reste de la meute su' l'dos Et eux, ils vont vraiment te détruire. P'têt' pas toi, parce qu'y savent pas que c'était toi l'interprète. Mais Heimo, lui ils vont le finir.

— Il a raison.

La voix de Leo résonne pour la première fois dans leur cercle.

— On t'a sonné, toi ? dit Paul.

Et après une pause :

— C'est ça votre avis ? Fermer sa gueule et rien faire ?

Il se lève, il fixe Franz. Franz baisse les yeux.

— Vous savez quoi ? Allez vous faire foutre, dit Paul, allez tous vous faire foutre.

Il s'en va, laissant le silence planer derrière lui. Rudi se roule une autre cigarette. On joue de la musique quelque part, un swing, on dirait que ça vient de l'un des miradors. Franz s'imagine assis là-bas, avec une petite radio, le regard tourné vers les Allemands, le paysage qui s'étend derrière. Il faudrait sortir, pense-t-il, sortir et se laisser cueillir par ce pays. S'emparer d'un des camions qui les conduisent au champ, se débarrasser du conducteur et rouler sans s'arrêter, vers l'horizon. Crise de barbelés, tu nous fais une crise de barbelés, c'est normal, ça arrive à tout le monde ici. Il y a quelques jours, ils ont ramené plusieurs camarades qui avaient tenté de s'échapper par la Brazos River sur des canoës qu'ils avaient bricolés. Sortis du camp dans des poubelles, ils se sont mis à l'eau à la tombée de la nuit. Jusqu'au premier village. Pas assez d'eau, pas assez de courant. Paul avait raconté qu'on les avait attrapés et mis au trou ; de l'eau et du pain, mais aucune sortie possible. Au moins, ils avaient essayé, pense Franz, au moins ça.

— Je peux le comprendre.

Husmann brise le silence. Il fait craquer ses doigts.

— Il faut faire quelque chose pour les arrêter.

— Que nenni, dit Rudi. Et pourquoi que ce s'rait à nous de nous bouger l'cul ?

— C'est lâche, dit Husmann.

— M'en fous, dit Rudi, m'en fous complètement, mais alors royalement. La guerre, elle est perdue d'avance de tout' façon, avec tout c'qu'on sait déjà et tout c'qu'on entend. Y a plus qu'à attendre, c'est ça, attendre. Laisser les choses suivre leur cours.

— Et pour Heimo, on fait comme si de rien n'était ?

Husmann les fixe tous. Personne ne dit rien. Les projecteurs s'enflamment sur les miradors et débutent leur ronde dans le camp.

— Faut qu'j'y aille, dit Rudi, ça fait d'jà trop longtemps que j'suis là-dehors.

Il se relève en gémissant.

— Husmann, lance-t-il avant de disparaître entre les baraques, sans rancune !

— Bonne soirée, grand ! dit Husmann sans même le regarder.

Ils se disent au revoir et affluent lentement vers leur baraque. Les cigales sont bruyantes. La mélodie d'un violon s'échappe d'une baraque, tentant de couvrir celle de la nature. Répétition de l'orchestre. Leo se fige, Franz écoute lui aussi pendant un moment.

— Il devrait se méfier, ton ami, dit Leo quand le violon s'arrête.

— Je crois que tu n'as pas bien cerné le personnage, dit Franz.

— C'est inconscient, dit Leo, vraiment inconscient.

Dans son lit, dans l'obscurité, il guette le ronflement de Baumann, à qui plusieurs camarades de baraque avaient offert leur bière de la journée. Des bières pour la mort du frère, des bières pour la chute de Paris, des bières dans l'espoir d'une contre-offensive. Et lui et les siens s'étaient assis près de la clôture, un petit groupe triste qui ne s'entendait pas sur la façon de se comporter. Il aurait dû aller dans le sens de Paul, se dit-il, se lever et dire quelque chose, quelque chose de décisif. Mais que dire ? Il ferme les yeux. Il a laissé Paul tout seul. Il est persuadé que Paul ne l'aurait jamais laissé tomber. Paul est là pour lui, depuis le bateau, il est là pour lui.

La lumière du soleil était perçante. Il tenait ses doigts écartés devant le visage ; au-dessus de lui, rien que le bleu et cette lueur. Il avait les yeux fermés, les ouvrit à nouveau, regarda en l'air, comme tous les autres ; à l'époque ils titubaient déjà de fatigue, ils se traînaient, "un, deux, un, deux" entendait-on de part et d'autre, mais l'ordre allemand avait été enseveli par des journées de tempête sous le pont, de lumière et d'éclairs, de chaleur sur le visage, de vent.

— En avant, en avant ! dit la voix dans le haut-parleur. Avancez, laissez de la place à vos camarades.

Ils affluaient de toutes les cales, de tous les entreponts ; des silhouettes grises, les visages blancs, les cheveux gras, les ventres vidés par la tempête. Ils étaient poussés vers l'avant, jusqu'à la pointe ou je-ne-sais-quoi, il se faufila entre tous les camarades qui se tenaient là, encore incertains, pour atteindre la rampe métallique. Derrière, la mer comme une surface bien lisse. Le soleil s'y reflétait, scintillait, mais à part cela c'était le calme plat, elle allait plus loin que ce que ses yeux pouvaient voir, claire, sombre. Au-dessus, quelques nuages posés là. Il entendait le aow-aow des mouettes qui suivaient le bateau. Il écoutait les cris, le vrombissement des machines, les voix des camarades dont le son avait changé ; elles vibraient, reprenaient vie.

Sur la structure grise du bateau, les gardes, mais pas d'armes braquées sur eux ; ils observaient, les regardaient, la fumée des cheminées s'abattait au-dessus de leurs têtes avant d'être soufflée par le vent.

— On en chialerait.

Franz se tourna et vit un type à côté de lui, le même qu'il avait attrapé par l'épaule pendant la dernière tempête, celui qui avait manqué de s'emplafonner dans un pilier. L'homme ôta sa casquette, ses cheveux courts et très blonds frisottaient, une moustache claire surplombait sa lèvre supérieure. Il avait l'air plus grand que sous le pont, un grand escogriffe avec des bras allongés et des grandes mains.

— On en chialerait, tellement c'est beau, répéta-t-il.

Franz acquiesça.

— Elle est loin la tempête !

L'autre rit.

— Elle est loin la guerre, et pourtant toujours présente.

— Oui, dit Franz, elle est toujours présente.

— Paul.

Le blond lui tendit la main. Franz la serra et donna son nom. L'autre sourit.

— Un inconnu de moins, dit-il.

À moitié endormi, il voit la mer, voit Paul au bastingage, revoit les tours de New York, il sent l'odeur du diesel, l'excitation. Il aimerait sortir du camp et aller à New York avec Paul, emprunter un bateau sur le fleuve, traverser la ville en taxi, escalader l'une de ces tours ou y monter en ascenseur, évidemment en ascenseur, avec un liftier en veste rouge. Il sourit, sombre dans le sommeil, dans un sommeil new-yorkais, il aimerait faire un rêve américain, un vrai, long rêve américain.

*

Il est assis dans l'herbe, les jambes tendues, et il regarde le ciel bleu traversé par une nuée d'oiseaux. Le soleil du soir est chaud, mais pas insupportable, l'automne commence à pointer le bout de son nez. La musique des instruments à cordes est lourde et triste, il aperçoit le visage rouge du soliste assis devant les autres musiciens.

— Schumann, a dit Leo, violoncelle et orchestre, ils ont répété des semaines pour ça. C'est ce qu'on a entendu l'autre jour.

Franz n'avait pas voulu y aller, il était resté assis sur les marches devant la baraque avec son vocabulaire, mais en voyant tous ces hommes qui se pressaient vers le terrain de sport par le portail de la clôture, en entendant les premières notes des musiciens, il avait fini par se lever et avait suivi la foule. Il avait cherché Leo, puis fini par s'asseoir dans l'herbe, un peu à l'écart, au dernier rang de spectateurs.

L'orchestre est installé sous le kiosque, fraîchement repeint et cerclé de fleurs quelques jours auparavant. Les musiciens portent des chemises blanches qui brillent au soleil. Dans les rangées de chaises directement face à l'orchestre, il voit les officiers américains et leurs femmes tout devant, les sous-officiers des deuxième et troisième *compounds* juste derrière, le porte-parole allemand du camp au premier rang à côté des Américains. Ceux qui n'avaient pas pu avoir de chaise, comme la plupart des simples soldats du premier *compound*, étaient assis dans l'herbe ou dans la poussière. Plusieurs hommes ont des bouteilles de Coca ou de bière. Depuis que la musique a commencé, on n'entend presque plus un bruit, beaucoup d'hommes sont déjà allongés sur le dos. Franz fixe les mines concentrées des cordes, le mouvement rapide de leurs bras, le va-et-vient de la tête du violoncelliste.

La musique plane au-dessus d'eux, les enlace, chacun d'entre eux ; il voit les regards des camarades proches de lui s'élever vers le ciel texan, leurs yeux se fermer. Franz aussi prend ses aises, d'abord sur les coudes, puis le dos plaqué au sol, il pose la tête dans le sable, s'étire, ferme les yeux.

La musique fait surgir des images qu'il ne veut pas voir, il voit le frère et la mère en train de pleurer devant l'une de ses lettres, il voit sa maison brûler sous le feu des bombes, il voit les gravats, voit les arbres jaillir des décombres de sa cité, le vent dans les rues désertes, lentement envahies par la végétation. La tour d'extraction de la mine qui surplombe une ville morte, sa lettre n'est qu'un tas de cendres sur la table à manger noircie par le charbon. Une lettre, pense-t-il, rien qu'une lettre de chez lui, rien que quelques phrases. Les notes s'emballent, quelqu'un commence à applaudir avant d'être sommé de se taire par un autre.

— Une vraie musique d'enterrement.

Il ouvre les yeux. Paul est debout au-dessus de lui, une pile de livres coincée sous le bras. Il demande s'il peut s'asseoir. Bien sûr, lui répond Franz. L'ami s'assied, pose les coudes sur les genoux et le menton dans la paume des mains.

— Ils auraient pu trouver quelque chose de plus gai. Ça donne vraiment le cafard.

Le mouvement suivant débute. Ils sont assis et écoutent en silence. Franz observe Paul du coin de l'œil. L'autre est concentré, il a replié les genoux et penche désormais le haut de son corps comme s'il voulait pénétrer dans la musique. Deux semaines qu'ils ne se sont plus parlé, depuis le rendez-vous de l'autre soir, depuis l'incident avec Heimo. Franz récoltait des pommes de terre dans les champs le jour, apprenait l'anglais le soir, avant de s'écrouler dans son lit, épuisé. Il avait mangé, bu une bière ou joué quelques fois aux cartes avec Leo dehors. Il avait aperçu Paul dans le mess à plusieurs reprises, au petit-déjeuner ou au dîner. Rudi lui avait servi à manger avec un sourire indifférent, comme s'ils ne s'étaient jamais assis ensemble près de la clôture. Heimo est encore à l'hôpital, il n'a pas de nouvelles de lui. Husmann a intégré un commando chargé de creuser un canal, et à peine rentré le soir, il se précipite sur le terrain de football pour aller courir après la balle.

Une fois le concert terminé, un tonnerre d'applaudissements retentit. Les Américains et les Afrikains se lèvent de leurs chaises. Les musiciens saluent le public. Les bravos résonnent dans le soir. Franz voit le commandant américain taper sur l'épaule du porte-parole du camp et lui serrer la main. Puis il quitte le terrain de sport, derrière ses officiers et leurs femmes. Les Allemands se dispersent aussi doucement, les musiciens discutent entre eux, certains hommes restent avec eux, mais la majorité retourne dans leurs *compounds*. De l'autre côté du terrain, un ballon de football fend à nouveau les airs.

— Tu as reçu du courrier ?

Paul a tourné la tête.

— Non.

— Merde.

— Merde, comme tu dis. Surtout avec cette musique. Et toi ?

— Elles vont venir me rendre visite, dit-il.

— Qui ça ?

— Ma mère et ma sœur.

Franz fixe le bout de ses chaussures. Il n'y est pour rien, se dit-il. Tu devrais être content pour lui.

— Et ton père ? demande-t-il.

— Il ne vient pas.

L'un des violonistes improvise un solo sous le kiosque. Des rires éclatent.

— Je ne lui en veux même pas. Il tient parole.

— Quelle parole ?

— "Je ne veux plus te voir", qu'il m'a dit à l'époque. "Si tu pars vraiment en Allemagne, alors ce n'est plus la peine de revenir." Ce sont ses propres mots, à peu de chose près. Et que, s'il le fallait, il chasserait à la fourche à fumier tous les nazis qui oseraient poser un pied sur le sol américain.

Il rit.

— Désormais nous sommes ici, plus personne n'a de souci à se faire en Amérique.

— Tu es quand même son fils, dit Franz.

— Ça n'a aucune valeur, la relation père-fils, dit Paul, si l'attitude ne suit pas.

— Un fils est et restera pour toujours un fils, dit Franz, voilà comment ton père devrait voir les choses.

Paul secoue la tête.

— J'y ai longtemps pensé. Après le retour de France, malgré tout ce que j'avais vécu en France et qui était de la gnognotte à côté de ce qui m'attendait en Russie. Mais déjà là, je commençais à douter, à me rendre compte de ma connerie.

— On était tous cons, dit Franz.

Il se rappelle clairement sa fierté quand le père l'avait emmené à un discours de Göring à Essen, sa joie en voyant tous ces hommes jubiler et chanter. Les drapeaux qui flottaient, le sentiment de faire partie de quelque chose de grand.

— Mais moi j'étais là, dit Paul, de l'autre côté de l'océan. Je l'ai voulu. Je l'ai plus voulu que vous tous. Pendant des soirées entières, mon père a essayé de me faire entendre raison. En me parlant de la chance que ce pays représentait pour nous. De la liberté, et que je ne pouvais même pas imaginer comment ce serait sans cette liberté. Que lui savait exactement ce que cela signifiait. Et je l'ai pris pour un demeuré. Je lui ai dit qu'il n'était qu'un chien à la solde de son nouveau maître parce qu'il lui donnait des os bien gras.

Il fait une pause, se frotte les mains. Il semble ailleurs, pas vraiment là.

— Toutes les soirées et les nuits en Russie, les membres tremblants près du feu, muet car personne ne voulait parler de ce qu'il avait vécu dans la journée. Et quand quelqu'un parlait, c'était pour expliquer comment il avait volé un porc à un paysan, comment trouver des réserves, enterrées dans une grange. Quel festin ça avait été. Et affamé et grelottant, toutes les images de la journée en tête, commençait à grandir la certitude qu'il avait raison. Qu'il savait. Et toute cette bêtise, emprisonnée dans la neige et la glace, dans le feu de l'artillerie en journée, le grondement des chaînes des chars, le pan-pan-pan des armes, la bêtise quand on regardait depuis le camion, en chemin vers la prochaine étape, pendant les brèves pauses, tous les villages brûlés qu'on traversait, tous ces endroits déserts, tout ce que cette si grande armée laissait derrière elle, celle que je croyais capable de sauver l'humanité, ce rempart contre le bolchevisme. Qu'est-ce que j'en savais du bolchevisme ? En quoi le bolchevisme me concernait, moi le fils d'un paysan de l'Alabama ?

Nous tous, pense Franz, pas que lui, nous tous. Certains y sont encore, certains y resteront jusqu'au bout, et même qu'une partie de toi n'a pas encore vraiment fini d'y croire.

— Il avait raison, dit Paul, c'est capital. Ça lui donne le droit de tenir parole. Même si ça veut dire qu'il ne veut plus me voir. Fils ou pas fils. Ça se mérite. Et je vais le mériter. Je vais lui montrer que j'ai compris, que j'ai appris. Dans la douleur, la neige et la glace, le feu, la peur, les cauchemars. Mais j'ai appris. Aucun cerveau n'est imperméable à l'apprentissage, pas le mien, le tien non plus.

Il le pousse à l'épaule. Franz sourit. Ça fait du bien. Il ne sait pas pourquoi, mais ça fait du bien, la franchise, la confidence. Il est triste de voir son ami comme ça, mais pour être honnête, tout à fait honnête avec lui-même, c'est bon de l'entendre dire ces choses-là. Paul n'est pas quelqu'un que son père a poussé dans la jeunesse hitlérienne, à chanter tous ces chants que Franz connaît encore aujourd'hui ; les souvenirs reviennent, tous les amis. Le père qui parlait des rassemblements, du mouvement, du grand danger que le bolchevisme représentait pour l'Allemagne et le monde. De la honte dont l'Allemagne devait se libérer. Si quelqu'un comme Paul y avait cru au point de traverser l'océan, s'il y avait cru et qu'il était guéri, peut-être était-ce normal que lui y ait cru si longtemps. Malgré un frère qui essayait de l'en écarter. Peut-être qu'il peut aussi s'en libérer. Peut-être qu'il peut guérir de ce sentiment de trahir son propre pays, le Führer, le souvenir de son père.

— Tiens.

Paul lui tend un livre. L'arrière est jaune, l'avant affiche un cadre noir, au milieu le dessin d'une cloche noire pendue à une poutre transversale. *Wem die Stunde schlägt** est écrit en dessous.

— Un classique ? demande-t-il.

Paul hausse les épaules.

— Lis-le, tu verras. Ça se lit d'une traite, surtout quand on est soldat.

— Sacré pavé, dit Franz.

— Essaye, dit Paul. Si ça ne te plaît pas, tu me le rapportes.

— Je peux le rapporter directement, dit Franz.

— Rapporte-le-moi. Je le rendrai à la bibliothèque. Ils contrôlent ceux qui empruntent des livres américains. Ma réputation est déjà foutue.

Il se remet à rire. De petites rides apparaissent autour de ses yeux. Il a le visage bien bronzé, ses cheveux sont presque blancs.

— Tu pourras peut-être la rencontrer.

— Qui ça ?

— Ma famille. La rencontre a lieu dans le camp. J'en parle avec l'officier qui s'occupe de moi. Je suis sûr qu'on peut arranger quelque chose. Comme ça, je te présenterai ma sœur.

Il fait un clin d'œil.

— Tête de nœud, dit Franz.

* *Pour qui sonne le glas*, Ernest Hemingway.

Ils regardent les musiciens à qui on a apparemment donné du vin ou du schnaps, sorti de réserves secrètes ou concédé par les Américains directement. Plusieurs bouteilles circulent, les brèves improvisations s'enchaînent, mêlées aux cris des joueurs de football.

— *How is translation?* dit Franz.

— *Good*, dit Paul.

Il sourit.

— *Very good. They trust me now.* Avec certains camarades, c'est plus compliqué. De vraies têtes brûlées. Celles dont on se passerait bien.

— Ce sont quand même tes camarades, dit Franz.

— Non, dit Paul, ce ne sont ni les miens ni les tiens d'ailleurs.

Nous y revoilà. C'était sorti de sa tête. Mais lui l'a encore en travers de la gorge. Pourquoi tu ne peux pas être de son côté, entièrement de son côté, corps et âme ? Il se dit qu'avec le temps, peut-être, il pourra se défaire de cette identité allemande, de sa vie de gosse, des histoires, des chants, de la beauté qu'ils renfermaient souvent. Peut-être que tu peux penser à ton père sans ressasser tout ça. Penser simplement à l'homme qui riait à table, le dessinateur qui pouvait rester assis dans le jardin pendant des heures avec son bloc et son crayon ou qui gribouillait secrètement dans le tramway, l'homme qui t'a emmené la première fois voir les supporteurs et t'a appris les chants, qui te racontait des histoires ou te prenait dans ses bras quand tu avais peur, qui ne t'a jamais frappé, pas même une seule gifle. Peut-être que c'est possible, peut-être que c'est faisable. Il aimerait avoir un deuxième chez-lui, comme Paul, un lieu vers lequel fuir. Mais tu ne peux pas revenir en arrière, se dit-il, tu ne peux qu'aller de l'avant, vers l'inconnu.

— Pardon, dit Paul. Je n'aurais pas dû remettre ça.

— C'est rien, dit Franz.

— On devrait se réunir de nouveau, quand Heimo sortira de l'hôpital. Une fête de bienvenue.

— Oui, dit Franz, ce serait bien.

Cher Josef, écrit-il, *même si je n'ai pas encore reçu de lettre de votre part, je t'écris à nouveau dans l'espoir que mon courrier vous parvienne plus vite que le vôtre ici.*

Il s'arrête, fixe le mur opposé de la baraque sur lequel un camarade a accroché une carte d'Europe, qui fait apparaître de petites aiguilles et des fils représentant l'avancée du front. Les fils ont déjà atteint l'est de Paris, près de la frontière allemande. Il se demande ce qu'il peut écrire à Josef, ce qui ne sera pas supprimé par la censure. Rien sur les nazis, se dit-il, rien sur la peur. Il pourrait parler du concert, mais ne sait pas comment. Ils savent qu'il va bien, si ses lettres ne se sont pas égarées, qu'il a suffisamment à manger, qu'il fait très chaud, qu'il travaille.

J'ai vu New York, finit-il par écrire, *à mon arrivée, depuis le bateau, les immeubles, les gratte-ciels. Ensuite on a pris le train pour le Texas, nous n'avons pas voyagé dans une bétaillère, comme nous nous y attendions tous, mais dans un wagon Pullman, sur de vrais bancs, avec de l'espace pour les bagages et des toilettes à chaque extrémité. Un sacré voyage, je peux te le dire. On a traversé le pays. Je n'ai malheureusement* *pas vu d'Indiens, ni de buffles. Old Shatterhand* se fait attendre. Un jour, peut-être.*

Il a déjà presque atteint la fin de la carte. En pleine inspiration. Ils vont sûrement tout barrer de toute façon, New York, le voyage en train. Si les Américains ne le font pas, les censeurs de la Wehrmacht le feront. Ils risquent de ne pas apprécier cette histoire de trajet de luxe.

Il n'en avait pas perdu une miette, le front collé à la vitre. Des forêts interminables qui auraient pu pousser en Allemagne, peut-être pas dans ces proportions, de cette ampleur. Les maisons en bois, les églises, les villages et les villes, mais surtout les innombrables automobiles, les grosses caisses garées partout, comme si chaque Américain possédait sa propre voiture. Des usines, ont-ils d'abord pensé, des usines de voitures, provoquant les rires des gardes qui se tenaient à la fin du wagon avec leurs matraques en bois.

— *Supermarket*, ont-ils dit en montrant dehors. *King Kullen*.

Certains Allemands se sont tapoté la tempe avec l'index. Des sornettes, murmuraient les camarades, les Ricains et leurs sornettes. Franz était assis avec Paul, ils mangeaient des sandwiches et des pommes en regardant défiler le paysage comme un film. Voilà ce qu'il devait écrire à Josef, il serait content.

Raconter la nuit qui avait vu le train poursuivre sa course en cahotant, pendant laquelle il avait dormi la tête appuyée contre la fenêtre ; le matin qui avait vu la canicule s'installait, le vert opaque du sud, les grands arbres aux troncs aussi larges que

* Frère de Winnetou, dans le roman de Karl May.

des tours, desquels pendait une espèce de plante grise semblable à du fil d'argent. Partout ces guirlandes balayées par le vent, quelques plantations. Ils avaient ouvert les fenêtres, étaient assis là en tricot de corps.

— Si les prisonniers voyagent comme ça, avait dit l'un d'entre eux, imaginez comment voyagent les officiers !

Paul avait été nerveux pendant la traversée de l'Alabama, il avait essayé de reconnaître les panneaux, avait commencé à parler de son père qui, comme il disait, devait être dans les champs s'il n'était pas en train de réparer des machines. Les siennes ou celles de voisins fermiers. "Ils l'appelaient le miracle allemand", avait dit Paul dont la fierté était flagrante.

Et aujourd'hui il ne vient même pas le voir, aujourd'hui il refuse de voir son fils. Malgré les échanges houleux, malgré toutes les menaces, son propre père n'avait jamais rien entrepris contre Josef, il ne l'avait pas balancé, il ne l'avait pas mis à la rue, il avait laissé le trouble-fête vivre sous son toit, alors même que bien des années après l'accident, il voguait toujours de petit boulot en petit boulot. Tantôt veilleur de nuit, tantôt garçon de marché. Il blaguait sur les sorties à l'église entre mère et fils, sur les rassem blements du groupe paroissial auxquels Josef se rendait, ce qui déclenchait parfois leurs disputes. Josef traitait le père d'athée, qui lui-même le taxait d'enfant de chœur, surtout quand Josef avait commencé à travailler pour la cantine de l'église. Il était exploité par un cureton hypocrite, son fils était payé un salaire de misère pour pouvoir subvenir à d'autres crève-la-faim. Et Josef disait au vieux qu'il brûlerait en enfer, avec son cher petit Hitler et toute sa bande. Mais malgré tout ça, malgré toutes ces injures, père et fils s'asseyaient à la même table. Et Franz au milieu, qui avait de plus en plus l'impression qu'ils se battaient pour lui, que chacun essayait de le rallier à sa cause. Et puis la tête du vieux avait sombré sur la table. Et c'en était fini. Si cela n'a rien à voir avec une quelconque attitude, alors Franz se demande bien à quoi cette attitude devrait ressembler. Tu virevoltes comme une girouette au vent. Il regarde ses mains. Tu virevoltes peut-être, mais qui ne virevolte pas. Le processus est lancé, pense-t-il, il a besoin de temps. Mais tu es sur le point de te libérer.

Désormais, je sais que tu avais raison.

Il écrit cette phrase sur la carte, comme ça, sans autre explication. Une phrase adressée à son frère. Ils vont la barrer, ils vont comprendre ce qu'il entend par là. Mais il l'a écrite.

Après une longue journée dans le Sud, dans cette Louisiane très verdoyante, les fenêtres fermées comme seul rempart contre les moustiques, le train avait poursuivi sa course nocturne au-dessus du Mississippi. Ils étaient collés à la vitre, les yeux rivés sur l'immense fleuve, les nombreux bateaux. Franz avait aperçu l'un de ces paquebots blancs avec la grande roue à aubes rouge derrière. Il s'était imaginé briser la vitre, sauter dans le fleuve et nager jusqu'au paquebot, pour ensuite remonter vers le nord et mener sa vie dans un village sur la rive. Comment s'appelait ce livre pour enfants déjà ? Celui qui parlait d'un radeau et d'un esclave.

Il pense aux ouvriers, aux accolades bienveillantes après leur dernier jour dans les champs de pommes de terre. Ils s'étaient tapé sur l'épaule en se souhaitant le meilleur, Christmas l'avait pris dans ses bras.

— *See you in the cotton fields*, lui avait-il dit en guise d'au revoir.

— Ils sont réglo, avait dit Jürgens assis à l'arrière du camion.

— Tu as attrapé une insolation, brigadier Jürgens ? avait demandé Franz.

Ils avaient ri tous les deux.

Franz lève les yeux. Le lit de Jürgens est vide. Sur sa table de chevet, la Bible, et devant, ses bottes bien lustrées posées par terre. Peut-être finira-t-il par comprendre lui aussi, il ne fait pas partie des méchants, peut-être qu'il n'est pas encore trop tard pour lui. Il met la carte postale de côté, prend son verre sur la table de chevet et observe les pierres. Tout en haut il y a un caillou rouge et plat qui ressemble à un silex. Il est traversé par une veinure argentée qui brille un peu quand on la met au soleil. La pierre était amère quand il l'a goûtée pour la première fois, très amère.

Le matin avant leur arrivée au camp, Franz avait été réveillé par le grincement aigu des freins, avant d'être projeté sur la banquette opposée par la force du freinage. Puis le calme. Autour d'eux, le gémissement des camarades réveillés tout aussi brutalement que lui. L'espace d'un instant, leurs voix s'étaient entremêlées.

— Ils descendent, avait dit quelqu'un.

Dehors, un terrain plat à côté du remblai, une clôture donnant sur une vaste étendue d'herbe, des pâturages, au loin la tour d'une église. Ils avaient vu un groupe d'Américains sauter du wagon, s'en éloigner un peu pour aller se poster devant la clôture. Certains soldats s'étaient mis à fumer.

L'un des gardes était passé dans les wagons leur intimer l'ordre de regagner leurs sièges. Plus rien pendant quelques minutes jusqu'à ce que la porte s'ouvre et qu'un soldat entre.

— *Out!* avait-il crié. *Get out!*

Certains camarades s'étaient redressés.

— Restez assis, avait dit l'un d'entre eux, ce n'est pas une station.

Paul avait dit quelque chose au garde en anglais.

— *Out!* avait-il répété. *Train kaputt, okay? Out!*

Il avait discuté un moment avec Paul. Selon sa traduction, le train rencontrait un problème technique et il fallait sortir se dégourdir les jambes.

— Tu es con ou quoi ? avait lancé un camarade derrière eux. Tu as pourtant vu comment ça se passait en Russie.

— Tu dis n'importe quoi, avait répondu Paul.

— Personne ne sort ! avait dit un autre derrière. Ils vont nous descendre ici.

Le garde les avait fixés sans comprendre.

— *Out!* avait-il répété.

Paul avait ajouté quelque chose en anglais. L'homme avait secoué la tête avant de quitter le wagon. Les Allemands avaient ri. Un Feldwebel avait donné l'ordre de se défendre avec les mains et les pieds si besoin. Il s'agissait d'abord de désarmer les soldats de leurs matraques, puis de prendre possession du poste de surveillance avec ces armes. Paul s'était enfoncé sur son banc, les yeux figés sur le dossier de la banquette opposée.

— C'est n'importe quoi, avait-il dit.

Peu après, la porte du wagon s'était ouverte sur un homme grand et maigre en blouse blanche, il portait un brassard avec une croix rouge. Il avait jeté un coup d'œil circulaire, s'était raclé la gorge, et quand il avait commencé à parler, ses mots avaient pris une résonance rauque et grave.

— Moser, dit-il. Je suis le Dr Moser, je suis membre de la Croix-Rouge. Je peux vous garantir que descendre du train ne représente aucun risque tant que vous n'essayez pas de fuir. Nous sommes toute une délégation dans ce train pour nous assurer que vous êtes traités conformément à la Convention de Genève. Je vais vous demander de bien vouloir sortir. On m'a dit qu'il allait faire très chaud là-dedans maintenant que le train est à l'arrêt.

Au bout de quelques secondes, un premier camarade s'était levé, puis un deuxième. Paul était déjà debout et avait traversé le couloir. Franz avait suivi les hommes qui s'étaient pressés en grand nombre vers la sortie. Le soleil, s'était dit Franz, un peu d'air frais, un peu de terre sous les pieds ; il avait pensé aux pierres dans sa poche de poitrine et s'était dit qu'il goûterait bien ce que cette contrée avait de spécial.

La porte de la baraque s'ouvre. Il repose son gobelet rempli de pierres, reprend la carte postale, il écrit : *J'espère avoir bientôt de tes nouvelles ou de Mère. Toutes mes pensées vont vers vous et la maison ! Ton Franz*

Menteur, pense-t-il. La peur est là, la peur des bombes sur Essen. Mais c'est une peur lointaine, un sentiment qui s'empare doucement de lui le soir ou dans la grisaille matinale. Sinon, ses pensées vont au travail, aux cours d'anglais, elles vont aux amis et aux Afrikains qui sont une réelle menace, perceptible, physique, une menace avec un visage.

*

Au premier coup d'œil, on aurait dit des sœurs. La plus âgée porte une robe foncée et près du corps, ajustée à la taille par une fine ceinture, la plus jeune un pantalon large noir qui lui remonte au-dessus des hanches, un chemisier blanc et une veste légère. Elles ne ressemblent pas à la représentation que Franz se faisait des femmes qui vivent à la ferme, elles ne ressemblent pas à des Allemandes, pas à une mère et sa fille, ou si peut-être, mais seulement au deuxième coup d'œil ; quand Paul lui fait signe d'avancer, là il remarque la différence d'âge et d'expression. Le visage de la mère est bronzé, les cheveux blond foncé tressés en couronne, et quand elle sourit, il découvre quelques rides autour de sa bouche. Sa fille, dont les cheveux courts étaient à peine visibles sous le chapeau de paille à bord fin, a le visage clair et ouvert, des taches de rousseur, et, contrairement à sa mère, son nez fin fait apparaître une petite bosse, comme s'il avait déjà été cassé une fois.

— Voici Franz, dit Paul, et Franz se sent comme un animal domestique que l'on brandit.

Il tient encore l'autorisation d'accès dans le secteur américain du camp à la main quand il s'approche des trois.

— Nous sommes ravies de pouvoir enfin faire votre connaissance, dit la mère de Paul en lui serrant la main.

Il reconnaît les sonorités du nord dans son allemand, une grande mélopée au milieu de la cohue des baraques ; les Américains à leurs bureaux, le cliquetis des machines à écrire, les sonneries des téléphones, les grosses armoires à dossiers aux murs, et au-dessus, des cartes, des drapeaux, des papiers. Une radio tourne quelque part, parfois couverte par des bribes de conversation, des commandos, des rires.

— Bonjour.

Les grands yeux clairs de la sœur de Paul l'examinent de bas en haut, sa bouche est un peu pincée, peut-être qu'elle sourit. Elle a beaucoup de force dans ses petites mains.

— Moi c'est Wilma. Tu dois être un sacré soldat pour arriver à supporter mon frère.

Elle rit. Son allemand lui est étranger, sa mélodie totalement différente de tout ce qu'il a entendu jusque-là.

— *Shut up!* dit Paul en la poussant.

Wilma attrape son frère par les cheveux et tire dessus. Certains Américains lèvent la tête de leur machine à écrire.

— Les enfants, dit sa mère sans détourner le regard de Franz, ne risquons pas notre droit de visite à cause de vos chamailleries, voulez-vous ?

Sa voix met instantanément fin à la querelle, frère et sœur échangent des regards. Ils s'asseyent à une table que l'on a apparemment débarrassée pour les visiteurs. Paul montre la partie arrière de la baraque. C'est là qu'il travaille. La première rencontre avait eu lieu dans la baraque réservée aux interrogatoires, dit-il à Franz, mais quand son officier référent l'avait appris, il avait décidé que ce n'était absolument pas le lieu pour recevoir deux dames.

La mère de Paul questionne Franz sur sa ville natale et ses parents. Elle l'écoute, acquiesce, le regarde quand elle lui parle, très ouvertement, très directement. Une femme, pense-t-il, qui emmène sa fille et traverse plusieurs États, sans son mari. Il la trouve jolie, trouve cette pensée inappropriée, il cherche le regard de Paul, mais il est en train de tirer la langue à sa sœur.

Les trois dégagent une certaine chaleur, une chaleur qu'ils lui transmettent avec leurs mots et gestes, qui s'installe dans son estomac et forme un bloc de quiétude, une pierre chaude et plate. Il s'imagine une grande ferme en bois en Alabama, des champs à perte de vue, des machines modernes, une voiture. Le ciel bleu au-dessus, une étendue libératrice pour l'esprit. Toi tu viens de la mine, des galeries, de la brique de Katernberg ; tout est étriqué là d'où tu viens, si étriqué que la pression pèse sur la poitrine.

— Et vous apprenez l'anglais ?

Sa question le tire de ses pensées. Il acquiesce ; il dit qu'il essaye de tirer le meilleur parti de sa situation, d'exploiter le temps.

— Je n'ai jamais été très scolaire avant ça, dit-il.

La sœur de Paul rit. Il la fixe, elle lui rend son regard. Quelque chose semble l'amuser chez lui.

— J'imagine que tu comptes aussi faire de lui un élève exemplaire ? demande-t-elle à Paul.

— Je ne fais rien de personne, dit-il.

— Mais bien sûr, dit la sœur.

Entre le frère et la sœur règne une tension qui semblait d'abord être un jeu, mais plus Franz les observe, plus il a l'impression de déceler de l'amertume, en tout cas chez elle. La pierre chaude dans son ventre se fissure, ou non, se dit-il, elle subit une entaille légère et froide. La mère de Paul ignore les échanges de ses enfants, elle continue de parler comme s'il n'y avait pas de tension. Elle raconte qu'elle est déjà allée à Essen une fois quand elle était jeune, en excursion avec ses parents. Qu'elle a aimé le lac de Baldeney, les forêts environnantes. Elle s'enquiert de la situation à Essen, des bombardements, de la maison, du frère, est-il lui aussi soldat ? Et quand Franz dit non, elle lui prend la main.

— Pardonnez-moi l'expression, dit-elle en baissant la voix, mais l'armée, la guerre, c'est pour les idiots.

Elle tourne la tête vers son fils.

— Nous avons juste été chanceux de récupérer notre idiot en un seul morceau.

Ils traversent le secteur américain côte à côte, passent les jeeps et les camions, les soldats qui les fixent. Ici aussi des fleurs, des canaux de drainage et des ponts, mais tout semble plus strict, plus professionnel que chez les Allemands qui, avec leurs statues et leurs ponts, ont essayé de se recréer un nouveau chez-eux.

— Il n'est pas venu, dit Paul.

Ah quand même, pense Franz. Il tape sur l'épaule de son ami.

— Peut-être qu'il viendra la prochaine fois.

— Oui, peut-être. Je m'étais promis de ne pas avoir d'espoir. Mais plus la visite se rapprochait, plus c'était dur de ne pas envisager la possibilité qu'il puisse quand même venir. J'aurais pu lui montrer. Mon travail pour l'*Army*. Mon ami qui a fait le même chemin que moi dans sa tête. J'aurais pu lui dire.

— Tu lui diras la prochaine fois.

— Ou il s'en rendra compte, quand la guerre sera finie.

— Au plus tard, dit Franz.

— Et Wilma ? demande Paul.

— Quoi ?

— Ma sœur. Tu la trouves jolie ?

— Bien sûr, dit Franz, bien sûr.

— Mon pauvre ami.

Paul s'arrête et rit si fort que certains Américains se tournent vers lui.

— Tu es rouge comme une tomate.

Il lui donne une tape.

— De toute façon, à l'écouter, elle ne se mariera jamais. "Je n'ai pas besoin d'un homme", qu'elle dit.

— Quand est-ce que tu vas les revoir ? demande Franz.

— Ce soir, peut-être demain matin avant qu'elles repartent.

Paul se tourne vers lui.

— Ils m'ont accordé une permission spéciale de sortie. Ce soir, nous allons au village ensemble, manger et boire, une vraie soirée en toute liberté.

Son visage est désormais très doux. Il a l'air satisfait, très calme. Ils arrivent au point de passage avec le camp allemand, les deux Américains au portail blaguent avec Paul. Franz montre son autorisation, l'un des Ricains se marre.

— *We know you're alright*, dit-il.

Ils traversent le no man's land entre la zone des gardes et celle des prisonniers. L'herbe est encore plus haute qu'à leur arrivée, personne ne s'en occupe. À l'entrée de leur *compound*, un homme seul leur fait signe devant le portail. Sur le terrain devant la baraque où il y a l'école, quelques camarades se font des passes au ballon. Quand Franz et Paul s'approchent, l'un d'eux pose son pied sur la balle ; la partie est terminée.

— On revient tous les deux du secteur américain. On est fichés, dit Paul.

Et après un moment :

— Désolé.

— Qu'ils s'en donnent à cœur joie, dit Franz, les sales chiens.

Il se réveille en sursaut. Son lit tremble. Les camarades courent partout autour de lui ; des contours gris, les bottes s'abattent lourdement sur le plancher de la baraque. La porte est ouverte en grand. Dehors, l'éclat du projecteur d'un mirador, suivi quelques secondes plus tard de la sirène. Le son est long et aigu, il est très fort puis s'arrête net. La lumière d'autres projecteurs commence à jaillir. Les voix se mélangent dehors, des cris énervés. Franz pose les pieds par terre. La baraque est presque vide. Devant la porte, quelques bouteilles renversées. Le lit de Jürgens est défait et vide.

— *Step away from the fence!*

Le son du haut-parleur résonne dans la nuit, au petit matin. Le monde n'a pas encore revêtu ses couleurs, tout est encore teinté d'encre sombre, mais on y voit déjà clair dans la baraque. Certains camarades indécis sont debout devant leurs lits.

— *Step away from that fence immediately!*

La sirène retentit de nouveau. Le son attire Franz près de la porte. Il sort. À sa droite, au sud de son *compound*, un groupe d'Allemands près des barbelés. Il entend les voix excitées des hommes.

Quand la lumière s'arrête et croise le faisceau d'un autre mirador, il voit la silhouette sur les barbelés. L'homme est bien au-dessus des camarades au sol, ils ne peuvent pas l'atteindre, il a déjà dû passer la première clôture. Un tir retentit dans les airs.

— *Get down from that fence!*

Franz se met à courir.

Il connaît la majorité des hommes à la clôture, il s'agit de camarades de baraque, il voit Jürgens tout devant, les mains sur les barbelés. De plus en plus d'hommes sortent des autres bâtiments et viennent vers eux.

— Descends de là ! s'écrie Jürgens. Bordel, Siggi, descends de là !

À cet instant, il comprend, il voit les cheveux roux, reconnaît la silhouette nerveuse qui a presque atteint la partie haute de la deuxième clôture, recouverte de barbelés. Les mains de Baumann s'accrochent déjà aux fils, il les écarte, se faufile entre. Dans la lumière des projecteurs, Franz voit le sang goutter de ses mains, son uniforme déchiré, les marques sur son visage. Un nouveau tir retentit.

— Descends de là ! Descends de là !

La voix de Jürgens, les larmes, le désespoir. D'autres intiment à Baumann de descendre, laisse-toi tomber qu'ils disent, arrête tes conneries. Mais Baumann ne se laisse pas tomber. Au lieu de ça, il pousse les rouleaux de barbelés, serpente, il a déjà dépassé la partie haute de la seconde clôture et escalade, la tête en avant, pour descendre de l'autre côté. Son visage est maintenant tourné vers eux, on y lit la tension, l'obstination. Ils entendent des cris depuis le *compound* américain, entendent les moteurs des jeeps. Nouveau tir. L'impact de la balle projette le corps de Baumann contre la clôture, ses mains lâchent leur prise, il glisse, des morceaux de son uniforme restent pendus aux barbelés alors qu'il s'abat sur le sol dans un bruit bref et sourd. Franz veut détourner le regard, mais Baumann n'en a pas fini. Ses gémissements résonnent très fort, il lève la tête, ses yeux écarquillés les fixent. Du sang sort de sa bouche.

— Reste allongé, reste allongé !

Jürgens est le dernier qui crie encore, les autres se taisent. Les sirènes reprennent le dessus, le projecteur vacille, illuminant l'acteur Baumann qui s'appuie sur les bras et redresse le haut du corps, se met sur les genoux et parvient à se relever. Il ne les regarde plus mais fixe la simple clôture au sud du terrain de sport. Une silhouette dans la grisaille du jour qui se lève.

— *Stay down!* s'écrie le haut-parleur.

Baumann se remet doucement en mouvement. Il trébuche, titube en direction de la clôture, il essaye de courir, de traverser ce grand terrain dégagé. Ta-ta-ta. Un bruit sec et bref. Encore une fois : ta-ta-ta. Baumann tombe, il est allongé, le corps un peu tordu, le projecteur rivé dessus. Il n'a pas parcouru la moitié de la distance qui le séparait de la clôture. Les premiers hommes détournent le regard et quittent les lieux. Jürgens est toujours à la clôture, les mains cramponnées aux barbelés, la tête baissée.

L'avertissement retentit, ils sont tous invités à reculer et à retourner dans leurs baraques. Les hommes obéissent. Seul Jürgens reste immobile. Les jeeps s'approchent, s'arrêtent à l'extérieur de la clôture. Les soldats pointent leurs armes sur Baumann. Jürgens lève la tête.

— Il est mort, hurle-t-il en direction des Américains, vous avez aussi peur des morts ?

— Viens !

Franz s'approche de lui, il pose une main sur l'épaule de Jürgens.

— Viens ! répète-t-il.

Jürgens se tourne à moitié, une main encore posée sur la clôture, il fixe le visage de Franz. Ses yeux sont rouges. Franz n'est pas sûr que son camarade le reconnaisse.

— Viens !

Jürgens lâche la clôture, tombe sur Franz. Il le rattrape, fait contrepoids jusqu'à ce que l'autre retrouve l'équilibre, pose son bras sur les épaules de Franz. Tandis que les Américains arrivent dans le *compound*, pénètrent sur le terrain de sport et embarquent Baumann vers l'hôpital, les camarades sont pendus aux fenêtres de leurs baraques et observent, commentent les faits et gestes des GI's.

Franz est assis en face de Jürgens sur son lit. Ils ne portent ni bottes ni chaussettes, leurs pieds sont noirs de poussière.

— Il a eu ce qu'il voulait, dit Jürgens.

Il s'allume une cigarette :

— Depuis hier, on a essayé de ne pas le quitter des yeux, de le faire picoler.

— Qu'est-ce qu'il s'est passé hier ? demande Franz.

— Télégramme de Cologne, dit Jürgens. Des bombardements. Toute la famille y est passée : les sœurs, les parents et les grands-parents. Une attaque. D'abord le frère près de Paris, et là tous les autres. Je le savais.

Il lève la tête, regarde Franz droit dans les yeux.

— Je le savais, tu comprends ? J'ai dit aux autres qu'il fallait faire attention. Comment supporter ça, personne ne peut supporter ça, vraiment personne. On est allés chercher des bières, chacun sa ration journalière. On a récupéré du schnaps chez les Afrikains. Bois du schnaps, bois de la bière. Faut tenir, Siggi, tenir pour nous, pour l'Allemagne. On était assis sur les marches de la baraque. Rien à foutre du couvre-feu, qu'on disait. On a parlé, toute la nuit. À un moment, il s'est levé. Je dois pisser qu'il a dit. Un, puis deux pas vers le fossé. On l'entendait. Il a vraiment pissé. Mais après il s'est mis à courir, très vite, comme s'il n'avait absolument rien picolé ces dernières heures. Il avait presque atteint la première clôture quand on a compris ce qu'il avait derrière la tête.

— Un suicide, dit Franz.

Le visage de Jürgens demeure inexpressif.

— Un acte héroïque, dit-il tout bas.

Plus tard dans la journée, après le comptage et le petit-déjeuner, un groupe d'Américains arrive dans leur baraque. Ils demandent où sont le lit de Baumann et ses effets personnels. Jürgens leur montre son chevet et sa caisse.

— *Is he dead?* demande Franz à l'un des gardes.

— *Doesn't get more dead than that,* dit l'homme.

— Qu'est-ce qu'il dit ? demande Jürgens.

— Balle dans la tête, dit Franz, il est mort sur le coup.

Quand Heimo arrive à leur hauteur, ils l'applaudissent en silence. Il pose la main droite sur la poitrine et s'incline.

— À tout seigneur, tout honneur.

Le rire de Rudi retentit de l'autre côté de la clôture. À côté de lui est assis un petit type trapu, qu'ils ont déjà vu une fois en cuisine. Réglo, dit Rudi, d'esprit mais surtout de cœur. De leur côté aussi, le cercle s'est un peu agrandi. Leo est assis entre eux, un camarade de son commando de travail à côté de lui, Husmann est également venu avec quelqu'un, l'avant-centre de son équipe de football, un gars immense qui s'appelle Mey. Ils sont de plus en plus nombreux, doucement, mais sûrement. Hier matin, les Américains seraient entrés sur le sol allemand et se tiendraient près d'Aix-la-Chapelle. Ces rumeurs avaient été accompagnées du salmigondis traditionnel : un ramassis de mensonges, disaient les uns, la propagande de l'ennemi, le front américain est complètement distendu en France, la guerre est finie, disaient les autres.

— Si Aix-la-Chapelle tombe, dit Paul, les Afrikains n'auront bientôt plus d'arguments.

— J'espère seulement qu'il y a là-bas un commandant qui hissera le drapeau blanc à temps, dit Heimo.

La cicatrice à son œil, séquelle de l'agression, est encore très blanche. Il a perdu du poids. Et le sang-froid qui le caractérisait jusque-là, pense Franz.

— Ces sales chiens, ils sacrifieront jusqu'au dernier vétéran estropié, s'il le faut.

— On a bien vu comment ils célèbrent la mort d'un héros, dit Husmann.

Ils se sont réunis sur le terrain de sport, tous en uniforme et formation, ils ne se sont certes pas arrêtés à l'endroit où il est tombé, mais ont écouté le prêtre parler du frère Baumann, puis le porte-parole du camp parler d'honneur, de mort au combat pour la patrie. Rien sur la clôture, rien sur le désespoir. Ils avaient l'air grave dans leurs uniformes, ont chanté l'hymne national. À l'enterrement, c'était la première fois qu'il avait vu le prêtre, se dit Franz. Chez lui, c'était le dimanche à l'église, avec la mère et le frère, pas tous les dimanches, mais suffisamment souvent pour que son amnésie de l'église, son amnésie de Dieu le surprenne. Il sait que Heimo va à la messe. L'église est une baraque comme les autres, avec des bancs à la place des lits. Saint Heimo qu'ils le surnomment quand il n'est pas là. Peut-être qu'il y retournera, pense Franz, quand il sera rentré. Pour la mère. Et parce que ça fait partie de la routine à la maison. Mais pas ici, se dit-il, non pas ici.

— Ils sont revenus te voir ? demande Husmann.

Heimo secoue la tête.

— Une petite visite après mon retour de l'hôpital, dit-il, mais rien qui vaille la peine d'être évoqué. Ils m'ont félicité de n'avoir balancé personne. “T'es un trou du cul, que je lui ai dit, mais t'es quand même mon camarade.”

Il rit. Franz voit Paul grimacer. C'est reparti, se dit-il, mais Paul ne dit rien. Au lieu de quoi, Husmann dit qu'il a hâte de voir arriver le jour où ces connards finiront enfin par payer.

— Ce sera au tour de la racaille de se faire bastonner dans les rues, dit-il.

— Et par qui ?

La grosse voix de Rudi résonne de l'autre côté.

— T'es quand même pas con au point d'croire qu'on va laisser faire ça. P'têt' bien que les Ricains vont bousiller tout le pays, plus aucun bâtiment debout, que dalle, ou les Russes, ah les Russes y s'en donneraient bien à cœur joie, si j'étais Russe, je me porterais volontaire. Mais les Allemands – il secoue la tête – y f'ront rien. Tu débarques de quelle planète ?

— Peut-être Roosevelt, dit Leo.

— Quoi Roosevelt ? demande Rudi.

— Il va rétablir l'ordre public, dit Leo, quelque chose dans le genre.

Rudi éclate de rire.

— C'est ça, continue d'rêvasser de Tonton Franky.

— C'est mieux que rien, dit Husmann, sinon y a plus qu'à laisser faire tout ce merdier.

Il fait craquer ses doigts.

— Je veux bien faire sauter quelques têtes moi, s'il le faut.

— Plus de gens, dit Paul. On a besoin de plus de gens. Il faut garder les yeux grands ouverts. Écouter. Essayer de déceler qui a encore la tête claire.

— Fais bien attention, dit Leo, je suis sûr que les noms de certains ici sont déjà sur leur liste.

Franz pense aux footballeurs, ceux qui ont interrompu leur partie quand Paul et lui sont revenus du *compound* américain. Et Paul est l'interprète, il est américain, il est sorti du camp. Ils finiront par le savoir ou le savent peut-être déjà. Et toi, tu étais avec lui, tu es dans le même sac.

*

Mon cher Franz, commence la lettre. Il veut poursuivre la lecture, mais les lettres s'estompent. À son retour du cours de préparation, de formation à la récolte du coton, l'enveloppe était simplement posée là au bout de son lit, un petit rectangle sur la couverture en laine pliée. Expédiée par *Hannelore & Josef Schneider*, leur adresse en dessous. Pas sous les bombes, fut sa première pensée. La maison était encore là, il voit la rue, les pavés, la lanterne au coin de la rue, voit les petits jardins. Il avait ouvert l'enveloppe avec précaution, collé son nez à la lettre et inspiré profondément, sans rien sentir d'autre que l'odeur de transpiration qui le suivait depuis le midi.

Il se frotte les yeux, se mouche. Ses mains tremblent. Plus loin, un camarade est assis sur son lit et l'observe.

— Quoi ? demande Franz.

— Première lettre ? demande l'homme.

Franz acquiesce.

— Veinard, dit l'autre. Ça devrait me redonner espoir. Peut-être une nouvelle vague de courrier. Peut-être que moi aussi je pleurnicherais comme une gonzesse.

L'homme se lève et quitte la baraque sans même lui adresser un regard. Des camarades, tu parles. Hargneux et jaloux oui. Peut-être que Paul a raison, se dit-il. Peut-être que tout ça c'est de la merde, la fraternité, le dévouement éternel.

— Notre groupe, toi et moi, lui a dit Paul il y a quelques jours quand ils s'étaient retrouvés pour pratiquer l'anglais, nous l'avons voulu. C'est une amitié choisie, pas forcée.

Il reprend la lettre, pose les mains sur ses cuisses. *Nous sommes si heureux de lire que tu vas bien, que tu es en bonne santé et entre les mains des Américains. Nous avons regardé dans l'atlas où se situe le Texas. Josef te demande de passer le bonjour à Winnetou si tu le croises.* Puis deux lignes ont été noircies. Franz porte la feuille à ses yeux, mais impossible de déchiffrer les phrases barrées. L'espace d'un instant, il essaye d'imaginer ce que sa mère avait bien pu lui écrire. Peut-être quelque chose en rapport avec Josef après avoir mentionné Winnetou. Peut-être une autre question, peut-être une référence au déroulement de la guerre, à Essen, aux bombardements.

Le jardin donne un peu de légumes, écrit la mère en dessous, *nous avons encore quelques poules et deux lapins que nous mangerons peut-être pour une occasion spéciale.*

Elle écrit que la rue n'a pas bougé, que la plupart des voisins ont envoyé leurs enfants à la campagne, qu'elle a dit à tout le monde qu'il est en bonne santé et en Amérique, que tout le monde en avait parlé dans la rue. D'autres lignes ont été noircies à la fin, puis elle conclut :

Nous pensons à toi tous les jours. Nous prions pour ta santé et espérons te revoir bientôt à la maison. Que Dieu te protège ! Avec l'amour de ta mère, Hannelore. Puis, un peu plus bas, *Et ton Josef*, dans l'écriture maladroite de son frère. Il relit la lettre, il essaye de deviner les passages noircis, renonce. Il rit, secoue la tête, ne sait pas pourquoi. Il regarde la date : expédiée mi-août, plus d'un mois pour arriver, mais bon c'est déjà ça, pense-t-il, c'est déjà ça.

Il lit la lettre une troisième fois, avant de la remettre dans l'enveloppe qu'il glisse dans son dictionnaire d'anglais, de réunir ses affaires et de se dépêcher pour aller en cours. De plus en plus d'élèves ces dernières semaines. Tous les dix kilomètres parcourus par les Américains sur le sol allemand, un nouvel élève.

Sur le chemin de la baraque-école, il aperçoit un groupe d'hommes en train d'encercler un camarade entre deux bâtiments. L'homme est adossé au mur et s'adresse à l'un de ses camarades, très proche de lui, en faisant de grands gestes. L'autre a les cheveux très noirs et très courts, et à la place de son oreille gauche, brille une cicatrice blanche. Franz a fait sa connaissance pendant la récolte des pommes de terre.

— Faux, s'écrie le camarade acculé, c'est faux !

Franz s'arrête, regarde, mais ne reconnaît pas le camarade contre le mur. L'homme à la cicatrice lui dit quelque chose à voix basse. L'un des hommes à l'extérieur du cercle aperçoit Franz et s'approche de lui.

— Circule, camarade, dit-il, ça ne te regarde pas !

Franz baisse la tête et poursuit son chemin, il pénètre dans la baraque-école où le cours a déjà commencé. Il ne connaît pas cet homme, il ne peut rien faire, pour un ami, si, pour un ami. Il s'assied tout au fond, dans un coin par terre, toutes les chaises sont prises, l'air est pesant, il se met automatiquement à transpirer.

Dehors les Afrikains, dehors les intimidations. Ils vont continuer, tant qu'ils peuvent, ils n'arrêteront pas comme ça. Il faut faire quelque chose, se dit-il, il faudrait. Il ouvre le dictionnaire, en sort la lettre. Tous ces nouveaux élèves le dérangent, ils prennent les places, ils surchargent l'air, ils sont lents, ils sont derrière, il faut toujours qu'ils posent des questions. Il devrait demander à passer au cours supérieur. Les discussions avec Paul près de la fontaine, les discussions en anglais à voix basse pour ne pas attirer l'attention de la mauvaise personne, lui apportent beaucoup plus que toutes ces heures passées à faire des listes de vocabulaire. Paul lui rapporte les vieux journaux des Américains, qu'il colle contre son corps pour les faire passer discrètement dans le *compound.* Soigneusement pliés dans le chevet de Franz, on trouve des articles de films ou de sport, d'autres sur l'avancée des Américains sur le front. Et si quelqu'un les trouve, se dit-il, alors ils t'encercleront comme le camarade, probablement déjà en route vers l'hôpital, incident sportif, comme on dit chez nous. Cette excitation, cette joie quand il lit les articles, et en même temps cette peur bleue jusqu'au moment où il a enfin fini de les lire et peut les chiffonner.

*

Ils chantent. Leurs voix se font entendre depuis le champ d'à côté, un chant fort et collectif qui parle de *"Lord"* et de "souffrance", c'est tout ce qu'il comprend. Franz relève le buste, essuie la sueur de son front. La douleur remonte des hanches à la nuque, sa vision se trouble l'espace d'un instant. Il voit les têtes des camarades qui, tirés de leur routine par la chanson, se redressent également entre les arbustes de coton et regardent le champ voisin, les travailleurs noirs se faufiler entre les allées et remplir leurs sacs à une vitesse qui désespère Franz. Et maintenant la chanson portée par le vent, un bourdonnement, une vibration, mêlant allégresse et nostalgie. Même les Allemands qui ne comprennent pas l'anglais semblent saisis par cette nostalgie, ils écoutent en silence. Franz se demande si Christmas fait partie des chanteurs, il ne l'a pas vu en arrivant ce matin, mais il se rappelle ses derniers mots : *See you in the cotton fields.* Et le voilà :

transpirant et poussiéreux, le dos courbé et endolori entre les arbustes qui ne donnent pas leurs fleurs de coton si facilement, se rebellent, alors que ça avait paru si simple en formation.

— *Like this*, disait le sous-officier américain en retirant la fleur de sa capsule.

Puis il avait distribué plusieurs branches pour qu'ils essayent. Au tableau, des croquis d'arbustes et de fleurs, de mains en train de reproduire des gestes apparemment enfantins. Et à peine descendus du camion ce matin pour commencer le travail, ils ont tout de suite compris que les quelques heures passées au camp n'avaient pas grand-chose à voir avec la réalité de la récolte du coton. *"Fill the sacks"*, qu'ils disent, mais il a beau jeter les fleurs dans son sac, la charge dans son dos ne grandit pas.

Ses doigts lui font mal, ils ont d'abord saigné, puis séché, tout a d'ailleurs séché, sauf son front et son dos. Il continue de transpirer de l'eau, sans comprendre d'où elle vient. La terre est poussiéreuse, elle est dure, elle déchire son pantalon quand il se met à genoux. Il a la langue collée au palais, ça cogne dans sa tête, et il se sent tellement fatigué qu'il pourrait s'allonger par terre et s'endormir instantanément.

Le sac clair, sur lequel on peut lire le mot *Cotton*, tombe sur ses reins, à peine alourdi par les quelques flocons récoltés. Il pense aux pierres, quelques pierres bien placées. Il crache, ferme les yeux. La musique le pénètre, comme une oscillation discrète, mais elle est là, dans son corps. Il pince les lèvres et fredonne, fredonne tout bas, il essaye de se caler sur les tonalités entonnées par les Noirs. Ça y est, tu dérailles, se dit-il en se penchant de nouveau pour attraper la prochaine capsule. La sueur goutte. La musique le transporte, la musique facilite la tâche.

Le soir, à côté du champ, à la lumière dorée de l'automne, ils se reposent à l'ombre des feuilles rouges d'un groupe d'arbres. Certains camarades sont debout autour du baril d'eau, ils ont du pain et des saucisses dans les mains, distribués par le fermier.

— *You eat boys*, a-t-il dit, *gotta take care of them negroes.*

— Il est réglo, a dit Jürgens.

Mais Franz lève les yeux vers l'autre champ, de l'autre côté de la rangée d'arbres. Il voit le fermier parler avec les travailleurs, il le voit déblatérer devant les hommes, il entend les voix excitées des Noirs. Ils se disputent à propos de l'argent, se dit-il, sans savoir pourquoi, il ne comprend pas leurs phrases. Le fermier montre le camion chargé de sacs de coton clairs qui brillent au soleil, il gesticule, et un Noir, sûrement le chef du groupe, lève les bras en secouant vivement la tête. La dispute semble se régler, les travailleurs reçoivent leur salaire et se mettent en route. Ils hissent leur balluchon sur l'épaule, et peu de temps après s'être mis en mouvement, leur chant parvient à nouveau aux oreilles des Allemands.

— *Them lazy bastards*, dit le fermier de retour. *Have it in their blood to cheat you.*

Il sourit aux Allemands et demande si les boys ont repris des forces. Franz s'écarte un peu du groupe, observe la campagne. Au loin, une grange, des champs et des arbres à perte de vue derrière, rien que le ciel bleu et le soleil, une grosse tache rouge au-dessus de l'horizon. Il pense reconnaître le vrombissement d'un avion, sans l'apercevoir. La douleur traverse ses membres, mais il se sent si léger, comme porté par une fine brise.

Le fermier grimpe dans la cabine de son camion, il leur fait signe, klaxonne et prend la route. Les camarades se regroupent près de leur fourgon, garé à l'ombre de la rangée d'arbres. Certains hommes se hissent à l'arrière et étendent leurs jambes, les autres restent là, se regardent.

— Où est le garde ? demande quelqu'un.

La cabine est vide, la surface de chargement, dans laquelle les GI's s'assoupissent parfois, aussi.

— Ça va être difficile de rentrer sans lui, dit un autre.

Ils se divisent en petits groupes de recherche, remontent les rangées entre les arbustes de coton, scandent le nom de l'homme, *sergeant* Henderson, sans résultat. Des rires éclatent, on les appelle au bout du champ. Franz rejoint le groupe de camarades, debout au bord d'un fossé de drainage. *Sergeant* Henderson dort, les jambes dans l'eau du fossé, le haut du corps tourné, les bras sous la tête. Il ronfle bruyamment. La bouteille de whisky, qu'il a apparemment bue, à côté de lui.

— Et c'est avec ce genre de soldats qu'ils comptent gagner la guerre, dit Jürgens.

— Les bons sont au front, les soiffards nous surveillent, dit un autre.

Ils sortent l'homme du fossé, le prennent par les bras et les pieds, et le traînent jusqu'au camion, où ils le déposent à l'arrière, sans réveiller Henderson. Un camarade tient son arme.

— Je conduis, dit Jürgens, viens !

Franz monte dans la cabine, à côté de son voisin de lit. Il passe la tête dehors et regarde derrière.

— Tout le monde est monté ? dit-il avant d'entendre cris et piétinements en retour.

Jürgens tourne la clé, le véhicule broute brièvement avant de démarrer. Ils progressent tant bien que mal sur le chemin de terre, atteignent la route. Jürgens le regarde dubitatif, et Franz fait un signe de tête à droite. Il regrette instantanément sa décision. Ils devraient rouler, foncer avec leur camion de l'armée jusqu'à vider le réservoir, continuer à pied, ou braquer une station-essence, partir à l'aventure. Il regarde Jürgens qui a posé un pied sur le vide-poche à côté du volant et conduit d'une main. Ils se regardent en riant. Franz passe la tête dehors. L'air est chaud, derniers vestiges de l'été ; la campagne est vaste et verte, elle est aérée, ouverte. Essen, c'est loin, c'est petit et gris, plein de poussière de charbon ; la contrée familiale lui semble si obscure et triste sous ce ciel. Même s'il sait que ce trajet le ramène derrière les barbelés, même si son corps souffre du travail accompli au champ, même s'il sait qu'il devra de nouveau s'agenouiller entre les arbustes de coton demain, il n'échangerait ça pour rien au monde, il veut continuer. Il pense à la lettre de sa ville natale posée sous son oreiller, à laquelle il n'a pas encore répondu. Il fixe l'horizon, se sent seul, seul et heureux.

Ils arrêtent le camion un peu avant le portail du camp, descendent et font signe aux gardes de venir. Les hommes avancent vers eux, hésitants ; les Allemands leur montrent Henderson endormi à l'arrière. Les hommes secouent la tête, l'un d'entre eux part en courant avant de revenir accompagné d'un officier et d'autres GI's.

Les rires éclatent lorsque *sergeant* Henderson est réveillé par un seau d'eau ; ses yeux écarquillés, effrayés, la déferlante de mots anglais que lui assène son supérieur. Deux hommes avec un brassard MP l'emportent, et Franz ressent un peu de compassion pour l'homme qui les a toujours laissés tranquilles, jamais réprimandés, qui a simplement exploité leur temps de travail pour se soûler. L'officier américain fixe les Allemands alignés, récupère l'arme des mains de l'un de ses subalternes. L'espace d'un instant, il garde les yeux rivés sur la carabine dans ses mains, avant d'éclater soudainement de rire ; un rire tonitruant qui contamine tout le monde, Allemands et Américains. L'officier les remercie, leur dit qu'ils ont agi en bons soldats en épargnant à tout le monde une belle mésaventure.

Ils s'avancent vers le camp, les Américains les laissent passer et personne ne les accompagne. Le portail de leur *compound* est ouvert, on les laisse passer et ils descendent la rue en direction de leur baraque. Pendant un instant, ils ont l'impression de rentrer à la maison.

*

Paul est assis au bord de la fontaine. Quand il aperçoit Franz, il se lève et l'enlace brièvement.

— Aix-la-Chapelle, dit-il.

Il sourit.

— Ils ont pris Aix-la-Chapelle.

— Quand ?

— Il y a quelques jours, dit Paul. Tous les journaux en parlent. La Wehrmacht a combattu jusqu'à la fin, jusqu'à ce que les Américains arrivent devant le bunker du commandant.

Franz réfléchit à la distance qui sépare Aix-la-Chapelle d'Essen, il essaye de se représenter une carte de l'Allemagne. Pas encore traversé le Rhin, ajoute Paul, mais en Allemagne, sur le sol allemand.

— Et qu'est-ce que ça veut dire pour la guerre ? demande-t-il.

— Qu'elle ne devrait plus durer très longtemps, je pense. Je demande aux Américains, mais personne ne veut rien me dire. Malgré tout, l'excitation est perceptible. Imagine, dit-il, s'ils libèrent Essen avant Noël.

Libérer, se dit Franz. Comme le mot semble léger dans sa bouche. Franz voit les bombes, l'artillerie et les chars. Jusqu'au bout, ils ont défendu Aix-la-Chapelle, jusqu'au bout. Et ces rumeurs d'armes absolues, de plans secrets, de piège pour les Américains, d'une contre-offensive, qui se répandent dans le camp comme une traînée de poudre. Toutes ces phrases qu'il entend pendant la pause dans les champs de coton, dans la douche, à table. Des murmures à demi-mot. *Les Afrikains, les journaux, la radio allemande disent que*. Ce qui signifie qu'il y a maintenant une troisième radio, quelque part dans leur *compound*, cachée par ceux qui l'ont récupérée auprès des Afrikains, qui la méritent, car leur dévouement au Führer, à la patrie allemande ne fait aucun doute. Bricolée en ondes courtes, un lien avec la maison.

— On va peut-être bientôt rentrer, dit Paul.

— Si seulement… commence Franz, sans aller plus loin.

Dieu pouvait t'entendre, se dit-il en pensant au camarade à une oreille dont la position en faveur de l'Allemagne était assez claire. Et il s'imagine

Dieu comme quelqu'un à qui on a, sans aucun doute, dégommé les deux oreilles, il y a plusieurs années, peut-être lors de la première attaque en Pologne ou peut-être en France, au plus tard au début de la campagne de Russie.

— Tu vas en anglais ? demande Paul.

Franz acquiesce. Il est passé du cours surchargé pour débutants à une classe de niveau supérieur. Il a parfois le cerveau qui fume, mais il arrive à s'accrocher, il est loin d'être le dernier élève. Le mineur de fond qui se met à bûcher. Un autre monde, vraiment un tout autre monde.

— *And tomorrow we talk again*, dit-il.

— *Oh how we will talk*, dit Paul. *Of Robert and Maria.*

C'est Franz qui avait eu l'idée de discuter du livre dont il avait également réussi à se procurer l'édition originale en anglais. Il lit dès qu'il a la moindre minute, tantôt en allemand, tantôt en anglais, parfois les deux en même temps. Il lit sur une guerre dont il ne savait rien, il lit sur les montagnes espagnoles, la canicule à laquelle il parvient à s'identifier, et il lit sur Maria, qu'il arrive parfois à se représenter si clairement qu'elle va jusqu'à danser dans ses rêves, l'obligeant le matin à essuyer, honteux, les stigmates de ces rêves avec un chiffon. Les camarades ont commencé à le surnommer le rat de bibliothèque, certains lui demandent ce qu'il lit, mais se contentent de savoir que c'est un roman qui parle de la guerre, en Espagne.

— Oui, l'Espagne, la légion Condor, dit Jürgens, de vrais héros. Avec plus de spécimens dans ce genre, nous aurions écrasé Londres depuis longtemps.

À part ça, Jürgens ne dit pas grand-chose ces derniers temps. Il travaille, il joue au football, il rentre souvent tard à la baraque. Il sent souvent la bière. Franz croit parfois le surprendre en train de prier. Il a reçu une lettre de chez lui, de Hanovre, de ses parents qui lui disent qu'ils vont bien. Et ce soir-là, Jürgens s'est procuré une bouteille de schnaps, on ne sait où, et ils ont bu et joué aux cartes jusque tard dans la nuit.

— Bon sang, Schneider, a-t-il dit, on en a de la chance, on en a de la chance. Quand je pense à Baumann.

Et ils ont trinqué au camarade décédé, puis, plus tard, Jürgens a basculé en arrière et s'est endormi. Franz et Leo ont dû le porter jusqu'à son lit.

*

Le public est aux aguets, à l'affût ; les bustes sont penchés en avant, les visages esquissent déjà un sourire quand le sous-off à la fausse barbe se rapproche du passage que tout le monde attend. Ils savent tous que la réplique arrive, même Franz qui n'a jamais lu ni vu la pièce. Les officiers américains aussi, assis au premier rang, un œil sur la traduction dans leurs mains et l'autre sur la scène, semblent le savoir. L'homme s'avance devant la tour du château en papier mâché, entourée de quelques plantes.

— Me rendre ! À merci ou à disgrâce ! s'écrie-t-il en se frappant si fort la poitrine de son poing argenté que sa fausse barbe en tremble. J'ai toujours pour sa Majesté Impériale tout le respect que je Lui dois. Mais à lui, dis-lui qu'il peut me lécher le cul !

L'acteur qui joue Gœtz attend un certain temps que les rires s'estompent, même les Américains au premier rang ont suivi le mouvement. Une tension s'envole, au beau milieu de la fournaise dans la salle pleine à craquer, au milieu de cette odeur de transpiration et d'après-rasage, si présente que Franz pense pouvoir passer la langue dessus et l'étaler sur ses lèvres. L'espace d'un instant, tout se mélange, ils redeviennent une communauté.

Une fois la pièce terminée et les officiers américains partis, les Allemands sont également invités à quitter le théâtre. Franz regarde brièvement la petite fosse à orchestre où les cordes étaient assises lors de la dernière représentation, il regarde la scène, voit les acteurs bouger derrière les accessoires. Il entend des rires.

— Une baraque comme ça chez nous, dit Leo, ça aurait de la gueule.

Ils quittent le bâtiment, passent la série de gardiens pour sortir du *compound* par le portail, longent les barbelés pour rejoindre leur propre zone. Les Français qui reviennent du théâtre rient et blaguent. Franz semble être le seul à remarquer les Afrikains en train de les observer près de la clôture du deuxième *compound*, les mines silencieuses, sombres, éclairées çà et là par le bout incandescent de leur cigarette.

— Si on avait notre propre baraque-théâtre, on échapperait à cette haie d'admirateurs, dit Franz.

— Comme si c'était de notre faute, dit Leo.

On raconte que les Américains ont procédé à des arrestations, surtout parmi les Allemands qui ont travaillé au bureau de poste ; tout le camp a également été fouillé, mais sans résultat.

— Au moins, les Américains font quelque chose, chuchote Franz.

— Et c'est nous qui trinquons, dit Leo.

Les hommes sont assis dans la pénombre sur les marches devant la porte. Ils discutent à voix basse. À l'approche de Leo, Franz et deux autres camarades de baraque, ils se redressent. Franz reconnaît l'homme à l'oreille sectionnée qui le fixe. Ça y est, se dit Franz, c'est parti.

— Toi, dit l'homme en le pointant du doigt. Tu restes ici. Les autres, au lit.

— Je ne suis pas fatigué, dit Leo.

— Pardon ?

— C'est bon, dit Franz, c'est rien.

— Je reste à la porte, dit Leo tout bas, je reste à la porte, et s'il le faut, je n'hésiterai pas à rameuter tout le camp.

La porte de la baraque s'ouvre et se ferme. Franz fixe ses bottes, dont le bout touche directement le petit pont au-dessus du fossé de drainage. Il entend le léger clapotis de l'eau.

— Camarade Schneider, dit l'homme à l'oreille coupée, pourquoi tu ne t'assieds pas ?

Il montre l'escalier. Franz hésite, il évalue ses options avant de s'approcher d'eux et de s'asseoir sur la marche la plus haute. L'homme à l'oreille coupée se tient devant lui, les mains sur les hanches. Ses trois compagnons en arrière-plan. La balafre blanche part de l'oreille et atteint presque la bouche de l'homme, la partie gauche de son visage semble étonnamment figée. Ses yeux sont très grands et clairs, Franz n'arrive pas à voir s'ils sont bleus ou gris.

— C'est pourtant sympathique de pouvoir s'entretenir entre camarades.

— Bien sûr, dit Franz.

— Surtout quand nous partageons les mêmes objectifs.

— Rentrer sains et saufs au pays, dit Franz.

L'homme rit.

— Oui, voilà. Malheureusement, camarade Schneider, il y a eu quelques arrestations. Une fouille. Ce qui entrave considérablement la vie au camp.

— Une honte, dit Franz. On devrait en informer la Croix-Rouge.

L'homme fait un geste de rejet avec la main.

— Nous n'avons pas besoin des Suisses, dit-il. Nous préférons nous charger nous-mêmes de ce genre de mésaventure.

Il sourit.

— Mais peut-être que tu veux nous aider, camarade Schneider.

— Comment je peux aider ?

— Ton ami, dit l'homme à l'oreille sectionnée, ton ami à moitié ricain.

— Je n'ai pas d'ami à moitié ricain, dit Franz, mes amis sont allemands, des Allemands du peuple, des vrais.

— Tu sais très bien de qui je parle, camarade Schneider, poursuit l'homme à l'oreille coupée.

Franz veut dire quelque chose, mais l'homme lève la main.

— La chose est la suivante, camarade Schneider, nous sommes tous très gentils ici, peut-être même trop gentils. Mais ces fouilles et ces arrestations… Les camarades dévoués que nous sommes se demandent bien comment les Américains savent qui arrêter.

— Peut-être que les Américains ont arrêté des gens au hasard.

L'homme à l'oreille coupée penche la tête.

— Peut-être. Mais peut-être aussi qu'on leur a dit qui ils devaient arrêter. Abordons les choses différemment, camarade Schneider : nous ne pensons pas que tu es un mauvais camarade. Nous n'avons aucune raison de le croire. Pour l'autre à moitié ricain, c'est autre chose. Et vois-tu, certains disent que vous êtes vraiment amis tous les deux, d'autres vont jusqu'à dire que le Ricain a d'autres attentes vis-à-vis de toi, que c'est un pervers. Cela pousse évidemment à la réflexion. Car à force de traîner avec un pervers, camarade Schneider, pour ne pas dire un traître, cela peut donner aux camarades allemands l'impression que tu es toi aussi un pervers et un traître. Et là, on ne sera plus gentils du tout, tu comprends ?

— Camarade Linde n'est pas un traître, dit Franz.

— Ce n'est pas à toi d'en décider, dit l'homme à l'oreille coupée.

— Et qui décide ? Toi ?

Franz entend sa propre voix résonner en lui, il l'entend devenir plus forte, il sent ses genoux et ses mollets trembler, ressent une envie incroyable de crier et de frapper, quelles qu'en soient les conséquences.

— Je ne décide rien du tout, rétorque calmement le type à l'oreille sectionnée.

Franz se lève. Il baisse les yeux sur l'homme.

— Alors épargne-moi tes bavardages !

Il a la tête qui tourne, les mains qui tremblent. Une pulsion traverse son corps sans savoir où aller, elle veut sortir, elle s'empare de lui. Les hommes en arrière-plan s'approchent, l'homme à l'oreille coupée secoue la tête. Il sourit. Comme s'il se réjouissait de ce mouvement d'humeur.

— Frieder, c'est quoi ça ?

La voix retentit dans le dos de Franz, elle provient de la porte de la baraque.

— Reste en dehors de ça, Hermann !

Jürgens se place derrière Franz, lui pose la main sur l'épaule.

— Laisse tomber, Frieder.

— Reste en dehors de ça, Hermann.

— Je vous dis que Schneider est réglo et de le laisser tranquille !

Frieder échange des regards avec ses compagnons.

— Ça, ça se discute, dit-il.

— Si tu veux, dit Jürgens, mais pas aujourd'hui.

Franz flotte dans la baraque, il ne sent pas le contact entre le sol et ses pieds, il a l'impression que sa tête se désolidarise de son corps. Il voit Leo, qui lui dit quelque chose, qui agite sa main en direction du corps de Franz, mais il n'entend pas son ami, ne ressent aucun contact. Sa tête se meut vers son lit, il la dépose sur l'oreiller, ferme les yeux, perçoit le bouillonnement du sang dans ses oreilles, sinon rien.

Soudain, cette idée : tu es sur la liste, tu es tout en haut de la liste, juste après Paul, peut-être même avant. Cette idée lui fait reprendre corps, il ouvre les yeux, fixe le plafond. Il ne s'est pas senti aussi faible depuis des semaines. Il entend les pas dans la baraque, le brouhaha. Il se redresse.

Jürgens s'assied en face de lui.

— Merci, dit Franz.

Jürgens sourit. Franz n'arrive pas à distinguer si ce sourire est amical ou compatissant.

— C'est rien du tout, dit Jürgens. Frieder aime faire peur aux gens. En réalité, il est tout à fait inoffensif.

Franz rit, il ne peut pas s'empêcher d'éclater de rire.

— Crois-moi, il ne fait que ce qu'on lui dit de faire. Et si je lui dis de te laisser tranquille, il te laissera tranquille.

Il marque une pause.

— Tant qu'il n'y a plus d'arrestations, plus de fouilles, que plus personne ne fait de conneries, il m'écoutera.

Il tape sur le genou de Franz.

— On veut tous pouvoir vivre ensemble, finalement.

Franz fixe les grands yeux bienveillants de Jürgens. Ses lèvres esquissent un sourire, Franz peut voir la rangée supérieure de ses dents.

— Te fais pas de bile, dit Jürgens. Va te coucher. Et demain, tout sera oublié.

Il n'arrête pas de se réveiller en sursaut cette nuit-là ; au moment de s'endormir, le frémissement de ses propres muscles le ramène constamment dans la pièce, dans un état d'éveil. Il fixe l'obscurité au-dessus de lui, il écoute la respiration des camarades. Dehors, les mouvements des projecteurs, et parfois le vrombissement d'une jeep en patrouille, et surtout le chant interminable des cigales. Il pense à Aix-la-Chapelle et se répète :

combien de temps encore. Il espère que les choses vont aller vite, espère pour la première fois de tout son cœur que les Américains écrasent la Wehrmacht dès le lendemain, il a envie de silence, de quitter les barbelés, quitter les camarades, tous sans exception.

Il pense à Robert Jordan, en train de mourir allongé dans la forêt, protégeant la fuite de sa bien-aimée jusqu'à son dernier souffle. Tu n'en serais pas capable, se dit-il, tu ne ferais que gémir et pleurer, jamais tu n'essayerais de faire exploser un pont.

Il faut s'endurcir, l'époque le pousse à s'endurcir et il est encore bien trop tendre. Prendre un flingue et dégommer l'homme à l'oreille coupée, ce cher Frieder, juste comme ça. Mais un autre viendrait. Puis un autre, et encore un autre.

— Y a plus qu'à espérer qu'il tienne parole, dit Rudi. Ton camarade de baraque là, il a de l'influence su'les nazis ?

— Je ne crois pas, dit Franz. Peut-être que si. Il connaissait Frieder.

— Qui ? demande Leo.

— Le type à qui il manque une oreille.

— Ça sent pas bon c't'histoire, dit Rudi, les mises au trou, les menaces. Faut vraiment qu'on fasse attention.

Il regarde Paul.

— Quoi ?

— Ça te bile pas ? demande Rudi.

— D'être sur la liste ? demande Paul.

— Qu'y d'mandent après toi, qu'y tombent su'le râble de tes amis.

Paul regarde Franz.

— S'ils ont un problème, ils n'ont qu'à venir me voir.

— Crois-en mon expérience, vaut mieux pas, dit Heimo.

— Mais tu es encore là, non ? Et on te fout la paix. S'ils ont besoin de ça, les chiens, de venir renifler un peu, mordre un peu, qu'ils viennent !

— Y t'manque une case à toi, c'est sûr !

Rudi secoue la tête.

— Comme ça, je pourrai distribuer quelques beignes, dit Paul. J'y pense depuis des semaines.

Franz observe son ami, il ne lit pas le tressaillement sur son visage, ne voit pas ses mains trembler, ne perçoit aucune manifestation de la peur qui, lui, ne le quitte plus depuis des jours. Non, Paul rit, il pointe le menton en avant, il boit de la bière. Aucune peur ou une peur si profondément enfouie, que personne ne la perçoit. Franz demande discrètement à Leo de lui rouler une cigarette, car fumer apaise le tremblement de ses mains.

— S'tu veux mon avis, dit Rudi, mais j'en doute, fais gaffe à tes miches. Parle de l'arme absolue, d'la faiblesse des Américains, un truc dans le genre. Gagne du temps. Et pis, prie pour que les Ricains se magnent à traverser l'Rhin.

— Personne ne traversera le Rhin en hiver, dit Husmann.

— Y a encore l'temps, dit Rudi.

— Non, dit Paul, non pour ta proposition, même si je sais en apprécier les motivations, et non pour le Rhin. Le front américain est très étendu, le ravitaillement interrompu. Ils vont assurer leurs arrières, bâtir des structures, ils vont lancer leurs bombes et attendre la nouvelle année.

— Tu te rends bien compte, dit Husmann en grimaçant, que tu pourrais être un espion de choix pour l'autre à qui il manque une oreille et sa bande, avec tout ce que tu entends circuler ?

Paul le traite de cinglé. Husmann attrape le bras de Paul, lui serre la main.

— Préviens-moi s'ils viennent. Je casserais bien quelques gueules.

— La connerie est contagieuse, à c'que j'vois, dit Rudi.

— Ton problème, Rudi, dit Husmann, c'est que tu chies dans ton froc depuis tellement longtemps que plus rien n'a d'odeur.

Le travail dans les champs apporte de la sérénité, de la sueur et de l'épuisement aussi, mais il pousse à la concentration, il est seul avec lui-même, avec ses mains qui parviennent de mieux en mieux à détacher le coton de l'arbuste au fil des jours. Il se tient sous le soleil, il est à l'air libre, pas de fils barbelés, pas de murs, rien que la lumière automnale et le ciel infini. Le chant des travailleurs noirs l'accompagne, comme ses mains blessées et son dos meurtri. Au moins, le fermier est plutôt souple avec leurs quotas, contrairement à ce qu'ils ont entendu des camarades des autres champs. Il distribue de la nourriture et des cigarettes à chacun de ses passages. Après l'incident avec *sergeant* Henderson, ils ont d'abord été accompagnés par trois gardiens, mais au bout de deux semaines, ils ne voyaient plus qu'un seul homme assis à l'ombre des arbres ou du camion. Ils le voient souvent dormir. Le meilleur moment c'est quand ils rentrent le soir, quand la campagne revêt ses habits dorés, puis rouges, quand ils sont assis à l'arrière, parfois silencieux, souvent à rire ou à chanter. Ils voient des automobiles, parfois conduites par des femmes seules ; ils les sifflent et s'inventent des aventures amoureuses, ils voient des tracteurs, des ateliers de fabrication, des champs à perte de vue. La vie a tant à offrir. C'est ce qu'il se dit.

Mais chaque trajet se termine au camp, derrière les barbelés, entourés de miradors, parmi les gardes américains qui ne tiennent pas lieu de menace, mais simplement de cadre à la peur qui le gagne dès que le soleil se couche. Et Franz a appris que cette peur survient et se répand rapidement, mais qu'elle met beaucoup de temps à repartir, qu'elle creuse des sillons en lui, très profonds qui se rejoignent, qu'elle grandit et s'alimente d'elle-même, qu'elle n'a pas besoin de grand-chose pour apparaître, une porte qui claque la nuit, des voix à la fenêtre de la baraque, le simple regard d'un camarade qu'il ne parvient pas à interpréter. Alors, c'est comme s'il avait à nouveau perdu plusieurs jours, comme si ce tunnel de la peur, qu'il tentait obstinément de reboucher en journée, regagnait du terrain.

Les semaines passent. La pluie fait son apparition, les orages qui font déborder les canaux d'évacuation, qui transforment les rues du *compound* en torrents de boue, qui donnent l'impression que les eaux débordent des profondeurs de la Fontaine du Diable pour inonder le camp. Mais la pluie passe, les rues sèchent, la récolte du coton continue, même le cours d'anglais dans lequel il ne fait souvent que lutter contre sa fatigue. Vient alors une première nuit sans se réveiller, un premier matin où le réveil n'est pas une épreuve, où il ne cherche pas à se palper le corps. D'autres nuits suivent, et le calme semble doucement reprendre le dessus.

*

— Qu'est-ce que c'est que ça ? demande Paul.

Franz s'assied à ses côtés, le carton contre lui. Face à eux, le terrain de football sur lequel les vainqueurs des *compounds* s'affrontent pour le titre de champion du camp. Husmann a déjà marqué un but, selon Paul. Les places autour du terrain sont toutes prises, plusieurs Américains sont même venus assister au spectacle. Les encouragements se mêlent aux cris des joueurs sur le terrain.

— Un colis, dit Franz, que ma mère m'a envoyé de Katernberg.

— Un colis ?

— De provisions, dit Franz, de la viande en boîte, du poisson, des chocolats. Il y a même du pain dedans, complètement moisi évidemment.

Paul secoue la tête.

— Mais tu ne leur as pas dit…

— Bien sûr que si, dit Franz, dans ma première lettre. Qu'on était bien traités. Mais ça a dû être censuré ou alors ils ne m'ont pas cru.

Il ouvre la boîte de harengs.

— À ta mère, dit Paul avant d'attraper un poisson, de le faire glisser dans sa bouche et de se lécher les doigts. Combien de tickets, se demande Franz, combien de tickets de rationnement avait-elle sacrifiés ou combien de services avait-elle rendus à ses voisins. Il espère que son frère a porté le plus lourd. Il doit écrire, ce soir, pour dire merci et surtout lui dire de ne plus envoyer de nourriture car ils ont tout en abondance ici. Il voit les visages arrondis, gras des camarades à qui l'on confie des travaux faciles, ou les brioches de ces sous-officiers des autres *compounds* qui passent leurs journées à lire et à se promener dans le camp. Les champs de coton le maintiennent en forme, ce qu'il se met dans le gosier s'envole en poussière et en sueur.

Des cris de joie. Ils se redressent. Une horde de joueurs célèbre un but. Une trompette retentit. Ils applaudissent.

— Sûrement Husmann, dit Paul.

— Husmann, le super attaquant.

Franz rit et attrape un hareng. Ça n'a aucun sens, se dit-il, de toute façon tu ne peux pas les renvoyer.

Quand ils se rasseyent, Paul lui demande si le travail au champ lui plaît. Tout se passe bien, répond Franz, sauf pour le dos et les mains. Mais au moins il est dehors, sans clôture, sans surveillance. À l'air libre.

— Tu te sentirais de travailler en anglais ? demande Paul. Pour les Américains ?

— Pour faire quoi ?

Paul hausse les épaules.

— Traducteur, interprète. Par exemple.

Il en avait parlé à son officier lors d'une sortie au village. Permission de sortie, dit Paul, il était monté dans la jeep avec l'homme qui l'avait conduit jusqu'à Hearne. Il s'était assis dans un bar et avait bu un Coca, dans son uniforme avec le PW dans le dos. Et les gens l'avaient regardé comme s'il était tombé du ciel, ou plutôt, dit-il en plaisantant, remonté des bas-fonds de l'enfer.

— Et il m'a demandé de lui donner des noms d'Allemands de confiance, d'hommes à la tête bien faite. J'ai donné le tien.

— Je ne sais pas.

— Réfléchis-y, dit Paul.

Ils ont entendu les moteurs des jeeps, sans être extrêmement surpris. Des patrouilles circulent fréquemment dans les *compounds*. Franz n'a même pas levé la tête de son assiette.

La porte s'ouvre, et derrière les derniers camarades, les retardataires, une bonne dizaine de gardes américains s'engouffrent dans la pièce. Ils se positionnent près de l'entrée. Les Allemands lèvent la tête, les discussions prennent fin. Un sous-officier s'avance, accompagné par un camarade allemand qui travaille comme interprète.

Qu'ils continuent à manger, dit l'Américain en anglais, et le camarade répète en allemand. Personne ne quitte le mess jusqu'à nouvel ordre. L'inquiétude monte, certains hommes se lèvent.

— *Sit down!* dit le sous-officier. *Sit down immediately!*

Le porte-parole du *compound* se manifeste à son tour et appelle les camarades à garder leur calme. Il quitte sa table, traverse la pièce. Dans la cuisine, une radio joue de la musique country. Les pas lents, amples du camarade rendent la scène absurde, comme dans une comédie. L'homme se plante dans l'espace vide entre les tables et les Américains.

— Je demande à connaître les causes de ce dérangement ! dit-il à voix haute.

Le sous-officier dit quelque chose que Franz ne comprend pas. Le porte-parole se tourne vers eux.

— Fouille du camp, dit-il.

La révolte éclate. Des hommes bondissent, courent vers les fenêtres, des couverts sont lancés à travers la pièce.

— Du calme ! hurle le porte-parole du camp. Asseyez-vous ! avant de poursuivre en direction des Américains : Nous allons déposer plainte contre ces contrôles à répétition, contre cette terreur, qui vont à l'encontre de la Convention de Genève. D'ici là, nous nous conduirons en bons soldats allemands.

Le calme revient progressivement. Les camarades qui se sont précipités aux fenêtres se rasseyent.

— Ils sont partout, dit un camarade qui dort dans la baraque de Franz, les Américains. Ils entrent dans tous les bâtiments.

Franz lève la tête, étire le dos. Il cherche Paul, mais ne le trouve pas.

Dans le chaos qui suit le retrait des Américains du *compound*, dans le brouhaha des hommes, des sons, des voix, une phrase revient sans arrêt : ils ont les radios. Les camarades sont de plus en plus nombreux à répandre la nouvelle. Les cachettes ont été découvertes, le plancher a été démonté, les armoires forcées. On parle d'un tunnel. Les trois *compounds* seraient concernés, les Américains ont trouvé ce qu'ils cherchaient dans chacun d'eux. Et puis il y a eu des arrestations.

Franz se faufile dans les groupes de camarades, ils sont beaucoup à discuter devant leurs baraques. Il cherche Paul, parcourt tout le *compound*, les rues, passe derrière les baraques. Il retourne ensuite sur la place de la Fontaine du Diable où la plupart des hommes se sont réunis. Il voit Heimo quitter un groupe.

— Où est Paul ? demande Franz.

Heimo secoue la tête.

— Sacrée merde, dit-il.

— C'est vrai ? demande Franz. Ce qu'on dit sur les radios ?

— Apparemment oui.

Il se penche en avant et murmure :

— Ça ne va pas du tout leur plaire.

Le porte-parole crie quelque chose, il essaye de toute évidence de rétablir l'ordre. Franz se tourne, il se dirige vers le mess et entre. Le sol est jonché de couverts, des assiettes ont été jetées au mur. En bons soldats allemands, se dit Franz. Rudi et quelques camarades sont occupés à balayer les dégâts. En apercevant Franz, Rudi pose son balai contre une table et s'avance vers lui.

— Les ondes courtes, dit-il en guise de bonjour. C'était sûr que ça allait finir comme ça. L'appel du pays.

— Tu as vu Paul ? demande Franz.

— Il était là avant qu'ça vrille. Y disait qu'y n'en pouvait plus d'la révolte, d'ces histoires de Convention de Genève.

— Il a dit où il allait ?

— Dans sa baraque, dit Rudi.

Alors que Franz s'apprête à tourner les talons, Rudi l'attrape par le bras.

— Ça sent vraiment pas bon, dit-il. Pas bon du tout.

— Je sais, dit Franz.

— Y vont chercher un bouc émissaire.

— Je sais.

Il est assis sur son lit, les bottes retirées, les jambes tendues et croisées, le dos contre le mur de la baraque. Il tient un livre à la main, semble lire. Quand la porte de la baraque se ferme brutalement, il lève la tête. Ses cheveux ont bien poussé, il va devoir les couper bientôt. Il pose le livre et sourit.

— T'as fini par me trouver.

La baraque est entièrement vide. Le plancher craque quand Franz s'approche du lit de son ami. Dehors, des pas se font entendre, des cris, indéfinissables, indistincts. Franz s'assied sur un lit en face de Paul. Sur la couverture du livre, il voit une petite maison isolée avec un toit pentu et une cheminée qui lui fait penser à une silhouette ; seulement la maison n'est pas noire mais bleu foncé. D'un nuage, bien au-dessus de la maison, descendent d'épais rais de lumière. Le rayon central, une grosse barre blanche, illumine directement la maison. Comme un projecteur, pense Franz, comme une nuit dans notre camp. Il regarde Paul.

— Tu veux que je te le prête quand j'aurai fini ? demande-t-il.

— La colère va éclater, dit Franz. Une colère violente.

— Les Américains ont eu plus de chance cette fois ?

— Ils ont trouvé les trois radios, apparemment. Les trois. En une seule fouille.

— Et c'est moi qui les aurais balancés ?

— C'est toi ?

Paul a la bouche ouverte, mais la referme. Il lève les jambes du lit, pose les pieds nus par terre, face à Franz. Il le regarde, droit dans les yeux, très directement. Il a l'air déçu.

— Et comment je suis censé savoir où se cachent les radios dans les autres *compounds* ? Tu penses que j'ai fouillé les murs des baraques en me rendant à la pièce de théâtre ?

— Donc, tu ne les as pas aidés ?

— Les Américains ?

Franz hoche la tête.

— Bien sûr que je les aide. Dès que je peux. Quand ils me demandent, je leur dis comment faire pour identifier les nazis. Et quand j'en vois un en face de moi en interrogatoire, je le dis. Mais ces radios, ces radios de merde, je n'en avais aucune idée.

— Ça va devenir dangereux, dit Franz.

— Ça l'a toujours été, dit Paul.

— Ce que je veux dire, c'est que tu devrais faire attention.

— Je fais toujours attention. Et s'ils veulent se battre, alors on se battra.

Franz observe son ami un instant. Paul sourit. Il a l'air parfaitement calme.

— Je dois y aller, dit Franz.

Paul acquiesce.

— À un moment, dit son ami quand Franz a presque atteint la porte de la baraque, à un moment, faut se décider et en assumer les conséquences. Choisir un côté. Une opinion. On ne peut pas rester neutre en permanence.

*

Les jours suivants ne sont qu'attente. La peur est de retour, elle pose ses mains autour de son cou ou l'enlace si fermement qu'elle fait pression sur sa cage thoracique. Attendre que la tension qui plane au-dessus du camp redescende. Que quelque chose se passe. Le travail dans les champs ne parvient même plus à le distraire ; rien ne perce ce froid polaire, les regards des camarades, le silence. Et bien que ce qui va arriver le terrifie, cette peur omniprésente, constante, l'accable tellement, qu'une partie de lui en vient à espérer qu'on en finisse.

Le moment venu, trois nuits après la fouille et la découverte des radios, trois jours après que le commandant américain leur a annoncé que les comportements de ce genre devaient être sévèrement punis, trois jours après que l'homme à l'oreille coupée a quitté le *compound* menotté, quand le moment arrive, il a d'abord l'impression de se mouvoir comme dans un rêve.

Il a à peine dormi ces derniers jours, se réveille au moindre bruit, il est épuisé, usé. Ses paupières vacillent, il a souvent un voile dans le regard, comme s'il avait fixé le soleil. Les objets sont troubles. En cours ou à table, il finit toujours par relever la tête d'un seul coup après s'être assoupi, l'espace de quelques secondes.

Cette nuit-là, il est allongé sur le dos et a l'impression d'avoir fixé le plafond pendant des heures, cette étendue qui, dans la pénombre, ressemble à une mer au fond de laquelle il tente d'enfouir sa peur. Quelque chose souffle dans l'atmosphère, des pensées étranges, comme les bourrasques avant la tempête. Tu devrais te lever, se dit-il. Tu devrais traverser pour te rendre à la baraque, monter la garde, rester accroupi à côté de son lit. Mais il ne bouge pas. Quand il lève la tête, il croit voir une ombre à la porte, il imagine un camarade assis là, en train d'observer en silence. Il repose sa tête, sombre encore à moitié dans le sommeil.

Les cris résonnent d'abord dans sa tête, c'est comme s'ils partaient de son crâne pour éclater au grand jour et revenir à ses oreilles. Les projecteurs sont tirés de leurs rondes lentes et entament une danse agitée. Un rêve, se dit-il, même si une partie de lui a déjà compris, un rêve, même si ses pieds touchent déjà terre. Il se redresse. Plus personne n'est assis sur la chaise près de la porte ou personne n'y a jamais été. Il ouvre brusquement la porte, et le froid de la nuit rend tout très évident, presque mordant de clarté.

Dans la rue du *compound*, entre les petits ponts et les parterres de fleurs, un homme ivre titube dans la rue à la lumière du projecteur, ses mouvements sont lents, traînants. Des cheveux roux, pense-t-il, même si une partie de son cerveau a déjà compris, des cheveux roux, pense-t-il, même s'il reconnaît la tête blonde. L'homme s'agenouille, s'appuie sur ses deux mains. En arrière-plan, des silhouettes disparaissent dans l'ombre, d'autres hommes sortent des baraques environnantes, attirés par les gémissements fracassants de l'homme ; Franz voit la silhouette cracher du sang, se relever brusquement, faire quelques pas rapides, sans but précis. Au bout de quelques mètres, il s'effondre à nouveau, tombe d'abord à genoux avant de basculer sur le côté. Étendues par terre, ses jambes frémissent encore, comme pour continuer d'avancer.

Franz se met à courir ou court depuis le premier instant. Il le reconnaît ou l'a reconnu dès la première minute. Il est près de lui, se penche sur lui. Son visage, ou ce qu'il en reste, est couvert de sang, gonflé, il le fixe. À la gauche de son corps s'étend une blessure, du sang s'en écoule, du sang noir, épais. Il tient ses mains qui répondent encore. Il hurle pour appeler un infirmier, comme s'il était de retour au front, même s'il n'est jamais allé au front, jamais vraiment, pas comme en cet instant. La sirène retentit, longue et lancinante. Il transpire, s'assied dans la lumière du projecteur, comme un goût de sang dans la bouche. Des visages apparaissent aux frontières de sa conscience, des silhouettes qui entrent en lumière et disparaissent de nouveau dans l'ombre.

Les Américains arrivent. Des infirmiers avec une civière. Il lit l'effroi sur leurs visages. Ils doivent séparer les mains de Franz de celles de son ami. Ils doivent le retenir au moment d'emporter le corps sans vie. Un officier se tient devant Franz, ses lèvres bougent, il crache en parlant, il est énervé, Franz perçoit le son de sa voix comme s'échappant d'une galerie lointaine et enfouie. Les mots n'ont plus aucun sens.

— *You have to arrest me*, dit Franz à voix basse.

L'Américain arrête de parler et le regarde, dubitatif. Alors il répète, cette fois plus fort :

— *You have to arrest me!*

— *What's that, son?* demande l'Américain.

— *You have to arrest me*, dit Franz, *you have to arrest me, or they will kill me too.*

3

— Là !

Franz était penché sur une vitrine et lui fit signe de venir. Une odeur sucrée flottait dans les airs. La plupart des Américains étaient encore assis dans la pièce d'à côté, dans laquelle une cafetière ronchonnait, ils buvaient dans leurs gobelets en papier et mangeaient des donuts. Il vit les traces blanches de transpiration sous les aisselles du vieux. Cette discussion, ces questions-réponses pendant près de quatre heures avaient aussi épuisé Martin, qui n'était que spectateur. Le regard du vieux était vitreux.

— Il est là, dit Franz.

Martin se pencha en avant. Sur le cliché en noir et blanc, le visage ouvert et rieur d'un jeune homme, le nez long et fin, la peau bronzée, les cheveux blonds, courts et bouclés. En arrière-plan, des armoires et un drapeau américain.

— C'est sûrement l'un des officiers pour qui il travaillait qui l'a prise, dit Franz.

Martin déchiffra le texte sous la photo. … *tombé dans la nuit du 15 novembre…*, lut-il, *battu à coups de matraque, de tuyaux en acier et de lattes en bois, à l'extrémité desquelles des clous avaient été plantés… Il décéda deux jours plus tard, à l'hôpital du camp…*

— Deux jours, dit Martin.

— Oui, dit Franz.

Il fit une pause, fixa la photo :

— Mais il était déjà quasiment mort le lendemain matin. L'œil gauche, qui n'était pas gonflé, restait ouvert. Il tressaillait parfois. Il était rouge sang, on ne voyait presque plus de blanc autour de la pupille.

Il sortit son mouchoir en tissu de sa poche de pantalon et se moucha. Il parlait tout bas.

— Ses mains ne répondaient plus quand on les serrait. Cette nuit-là, quand il s'est écroulé pour la première fois, je pouvais encore sentir sa poigne.

Un grand calme avait régné quand Franz avait raconté ce qui s'était passé cette nuit-là, dans un anglais sûr, lent et avec un fort accent. Les regards des Américains étaient baissés au sol, quelqu'un pleurait. Seule Cathy avait soutenu le regard de Franz ; un regard ouvert, très amical. Quand Franz eut fini, seul le bourdonnement de la climatisation s'était fait entendre pendant un moment.

— Nous ne savions pas, avait fini par dire l'un des Américains, un grand type en chemise hawaïenne et casquette de base-ball. Je crois que nous ne comprenions pas vraiment. Vous étiez tous camarades, vous étiez tous allemands. *I think we didn't really understand. You were all comrades, after all, you were all Germans.*

— Oui, dit Franz, oui, en effet.

Cathy avait proposé une pause café. Et puis elle avait ajouté qu'il ne faisait plus si chaud. Ceux qui voulaient pouvaient aller marcher un peu pour voir les vestiges de la fontaine et du théâtre.

— À l'époque j'ai cru, dit Franz, la tête penchée en avant et les yeux rivés sur la photo, qu'il essayait de tenir jusqu'à ce que sa famille vienne le voir. Pour qu'il puisse dire au revoir.

— Il a tenu ?

Franz secoua la tête.

— Il est mort la veille. Dans la nuit. Moi non plus je n'étais pas là. J'étais dans la cellule. Censé dormir.

Le vieux avait le regard vide. Martin lut le texte explicatif à côté de la photo, l'histoire du meurtre, et, à sa grande surprise, en découvrit l'élucidation.

… *resta non élucidé*, lut-il, *jusqu'à ce qu'un prisonnier de guerre allemand, tombé amoureux d'une Américaine grâce à qui il avait trouvé la foi en Dieu, avoue sa participation au meurtre et donne le nom de ses complices… ajouta qu'il avait uniquement exécuté la sentence prononcée par un tribunal constitué de prisonniers de guerre…*

— Ils les ont arrêtés, dit Martin.

— Six mois après mon transfert, dit Franz. Je l'ai découvert dans un livre que j'ai lu avant ce voyage. Jürgens, dit-il dans un petit rire, comme après une blague que lui seul pouvait comprendre.

— Qui ça ?

— Jürgens, dit le vieux. Mon voisin de lit.

Il montra la photo de l'homme, la mine sympathique et souriante.

— Trouvé la foi. Et une Américaine.

Il secoua la tête :

— Je n'aurais jamais cru ça de lui. Ni le meurtre, ni l'Américaine. Comme quoi, on peut se tromper.

— Au moins, il a avoué, dit Martin.

— Au moins ça, dit le vieux. Ils avaient prévu d'en pendre trois pour ça, ils les ont finalement tous jetés en prison. Il a lui-même fait quelques années, avant d'être gracié et de retourner en Allemagne. Il a épousé son Américaine, il est revenu vivre à San Antonio. Belle récompense pour un crime, dit-il.

Et après une pause :

— Ils n'en ont pas pendu assez, nulle part. Ni ici, ni en Allemagne. Ces trois-là ne nous auraient pas manqués.

L'homme qui parlait là, Martin ne le connaissait pas. C'était un homme qui, dans sa grande franchise, se rapprochait des histoires que sa fille racontait sur lui. Un homme dur, intransigeant. Le grand-père poli, un peu trop correct, avait peut-être résisté au vol, mais pas aux images du Texas, pas aux souvenirs, ni aux vieilles histoires. Et parallèlement survint cette idée : ils ont tué son ami. Un homme qui avait dormi à côté de lui pendant ces longs mois, avec qui il avait probablement échangé quelques mots tous les jours, qu'il pensait connaître, avait tué son meilleur ami. Martin essayait de s'imaginer la baraque, tous les lits, les odeurs des hommes, les discussions. Chaque jour, le visage de cet homme juste à côté du sien. Et voilà qu'il avait tué l'ami du vieux car je ne sais quel tribunal clandestin en avait décidé ainsi.

— Voulez-vous voir les ruines ? demanda Cathy.

Elle posa ses mains dans leurs dos.

— Oui, dit Franz, allons visiter les ruines.

La vue était aussi excitante que décevante. Les buissons s'ouvraient sur un terrain, puis quelques dalles dont la plupart avaient sauté. Il ne restait plus rien de la baraque si ce n'est la fondation, un long bloc de béton rectangulaire que l'on avait laissé dans le sol.

Mais quand ils s'approchèrent, ils reconnurent les marches, les niveaux qui descendaient toujours plus bas vers la scène, pour permettre à tous les spectateurs de bien voir les représentations. La fosse de l'orchestre était elle aussi encore là, même s'il s'agissait plutôt d'un bloc de béton dans lequel cinq à six musiciens auraient pu s'entasser, la scène derrière, elle aussi gonflée, boursoufflée, envahie par les mauvaises herbes. Il s'imagina les soldats allemands, son grand-père parmi eux, serrés les uns aux autres en train de suivre un classique allemand, dans une baraque en pente à Hearne, au Texas.

— On imagine bien comment c'était, dit-il.

— Ça t'aurait plu, dit le vieux. Tout était fait avec beaucoup de sérieux, même les comédies, et toujours dans la joie, une joie interdite partout ailleurs. Des soldats de la Wehrmacht habillés en femmes, qui mangeaient de la craie pour s'éclaircir la voix.

Ils firent le tour de la baraque, et Cathy expliqua combien c'était problématique qu'ils aient dégagé les vestiges. Tout était exposé à la canicule, au vent, à la pluie. Un recours en destruction avait été déposé, contre lequel elle se battait.

— *There's only three of us here*, dit-elle, *but we're trying our best.*

*

Dans la chambre d'hôtel sombre, rien que la lumière blafarde de l'ordinateur portable. Martin voyait son visage dans le petit encadré de retransmission, son visage très rouge, mais aussi très fatigué. Laura était assise sur son lit, elle avait installé des coussins dans son dos, ses cheveux étaient relevés et elle portait de grosses lunettes rondes. Bien qu'il dût être tôt le matin, le soleil brillait déjà dans sa chambre. Elle décrocha la webcam de son ordinateur pour lui montrer Judith, allongée sur le ventre, qui dormait à côté d'elle dans le lit.

— Je n'ai pas de chance, dit Laura. Elle se réveille toujours dans la nuit et crie jusqu'à ce que je la prenne avec moi. Au moins, elle a l'air de dormir à poings fermés, même si je parle avec son papa. Mais je la réveillerai peut-être avant de raccrocher.

Martin s'adossa, il sentait la chaleur de l'ordinateur sur ses jambes nues. Il regarda les tours dehors, dans la nuit d'Austin. Il dit qu'il avait du mal à réaliser qu'ils étaient encore à Hearne il y avait quelques heures, dans le camp, dans une baraque. Laura demanda comment c'était. Il commença à évoquer Cathy, qui s'occupait du musée avec deux autres bénévoles, les anciens gardes, le *Lieutenant* Williams que Franz avait reconnu. Il lui envoya quelques photos qu'il avait prises. Il raconta la mort de son ami, les histoires de terreur dans le camp.

— C'est fou, dit Laura, il était quasiment chez lui, sa famille est même venue le voir.

— Une connerie, dit Martin.

— D'assumer ses opinions ?

— De connaître les risques et de le faire quand même.

Et il vit l'expression sur le visage de Laura, il la vit hocher la tête lentement, sans lien avec ce qu'il disait. Comme toi, crut-il lire dans ses pensées. Quelqu'un qui ne prend pas de risques, qui avance à petits pas, mais qui s'occupe au moins de sa fille. Je suis au Texas, pensa-t-il, comme pour la contredire ; il se disputait avec elle, scandant des contre-arguments en sa faveur, mais dans sa tête. Une fois encore. À la fin de la conversation, elle réveilla Judith, qui avait du mal à ouvrir les yeux face à la webcam, fit des signes, sourit ; elle disait quelque chose qui ressemblait à "Papa" ou "Baba" ou "Lala". Puis le silence. Tu tuerais pour la petite, se dit-il. Et cette pensée le surprit. Il ferma l'ordinateur portable, le posa à côté du lit. Sur son téléphone, les photos des vieux hommes, leurs visages clairs, ridés, les taches de vieillesse, les dentiers parfaitement symétriques. Franz devant la baraque, Cathy à côté de lui, le bras posé sur son épaule. La gêne dans le visage du vieux. Son regard tourné vers les fondations de la statue érigée dans le deuxième *compound*, les blocs de pierre isolés dans les broussailles. Difficile de se représenter l'espace, les barbelés, les tours, même s'ils en avaient reconstruit une. Quelle vie, pensa Martin. Il prit une bière dans le minibar, s'assit sur le sol face au mur de fenêtres et regarda dehors. Derrière les tours du centre-ville, les lumières des *highways*, et plus loin encore, l'aéroport. Sortir une dernière fois, profiter de la ville dans laquelle il avait toujours rêvé de venir au Texas. Il posa ses pieds contre le verre, sentit la fraîcheur, observa ensuite ses propres traces sur la vitre. Plus que deux jours, avant de continuer. Il vida sa bière. De la musique et des gens, pensa-t-il, il était temps, de la musique forte et des jeunes gens, pour être plus précis. Il se leva, enfila un pantalon, attrapa son portemonnaie et retira la carte magnétique de son support près de la porte.

*

Martin posa le front contre la vitre, regarda dehors, aperçut le tapis de lumière dans la nuit et derrière, les montagnes du Nevada, une masse noire. En s'approchant, il avait l'impression d'apercevoir quelques tours. Tout brillait. Le vieux regarda par-dessus son épaule. Martin sentit son souffle chaud, lourd.

— Dans quoi je me suis encore laissé embarquer, dit Franz.

— Tu voulais voir le canyon, dit Martin, et c'est plus rapide en partant d'ici.

— On peut mettre ton héritage en jeu, si tu veux.

La joie du vieux avait quelque chose d'enfantin. Le deuil et la colère ressentis au Texas s'étaient envolés. Son humeur s'améliorait à mesure qu'il s'en éloignait. Pour leur dernière soirée à Austin, il l'avait même accompagné sur le pont au-dessus du Colorado, et ils avaient regardé ensemble l'interminable nuée de chauves-souris nauséabondes fendre le crépuscule, une vague d'animaux grinçants qui s'élevaient dans le ciel nocturne pour ensuite partir à la chasse à la vermine chacune de leur côté. Le vieux avait tapé des mains, ri à gorge déployée, il avait même acheté un t-shirt avec une chauve-souris à l'un des vendeurs sur le pont. Qui est cet homme, s'était demandé Martin.

— J'aimerais boire une bière maintenant, avait dit le vieux, et Martin l'avait emmené dans la *6th Street* déjà bien animée.

Ils avaient pris place sur le toit-terrasse d'un bar, Franz avait eu l'air d'un extraterrestre au milieu de tous ces jeunes gens. Mais plus les minutes défilaient et plus le vieux s'était senti à l'aise dans son fauteuil, il dégageait un calme que Martin n'avait encore jamais perçu. Le vieux avait observé le tumulte autour de lui, les musiciens, les punks, les hipsters ; il avait écouté les riffs des guitares. Et il avait eu l'air d'apprécier. Quand il avait été temps de rentrer à l'hôtel, il avait fait signe à un vélo-taxi. Ils avaient traversé la ville au dos d'un Mickey éclairé ; devant eux, le chauffeur tout sourire leur avait demandé s'ils étaient en couple, de la même famille ou les deux. Devant l'hôtel, Franz s'était étiré la nuque et avait pris une profonde inspiration.

— Tout est tellement...

Il avait marqué une pause, s'était à nouveau tourné vers la ville, avait levé la tête vers un lampadaire, une chauve-souris prise dans son faisceau.

— Ouvert, avait-il poursuivi. Mes poumons se libèrent, mes poumons et ma tête.

La main gauche du vieux était désormais posée sur l'épaule de Martin, l'index de la main droite pointait la nuit et les lumières de Las Vegas. Le bout d'annulaire illuminé de blanc à côté.

— Comment s'est passé le trajet à l'époque ? demanda Martin.

— On a traversé le désert, dit le vieux, rien que du sable, des pierres et de la steppe pendant plus d'une journée. Des cactus et des aigles. Il ne manquait plus que les attaques des Apaches.

Il s'enfonça dans son siège. Le symbole de la ceinture de sécurité s'alluma.

— Il est possible que nous nous soyons arrêtés à Las Vegas, dit Franz, je ne me rappelle plus les villes sur ce trajet. Les gares, les gens qui descendaient et changeaient de train. Ça efface tout le reste. Dans une gare de correspondance, il y avait ce panneau *Toilet for Whites*. Le garde qui m'accompagnait était jeune, peut-être quelques années de plus que moi, il était assis en face et regardait aussi par la fenêtre. Les vautours, les cactus, à un moment un grand groupe de chevaux qui cavalaient dans les prairies.

Il tapotait sur son accoudoir comme pour imiter le galop du cheval.

— Certaines falaises étaient tellement rouges, on aurait dit que quelqu'un les avait peintes. Une étendue sans fin, j'avais l'impression.

— Tu as été rapidement transféré ?

Le vieux réfléchit un moment.

— Le jour suivant la mort de Paul, dit-il, ils m'ont dit que le transfert avait été accepté. Le jour de son enterrement. C'était… sa famille était là.

— Son père ?

— Près du cercueil, dit Franz. Le meurtre prouvait bien que son fils n'était pas un nazi. L'enterrement en fut le signe le plus flagrant : aucun honneur militaire, aucun uniforme, rien du tout. Un traître. Ils sont venus en chemises blanches, en tricots de corps, en culottes courtes.

— Tous ?

— Les Américains présents portaient des uniformes. Et je portais le mien, même s'il n'avait pas été lavé depuis plusieurs jours.

Martin perçut la véhémence dans sa voix.

— Personne d'autre n'a osé, dit le vieux, un ramassis de dégonflés et de lâches. Personne n'a osé, personne n'est venu me voir pour discuter. Quelqu'un d'autre s'était fait arrêter. Je l'ai découvert ce jour-là. Sinon, nous étions séparés, nous avions une place à part pendant la cérémonie et sommes retournés directement en prison juste après.

— Et cet autre a aussi été transféré dans l'Utah ?

Le vieux secoua la tête.

— Je ne sais pas ce qu'il est devenu. Ils l'ont peut-être tout de suite conduit dans un camp antinazi.

— Et pourquoi pas toi ?

Le vieux garda le silence. L'avion amorça un virage rapproché, la ville était tout près. De petits points lumineux sur les *highways*, des publicités éclairées, des tours d'hôtel. Une secousse traversa le fuselage à la sortie du train d'atterrissage.

— Sa famille m'a invité. Et les Américains m'ont accordé une autorisation spéciale de sortie alors que j'étais en prison.

— Tu as vu où ils vivaient ?

Franz rit.

— C'était encore plus petit qu'aujourd'hui. Quelques maisons, un drugstore, une église, une station-essence, le tout traversé par des rails. Ce jour-là, c'était la première fois que je voyais l'un de ces interminables trains de marchandises dont on entendait les locomotives crisser dans le camp. On a mangé dans l'unique *diner*. Un steak et de l'eau avec des glaçons, ça je m'en rappelle. Et le père de Paul avait une flasque, une véritable flasque allemande en métal qu'il partageait avec moi, malgré les protestations de la patronne qui disait que seule la bière était autorisée dans tout le comté. *"They killed my son"*, a-t-il dit, si fort que tous les autres clients se sont tus. *"They killed my son, those huns, and almost killed this one too."* Il me montrait du doigt. Son bras tremblait. Son anglais avait un accent allemand très marqué, mais cela ne dérangeait personne. Certains clients sont venus à notre table lui exprimer leurs condoléances ou lui donner la paix du Christ. Et on l'a laissé boire, jusqu'à vider la flasque. Après cette éruption, il est resté très calme.

L'avion se posa, freina, leurs corps furent envoyés vers l'avant. Le capitaine leur souhaita la bienvenue à Las Vegas et leur conseilla de laisser leurs cartes de crédit dans l'avion.

— Et la mère et la sœur ? demanda Martin.

Le vieux se détacha et se leva, comme s'il ne l'avait pas entendu, il prit sa veste dans le compartiment à bagages et sortit de l'avion. Martin le regarda faire et se promit de ne plus se laisser avoir si facilement. C'était son truc. Il entendait mal ou perdait vite le fil. La mère et la sœur, se dit-il. Il fallait qu'il commence à prendre des notes. Étudier les pensées du vieux, aller au-delà des amnésies et de l'irritation de son grand-père qui coupait soudainement court à la discussion. Martin se leva, progressa dans l'allée, le dos courbé, et croisa le sourire d'un des deux capitaines dans le cockpit. Le vieux l'attendait sur la passerelle. Ça sentait le kérosène et le béton sec.

L'hôtel ressemblait à un livre ouvert sur la tranche avec des pages vitrées. En haut de la partie gauche, les visages des Beatles, à droite le mot *Love* entouré de silhouettes rouges. Devant le bâtiment, des palmiers et des arbustes, des falaises artificielles, des fontaines et un grand bassin plat dans lequel les lumières de la ville se reflétaient, les tours vénitiennes artificielles en face. Des limousines sur le Strip, des gens avec d'immenses gobelets en plastique coloré sur les trottoirs et, rien que sur le court trajet entre la *highway* et l'hôtel, des tas de Mickey Mouse, de stormtroopers et de Superman. Martin arrêta la voiture au pied de l'hôtel. Quelqu'un ouvrit la porte, les porteurs de bagages arrivèrent et sortirent leurs valises.

— *Your key, sir!*

L'air nocturne était lourd, et Martin fixa l'homme sans comprendre.

— *I need the key of your car, or else I can't park it.*

Et il lui donna la clé, sans chercher à comprendre comment et pourquoi, il suivit le petit charriot à bagages entièrement doré, il pénétra dans le hall, vit plus d'arbres devant lui, un dôme en verre, il entendait le clapotis de l'eau, suivit le porteur de bagages jusqu'à la réception où l'homme leur demanda d'attendre. Derrière les hommes et les femmes qui accueillaient les voyageurs, un aquarium s'étendait sur tout le mur, et dans la lumière tamisée nageaient toutes sortes de poissons colorés. Quand Martin se retourna vers le porteur de bagages, il avait disparu. Il voulut dire quelque chose à Franz, mais son grand-père était déjà en train d'échanger avec une jeune femme à la réception. Comme un poisson dans l'eau, pensa Martin qui se laissa envoûter par l'aquarium.

Le vieux s'assit à la table de jeu et aligna ses jetons avec une facilité déconcertante. Martin se posta derrière son grand-père qui misa tout de suite quelques jetons sur le rouge. Le rouge l'emporta. Le vieux récupéra plus de jetons. Il y avait comme un parfum sucré dans l'air, malgré la fumée de cigarette qui empestait. Une dame asiatique avec de grandes lunettes de soleil était assise en face d'eux, à droite de Franz deux femmes blondes avec des robes scintillantes, probablement la mère et la fille, ou peut-être deux sœurs. Le vieux misa sur le noir. Le noir l'emporta. Martin s'assit sur la chaise libre à côté de Franz et positionna ses jetons avec hésitation sur le tapis. Une serveuse arriva et leur demanda ce qu'ils voulaient boire. Le vieux commanda une bière, Martin un gin tonic. Les boissons arrivèrent quelques minutes après. Martin posa un jeton sur les impairs. Sans succès. Il hésita. Quand le vieux perdait, il doublait sa mise. Il misait constamment sur les couleurs.

— Baden-Baden, dit Franz au bout de trois autres tours.

Il prit une gorgée de bière. Son tas de jetons avait grandi.

— Ta grand-mère adorait les casinos. Elle jouait aux cartes, poker, black-jack. Je trouvais ça idiot. Mais j'ai toujours aimé la roulette.

Il misa de nouveau, très mécaniquement. Il perdit. Martin misa dix dollars sur le 13. Il perdit à son tour. Le vieux doubla sa mise et perdit à nouveau. Martin misa sur le trois. Le trois tomba. Il entendait le vieux inspirer bruyamment par le nez. Le croupier poussa un tas de jetons vers Martin. Trois cent cinquante dollars, compta Martin. Il souriait.

— Je t'invite à manger, dit-il au vieux en se levant.

Franz le dévisagea par-dessus son épaule. La bouche en cul-de-poule, il hocha la tête plusieurs fois.

— Ton gain, ta décision, dit-il.

Il avait l'air déçu.

Depuis leur table, il voyait les cuisines ouvertes derrière le comptoir, où les hommes avec des tabliers et des toques noirs s'activaient devant un grill qui crachait des flammes de plus en plus hautes. Partout du bois sombre, la lumière était émise par de petits spots accrochés aux longues planches en bois suspendues au plafond. Les steaks étaient gigantesques. Ils buvaient du vin rouge californien.

— Comment c'était avec la mère de Paul et sa sœur ?

Franz leva la tête de sa viande.

— Tu as pu parler avec elles ?

Martin esquissa un sourire sans vraiment parvenir à être convaincant. Il n'était pas très fier de son guet-apens. Le vieux but une gorgée de vin.

— Sa mère a pleuré, beaucoup pleuré. Je ne sais plus… elle m'a serré dans ses bras. Pour me dire bonjour. Ça m'a mis mal à l'aise devant tout le monde, ça je m'en rappelle.

— Et la sœur ?

Le vieux posa ses couverts, s'essuya la bouche avec la serviette.

— Oh, je ne sais plus à la fin, dit-il.

Ils restèrent silencieux un moment.

— Elle m'a donné son adresse. L'adresse de chez elle en Alabama. Pour que je lui écrive, m'a-t-elle dit, que je lui parle de son frère.

Sa voix s'était soudainement cassée en prononçant le mot "frère", ce qui toucha Martin d'une façon tout à fait inattendue. Franz baissa la tête, posa la main sur son front. Le demi-doigt orienté vers son petit-fils. Martin vit les chefs s'activer, ça sentait le charbon de bois, il sentait ses pieds vibrer, il entendait les verres tinter, les rires.

— Je suis désolé, dit-il.

Le vieux leva la tête et, l'espace d'un instant, redevint uniquement ce qu'il était : un vieux. Les yeux vitreux et rouges, la peau très pâle et tachée et, sous ses cheveux blancs et fins qui tombaient en arrière comme des câbles électriques, la peau du crâne brûlée par le soleil texan.

— On croit oublier, mais on n'oublie jamais, dit Franz. Elle m'a écrit l'adresse sur un bout de papier. Elle avait une écriture très fine, très propre. Elle a tenu ma main, un instant, quand j'ai pris le papier. Je me souviens encore que ses doigts étaient très froids. Elle voulait que je lui envoie l'adresse du nouveau camp.

— Et tu l'as fait ?

Son grand-père souriait désormais.

— Moi non, je n'avais pas le droit. Pas de courrier au sein des États-Unis pour les prisonniers de guerre allemands. Mais quelqu'un d'autre l'a fait.

— Pardon ?

— Un Américain, un capitaine. On s'est écrit en passant par lui, si tu préfères.

— Et tu n'as plus leur adresse ? Celle de la famille de Paul ?

— Je l'ai perdue, dit le vieux.

— Mais l'endroit est tout petit, non ? Tu m'avais même donné le nom. Tu n'as pas essayé de les retrouver ?

— Non, dit Franz.

Sa manière de dire "non" était suffisamment claire : il ne répondrait plus aux questions. Il reprit ses couverts et commença à couper les restes de son steak. Martin le regarda faire.

*

Il s'avança vers la rampe et posa les mains sur le métal devenu brûlant au soleil. Son cerveau enregistra la douleur, mais il ne leva pas les mains. Devant lui s'étendait cette toile surdimensionnée qu'un artiste fou avait tendue au-dessus de l'horizon. Des falaises rouges, des bords, des pics et des gorges qui, au loin, semblaient si minuscules qu'on aurait pu les couvrir avec le doigt. Il attendit que le paysage devienne plus réel, semble plus authentique. Au marteau, se dit-il, comme frappé au marteau gigantesque sur un bloc de pierre rouge, encore et encore. Les ombres des nuages s'étiraient au-dessus des falaises. Bien loin derrière, au milieu des canyons, le scintillement de l'eau ; on apercevait aussi un hélicoptère, sorte de moustique à moteur. Quelque chose l'envahit, le saisit. Dans sa tête le sentiment de faire face à un leurre ou d'en être lui-même un, sa propre existence rien qu'une affirmation qui manquait de consistance face à ce paysage.

La plupart des gens autour de lui n'arrêtaient pas de prendre des photos. Mais certains autres se tenaient là, comme lui, à fixer l'horizon, la bouche fermée et les yeux écarquillés. Il se sentait à la fois insignifiant et lié à tous ces observateurs. Le vieux vint à sa hauteur. Ils contemplèrent en silence. Ils finirent par prendre quelques photos. Un homme les photographia côte à côte devant la rampe. Il regarda le cliché et décela pour la première fois une ressemblance dans le visage. Le nez, se dit-il, la forme des yeux. Il prit une photo avec son téléphone, l'envoya à Laura. Il réalisa qu'il avait arrêté de se demander s'il devait lui envoyer ou non des photos du voyage.

La réponse arriva, alors qu'ils étaient déjà de retour en voiture après avoir fait une balade le long du canyon et déjeuné, une photo : Judith allongée sur le dos dans le salon de Laura, sur la barboteuse l'inscription *USA*. Il rit, montra son arrière-petite-fille à Franz. Le vieux fixa un moment le cliché.

— Jolie, dit-il avant de rendre le téléphone à Martin. On voit bien la ressemblance.

Martin démarra.

— Tu es sûr que tu ne veux pas faire la randonnée jusqu'en bas ? demanda Franz. Je peux attendre. On reste une nuit de plus à Flagstaff.

— Non, c'est bon, dit Martin.

Ils suivirent un grand camping-car en silence. Martin alluma la radio, que le vieux éteignit après quelques accords de country.

— Tu ne devrais pas te sentir obligé de faire bien les choses, dit-il, ni de faire en fonction de ce que tu penses que les gens considèrent être bien.

Martin mit le clignotant et appuya sur l'accélérateur pour doubler le camping-car.

— Avec cette femme, avec la mère de la petite.

— Laura, dit Martin.

— Avec Laura, dit le vieux. Je ne comprends pas ce que vous faites.

— Tu parles de quoi ?

— De tous ces messages, les photos, les discussions nocturnes. C'est avec elle, n'est-ce pas ? Tu lui écris.

Martin acquiesça.

— Tu ne trouves pas ça bizarre ?

— Pourquoi ?

— Parce qu'elle n'est pas ta copine, ni ta femme. Elle n'est que la mère de la petite, c'est tout.

— Judith, dit Martin. Et si c'est pour me dire que j'aurais dû faire un test de paternité, tu peux aussi bien aller dans l'Utah en Greyhound.

— Du calme, dit son grand-père.

Ça avait l'air de l'amuser.

— Ces choses-là se sentent, je pense. Tu douterais si ce n'était pas le cas. Ou peut-être pas. Ce n'est pas le problème. Je ne suis pas en mission pour ta mère.

— On dirait pourtant, dit Martin.

— Tu devrais simplement te demander, dit Franz, pourquoi tu fais ça alors que tu es à des milliers de kilomètres. Tu penses que c'est ce qu'elle attend ? Ou quelqu'un d'autre ? C'est ce que tu attends de toi ?

— Je ne sais pas ce que tu veux me faire dire, dit Martin.

Il se demanda d'où sortait cette soudaine psychanalyse. Il regrettait le grand-père distant.

— Absolument rien. Ce que toi tu veux, c'est ça qui compte. Mais je ne suis pas sûr que ce soit ce qui te pousse à agir.

Martin regarda la bande sur la route. Il croisa une patrouille de police et leva un peu le pied de l'accélérateur.

— Je me demande, dit-il sur un ton plus sec qu'il ne l'aurait voulu, si tu n'es pas simplement en train de projeter ton histoire sur moi.

Pendant un moment, seul le ronflement du moteur se fit entendre. Touché, pensa Martin, en plein dans le mille. Il hésita à s'excuser, il avait les mots sur le bout de la langue, mais finit par les ravaler. Au bord de la route, de tout petits arbres broussailleux, le sol sec et pierreux.

— Il a quel goût le Grand Canyon ? demanda-t-il plutôt.

Il entendit le vieux rire doucement et fouiller dans son sac à dos. Franz lui tendit enfin une petite pierre rouge sous le nez.

— Elle est pour toi, si tu veux. J'en ai une autre. Comme ça tu pourras goûter par toi-même.

Il glissa la pierre dans la poche de chemise de Martin.

— Tu as peut-être raison, en ce qui concerne les attentes, dit Franz. Je pourrais te sortir cette phrase toute faite, te parler d'une autre époque. Mais tu as quand même raison. Chacun son excuse.

Ils mirent une heure à atteindre la *highway* en direction du nord. Le vieux avait mis la radio, ils écoutèrent quelques chansons de country avant de tomber sur une station de blues. Le temps se dilatait et se contractait. Ils passèrent la frontière de l'Utah. La couleur qui dominait était le rouge, ancré dans la terre, dans la pierre. La campagne brillait. Au bout de quelques heures, la couleur céda sa place au vert et au gris qui dominaient désormais, les falaises perdaient de leur sécheresse, les collines gagnaient en douceur. Mais la brillance demeurait.

— Je l'aime beaucoup, dit Martin en remontant dans la voiture après une pause café dans un *diner*.

Le vieux tourna la tête, le fixa dubitatif.

— Tu m'as demandé pour Laura, ce midi. Je l'aime beaucoup. Je me dis souvent, et c'est sûrement terrible, mais je me dis souvent que Judith a coupé court à notre relation avant qu'elle commence vraiment.

— Et c'est pour ça tous ces messages ?

— Quand je suis en Allemagne, dit Martin, je suis enfermé dans mes systèmes et mes certitudes. Maintenant que je suis loin, je peux écrire, j'ai des choses à raconter. C'est comme si Judith n'existait pas ou plutôt comme si les problèmes qui sont arrivés avec elle n'étaient plus là.

— Envolés, dit Franz.

— Voilà, si tu veux.

— Je vois, dit Franz après avoir bu une longue gorgée de sa bouteille d'eau. Je peux comprendre. Quand Barbara est née…

Il s'interrompit.

— Et tu crois qu'ils peuvent changer les choses, tes messages et tes photos ?

— J'en sais rien, dit Martin.

*

Quand il ouvrit la porte de la salle de bains, le vieux ronflait doucement. Il était allongé à l'envers sur le lit, les jambes tendues, il avait seulement retiré ses chaussures, Martin vit tout de suite le trou dans sa chaussette. Il prit une couverture en laine dans l'armoire et couvrit Franz. Le visage de son grand-père semblait très fin, le nez se gonflait, les narines grossissaient, puis se rétrécissaient légèrement. Il avait envie de caresser les joues du vieux. Il semblait si fragile. Il prit un Coca dans le minibar, ouvrit la porte de la chambre et sortit dans le couloir qui faisait tout le tour du premier étage du motel. Il s'appuya contre la rampe, fixa l'étang au beau milieu du complexe, éclairé par deux lampadaires bas en forme de champignons. Derrière, les lumières de la petite ville, et quand il pencha la tête en arrière pour boire à la bouteille, il vit une rivière d'étoiles scintillantes au-dessus de lui. Malgré les plus de huit heures de route, il se sentait éveillé, surexcité. Il s'assit par terre, étira les jambes contre la rampe en espérant que personne n'ait plus envie de quitter sa chambre. Il sentait une légère masse au-dessus de son cœur, glissa la main dans la poche de sa chemise et sortit la pierre que Franz lui avait offerte au Grand Canyon. Il la fit rouler entre le pouce et l'index, sentit sa surface à la fois plate et rugueuse. Elle était très ronde, presque comme les toutes premières balles de fusil. Il savait ce qui lui restait à faire, il rit car il le savait pertinemment, il regarda à droite où brillait le panneau vert *Exit*. Toi aussi, tu vas faire partie de ces fous, se dit-il, avant de glisser la pierre dans sa bouche. Il la laissa reposer sur sa langue, la fit bouger un peu d'avant en arrière. Ça chatouillait. Il produisit plus de salive dans sa bouche, bougea la pierre d'avant en arrière, la suça comme un bonbon. Elle avait un goût de sable. Il pensa à la vague qui, enfant, l'avait emporté dans l'océan Atlantique et avait plaqué son visage contre le sable. La pierre était amère, mais aussi épicée, un peu comme du chili.

Tu sens ce que tu veux bien sentir.

Il cracha la pierre dans sa main. La petite boule pleine de bave. Il la regarda. But une gorgée de Coca, se gargarisa avant d'avaler. Puis il reprit la pierre en bouche.

*

— *I think that's you!* dit Sarah.

L'index allongé de l'archiviste se posa sur l'une des photos qui était collée dans la grande chemise sous plastique. Elle montrait un homme adulte aux cheveux noirs en uniforme américain sombre, avec un petit képi sur la tête, la main posée sur l'épaule d'un jeune homme en uniforme clair de prisonnier de guerre. L'écusson PW collé sur la poitrine. Les cheveux du prisonnier de guerre étaient rasés, mais Martin reconnut les yeux et le nez qui lui ressemblaient davantage que sur la photo prise au Grand Canyon.

Jusqu'ici, la légende disait uniquement *"Captain Johnson and a German POW"*, mais quand ils l'avaient vu la première fois sur Skype, ils s'étaient tout de suite dit que Franz pouvait être l'homme sur la photo.

L'archiviste déplaça son corps imposant et lourd autour de la table et se posa à côté de Franz qui fixait la photo.

— *Yes, that's me*, dit-il. J'étais son traducteur, son secrétaire, j'ai même fini par être son chauffeur.

Sarah rit, et tout son corps semblait secoué. Elle frappa dans ses mains. Quand elle se pencha pour observer la photo plus en détail, les grosses boules argentées de son sautoir touchèrent le dossier. Le plastique crépita doucement quand elle sortit la photo de la pochette.

— *So I can update our information. That's great.*

Au fil de la matinée, haletant sous le poids des dossiers et des caisses, elle avait posé sur la table de plus en plus de documents qu'elle avait mis de côté pour eux dans la *Special Collections Section* de la bibliothèque. Certains étudiants, assis dans un coin de la pièce devant des lecteurs de microfilms, levèrent la tête et observèrent le vieux et le jeune homme traités avec tant d'attention par la directrice de section.

Elle resplendissait de joie quand elle les avait accueillis le matin dans le bâtiment quasiment désert de la bibliothèque.

— *I'm Sarah, I'm incredibly excited to see you!*

Son rire était puissant et très communicatif. Ses yeux brillaient quand elle avait serré la main à Franz. Martin avait trouvé des similitudes avec Cathy au Texas, senti le même enthousiasme, la même joie. Dans la *Weber State University*, un grand campus très vert en bordure d'Ogden, pas de vieux gardiens ni d'auxiliaires du camp, rien que des dossiers, des copies et des photos. Sarah avait tout un tas de questions et elle avait demandé si elle pouvait enregistrer l'entretien et l'archiver pour le mettre à la disposition des étudiants. Une chaîne de télévision locale avait également déposé une demande, avait-elle dit en penchant un peu sa lourde tête. Elle était désolée, mais elle en avait dit un peu trop. Elle pouvait tout aussi bien refuser. Sinon, les reporters viendraient le lendemain à la bibliothèque. Une vraie rockstar, se dit Martin. Et lui le roadie ou l'assistant personnel. L'homme à tout faire. Le vieux accepta. Il donnerait l'interview. Sarah hocha la tête de satisfaction et ouvrit une autre caisse.

— *We've got so many* Unser Leben* *here. But they are only fotocopies. The quality is really bad.*

Elle sortit une pile de papiers agrafés sur lesquels on pouvait voir toutes sortes de dessins et de

* Nom d'un journal édité par les prisonniers de guerre dans les camps.

textes. Le vieux les prit, les feuilleta avant de les faire passer. Les unes de *Unser Leben* étaient écrites à la main, le nom aussi et certains textes, mais la plupart des articles avaient été tapés à la machine puis photocopiés. Martin pensa à un journal d'école. Il vit des textes informatifs sur la prévention des accidents du travail, des mots croisés, des nouvelles, des articles sur l'histoire des États-Unis.

— Celui-là est de moi, finit par dire Franz.

Il sourit, lit un peu.

— C'était après la fin de la guerre.

Il passa les papiers à Martin, expliqua à Sarah qu'il avait rédigé cet article paru anonymement. Elle hocha la tête et nota l'information dans son carnet.

À toi, jeune hitlérien, lut Martin. Dans ce texte, un narrateur inconnu s'adressait à un interlocuteur fictif. *Je ne vous fais aucun reproche à toi et tes amis, ni ne vous honnis. Ton attitude est le fruit d'une éducation de douze années qui n'a pas pour visée le développement harmonieux de ta personnalité selon les critères de la pensée personnelle, du besoin de vérité et du sens de la justice, mais dont le but profond est de faire de toi un croyant aveugle, obéissant au doigt et à l'œil. Inutile d'ajouter, camarade, que je ne tiens pas particulièrement cet idéal éducatif dans mon cœur, que je l'ai en horreur et que le fanatisme doctrinal m'est atroce.*

Martin leva les yeux.

— C'est toi qui as écrit ça ? demanda-t-il.

— On m'a un peu aidé, dit Franz.

Il souriait.

— Le point de vue est clair, dit Martin.

Aurait-il été capable, lui, d'écrire un tel texte à dix-huit ou dix-neuf ans ?

— Certaines personnes ici, dit Franz, avaient besoin à l'époque qu'on leur explique les choses clairement.

Martin fixa ses yeux bleu clair. La joie et le calme qui dominaient chez Franz ces derniers jours avaient disparu. Martin vit son demi-doigt flotter au-dessus des feuilles sur la table, et pensa à la réponse que le vieux lui avait donnée sur la route de Hearne et qu'il avait prise pour une blague : *On me l'a arraché avec les dents.*

Sarah et Franz discutaient comme deux vieux amis. Martin était assis sur une chaise, dos à son grand-père, et écoutait. Franz parlait de son arrivée, du camp qui n'était pas tout à fait fini car il avait d'abord été utilisé pour des prisonniers de guerre italiens avant d'être en grande partie rasé. Il parlait de la période avant Noël, que des rumeurs concernant une offensive de la Wehrmacht dans les Ardennes circulaient et que certains camarades avaient cru à la victoire finale et étaient venus se resservir à manger.

— C'est dans ces moments-là qu'ils sortaient de leurs terriers, dit-il. C'est là que j'ai vu qui étaient les meneurs. J'ai tout noté.

Il raconta que, quand l'offensive échoua début 1945, c'était resté très calme dans le camp, tout le début de l'année. Il parla du *captain* pour lequel il avait travaillé, raconta que l'homme l'avait parfois traité comme un fils.

— C'était interdit. Mais il s'en moquait, dit le vieux.

Sarah souriait.

Martin vit bien qu'il dérivait, que l'interview traînait en longueur, percevant çà et là encore quelques mots. Il l'entendit dire *uniform*, *jeep* ou encore *punishment.* Il s'imaginait le vieux en train de se rendre à son travail à l'*Odgen Military Depot*, directement en face du camp des Allemands, il le voyait assis avec le *captain* américain, l'imaginait en train de lui offrir des cigarettes ou du chocolat. Ses paupières se firent lourdes.

— Et le camp dans tout ça ? demanda-t-il, plutôt pour tenter d'échapper à la somnolence.

— Oui, eh bien ? demanda Sarah.

S'il en restait une partie, des baraques, quelque chose. Il évoqua les fouilles à Hearne. Sarah secoua la tête. Tout avait été entièrement rasé. Besoin du bois, commença-t-elle avant de s'interrompre, de se lever pour aller chercher son ordinateur portable.

— Peut-être, dit-elle, y a-t-il un endroit que vous pourriez aller voir.

*

Martin arrêta la voiture à la bifurcation. Le portail se constituait de deux tiges en métal verticales qui faisaient penser à des colonnes de réverbères, et d'une tige horizontale simplement emboîtée sur le dessus des lampadaires via deux trous. Tout en haut une croix, et en dessous était sobrement fixé un panneau en bois avec du barbelé : *Abbey of our Lady of the Holy Trinity*. Il y avait une barrière métallique, probablement pour les vaches ou les moutons, mais elle était ouverte. Une petite boîte à lettres rouge se tenait un peu de guingois à côté.

— Ça doit être ça, dit Franz.

C'était leur troisième jour à Ogden, le lendemain de l'interview télévisée. La journaliste s'était passionnée pour le vieil Allemand et son anglais impeccable. Martin avait eu l'impression qu'elle flirtait avec son grand-père. Certains étudiants avaient remarqué l'attroupement dans les archives et s'étaient assis aux tables pour écouter. Après le départ de la journaliste, plusieurs jeunes hommes et femmes étaient venus vers Franz pour lui poser des questions, auxquelles le vieux répondait avec un calme olympien. Martin avait eu l'impression d'être un meuble. Le soir, ils avaient mangé des sushis dans un restaurant rempli de jeunes gens du petit centre-ville, sur une idée de Franz. Et après le repas, Franz avait annoncé qu'il voulait voir le monastère. Ils étaient donc partis ce matin après le petit-déjeuner, Martin les avait conduits par une route sinueuse au sommet d'une étroite vallée à l'est d'Ogden, qu'ils avaient enfin atteinte après une heure environ et qui donnait sur un lac de barrage. Derrière, des prés, des petites collines et de grandes fermes ; à l'horizon des crêtes grises, dont certains sommets étaient recouverts de neige. Ils avaient dépassé le village en bordure de lac et suivi une petite route qui menait au portail. En haut d'une colline au loin, Martin devina plusieurs bâtiments blancs.

Il remit le véhicule en mouvement. Suivant un large coude, ils montèrent lentement au sommet d'une côte. La route était déformée et les secouait. Martin baissa la vitre. On entendait le bruit d'un moteur de tracteur. Une haie d'arbres se dessinait de part et d'autre de la route, les acacias et les chênes formaient un toit de branchages au-dessus de leurs têtes. Les ombres des feuilles dansaient sur le visage de Martin. Il ferma les yeux un instant, laissant la voiture poursuivre sa course à l'aveugle.

Il s'arrêta sur un petit parking. Il regarda le vieux. Franz avait la bouche légèrement ouverte. Il observait le bâtiment blanchi devant lui. Le portail d'entrée, entouré de fleurs, était en bois, les murs autour aussi. Seul le toit, qui enjambait le bâtiment tout en longueur à la manière d'un U retourné, était en tôle ondulée. Il était surplombé d'une grosse croix en bois. À leur droite, en face de l'église, il y avait des baraques, dont certaines semblaient être habitées et d'autres servir à entreposer des outils, des tracteurs et autres appareils. La peinture blanche des bâtiments était sale, parfois écaillée. Là aussi, des murs en bois et les toits recourbés en tôle ondulée. C'était comme si on avait découpé certains bâtiments sur les photos des archives pour les coller dans ce paysage pittoresque.

Franz était déjà descendu et avait fait quelques pas en direction des baraques habitées. Martin le suivit. Le tracteur s'était tu. On entendait le doux mugissement du vent dans les feuilles de l'allée, mais Martin avait comme une impression de silence absolu.

— C'est pas vrai ! dit Franz.

Regarder avec ses yeux, pensa Martin. Ce lieu dans les montagnes de l'Utah, qui semblait complètement hors du temps, même pour lui, et qui, de toute évidence, replongeait le vieux dans son passé. Le résonnement métallique de la cloche de l'église le ramena dans le présent. L'église convoquait, et les moines affluaient. Une bonne dizaine d'hommes en longue robe noire arrivaient des quartiers d'habitation et de travail. Seul l'un d'entre eux, apparemment directement venu du champ, portait une salopette bleue encrassée.

Les hommes étaient vieux, leurs cheveux blancs ou gris, les visages ridés. Ils traversèrent le parvis, fixèrent la voiture et les deux visiteurs qui avaient l'air un peu perdu. Ils leur firent un signe de tête. Les moines les dépassèrent et pénétrèrent dans l'église, qui n'était rien d'autre qu'une baraque de prisonniers de guerre démontée il y avait près de soixante-dix ans, puis déplacée et rebâtie ici. L'un des derniers moines, un homme de l'âge de Franz à la barbe longue et au crâne rasé, dévia de sa trajectoire et vint vers eux.

— *We're glad to have visitors*, dit-il d'une voix douce et enjouée. *Have you come to pray with us?*

— *No*, dit Franz, *no, we haven't.*

Il posa une main sur l'épaule de l'homme.

— *But thank you.*

Le moine acquiesça et poursuivit son chemin. Franz se tourna vers Martin. Il souriait.

4

Elle se tenait à la fenêtre de la cuisine et regardait dehors, vit le véhicule de la poste ralentir dans la Dorfstraße et mettre son clignotant. La voiture donna deux coups de klaxon en tournant dans son allée. Elle posa la tasse et enfila sa robe de chambre. Elle s'arrêta brièvement dans le couloir et se regarda dans le miroir. Tout était à sa place.

— Bonjour, dit le postier quand elle ouvrit la porte.

— Bonjour, monsieur Hansen, dit-elle.

Il ouvrit la porte latérale de son petit utilitaire et fouilla un moment à l'arrière. La matière bleu marine de son pantalon se tendit sur ses fesses.

— L'université ? demanda-t-elle.

Monsieur Hansen dit quelque chose depuis l'arrière du véhicule. Plusieurs moutons firent leur apparition dans le champ derrière la maison d'en face. Elle inspira par le nez, les senteurs de l'automne.

— Ces deux-là, dit monsieur Hansen en lui tendant les enveloppes sur lesquelles elle reconnaissait les armoiries.

— Merci, dit-elle.

— Attendez, dit monsieur Hansen en retournant vers sa voiture.

Le colis était gros et semblait lourd. Monsieur Hansen le portait avec les deux bras.

— Schneider, dit-il.

— Pardon ?

— L'expéditeur, dit-il. Franz Schneider. Je vous le dépose à l'intérieur ?

— Ça ira, monsieur Hansen. Merci beaucoup.

— Mais de rien, dit-il avant de poser le colis sur les marches du perron.

Il lui fit un signe de tête, se dirigea vers la voiture, monta, fit demi-tour et partit. Avant de tourner au croisement suivant, il donna encore deux coups de klaxon. Barbara fit signe, baissa la main et rit d'elle-même. Une vraie petite écolière. Elle entra dans la maison, se rendit à la table de la cuisine et posa les enveloppes, elle attrapa le paquet de cigarettes et retourna sur le seuil. La fumée s'éleva lentement sous l'auvent tandis qu'elle observait le colis. Le chaume laissa échapper quelques gouttes qui se déposèrent en taches sombres sur le papier kraft. Moïse livré par la poste, se dit-elle en imaginant un panier d'osier sous le papier marron. Voilà ce que ça lui inspirait. Franz n'avait pas appelé, pas envoyé d'e-mail. Mais elle avait pressenti quelque chose. Les yeux brillants du petit-fils et de son grand-père à l'aéroport. Les visages bronzés, dont la ressemblance ne lui avait jamais semblée aussi évidente.

Martin avait parlé d'archives et de recherche, d'un camp reconstitué. Incroyable, avait-il sans cesse répété, vraiment incroyable. Il avait évoqué un monastère, les montagnes, l'Utah, les sushis. Pourquoi les sushis, s'était-elle demandé. Et quel monastère ? Il avait débité. Las Vegas, Grand

Canyon, et puis New York. Avec l'enthousiasme d'un adolescent. Elle avait apprécié, ça faisait longtemps qu'elle ne l'avait pas vu comme ça. Elle avait passé une main furtive sur son genou et l'avait vu sursauter, il y a certaines choses que les voyages ne changent pas. Barbara avait aussi capté le regard de son père dans le rétroviseur. Il l'avait fixée, très calmement, pensif. C'est à cet instant qu'elle avait deviné que quelque chose allait venir.

Les deux hommes étaient restés deux jours dans sa chaumière, ils s'étaient assis dans le jardin, avaient mangé du gâteau, bu du thé, du vin rouge le soir, ils s'étaient baladés le long de la Weser. Pendant que Martin monopolisait la parole, passionné et gesticulant, son père gardait les mains posées sur son ventre et souriait. Il avait à peine discuté avec elle, simplement pour échanger des banalités, il semblait plongé dans ses pensées. Et il avait bien trop souri. C'était nouveau et ça l'avait rendue méfiante. Et maintenant, comme une preuve, le colis. Elle envoya le mégot dans les graviers devant la maison et envisagea d'aller au bord du fleuve. Mais elle finit par s'agenouiller pour soulever le carton qui était vraiment lourd, mais pas autant que monsieur Hansen l'avait suggéré avec son jeu d'acteur. Il avait sûrement espéré être invité à boire un café. Elle posa le carton sur la table de la cuisine, alla chercher un couteau et passa la lame dessus.

Des papiers, plein de papiers, assemblés ou agrafés, des lettres évidemment, des copies mais aussi des originaux, des articles de journaux, des vieilles photos, et elle découvrit aussi une clé USB. Une enveloppe tout au-dessus : *Pour Barbara*. Elle soupira. S'assit, la lettre dans la main. Elle ferma les yeux un instant. Les vieux et leurs grandes effusions. Elle se leva, alla au salon, prit le téléphone de son secrétaire et composa le numéro. Il décrocha aux premières tonalités.

— C'est Barbara.

La radio dans sa cuisine continua de brailler quelques instants en arrière-plan.

— Le colis est arrivé, finit-il par dire.

— Je peux savoir ce que c'est ? demanda-t-elle.

Il rit.

— Si je te l'avais dit plus tôt, tu aurais probablement essayé de m'en dissuader. Comme pour le voyage.

— Sûrement, dit-elle.

— Donc je l'ai simplement envoyé.

— Et si je le jette ?

— Lis la lettre. Tu feras ce que tu veux du reste après.

C'est pour ça qu'il avait glissé des originaux. Et des photos. Ils se turent tous les deux. Tellement de changements, se dit-elle.

— Si tu n'en veux pas, donne-le à Martin de ma part, finit-il par dire. Il sera content.

— OK, dit-elle. On verra.

Elle tenta quelques incursions en fin de conversation. Elle lui demanda comment allait la santé, s'il sortait suffisamment pour s'aérer. Les choses de la vie. Elle raccrocha au bout de quelques phrases.

Elle monta dans son bureau, dont la fenêtre donnait sur la digue de la Weser, qu'elle apercevait à travers les cimes des arbres des voisins. Dehors, on entendait le gazouillement des oiseaux qui ne voulaient pas accepter l'arrivée de l'automne. Barbara alluma l'ordinateur portable, commença à lire l'e-mail d'une doctorante. Premier chapitre en pièce jointe. Féminité dans la littérature américaine du début du XXe siècle. Une histoire sans fin. Elle avait essayé de l'en dissuader. Mais parallèlement, sa ténacité lui avait plu. Elle lut quelques lignes. Perdit immédiatement le fil. La colère était là, regardait par-dessus son épaule, la colère lisait en même temps qu'elle et prononçait chaque mot dans sa tête à voix haute. La colère avait un autre rythme. Elle était plus tenace que les doctorantes les plus douées. Chaque fois que Barbara pensait s'en être débarrassée, son père faisait en sorte de la prendre au dépourvu. Et elle revenait instantanément.

Il n'avait jamais été un père violent, ni un gueulard ou un soiffard. Il n'avait pas été affectueux, ça non. Mais les pères affectueux, ça n'existait pas à Essen après la guerre. Pas dans son monde à elle.

— Estime-toi heureuse que ton vieux ne te tape pas dessus, avait dit son amie Hilde en lui montrant les traces de coups de ceinture dans son dos.

Des pères qui cognaient, il y en avait à la pelle, sans compter ceux qui criaient la nuit, hantés par tous les morts de la guerre. Son père à elle était revenu de la guerre avec un anglais excellent, ce qui lui avait rapidement assuré un poste auprès de l'administration militaire anglaise. Et à manger sur la table de sa jeune famille, quand des tas d'autres crevaient de faim. Barbara mangeait à sa faim mais subissait les messes basses et les regards en coin de ses camarades d'école. Mioche de traître, qu'on l'appelait. On traitait son père de Tommy, et Barbara avait appris à se battre pour son traître de père. Son père avait ramené autre chose de la guerre :

une obstination à défendre ce qu'il considérait être juste et bon. Un homme droit, se disait-elle, catégorique.

— Qu'est-ce que tu fais toujours fourrée chez les Beberich ? avait-il demandé. Je ne veux plus que tu ailles chez ce porc de nazi. Si ça ne tenait qu'à moi, avait-il poursuivi sans finir sa phrase.

Et Barbara ne savait pas ce qu'était un porc de nazi, elle ne connaissait que les porcs classiques. Mais l'expression de visage ne faisait aucun doute, un porc de nazi était quelque chose de bien pire. Alors elle ne voyait son amie Lore qu'à l'extérieur, entre les ruines. Un vrai terrain de jeu pour Barbara, même si sa mère lui mettait une bonne dérouillée quand elle rentrait à la maison les genoux en sang car elle avait une fois de plus joué dans les décombres.

Sa mère était celle qui distribuait les coups quand il fallait. Johanna avait fixé des règles claires à sa fille, les enfreindre exposait souvent Barbara à être privée de sortie, mais parfois aussi à la lourde main de sa mère sur ses fesses nues. Son père ne levait jamais la main sur elle. Mais ses regards et ses mots pouvaient être aussi cinglants que des coups de ceinture.

Barbara laissa tomber la lecture. Elle ferma l'ordinateur, enfila une veste et se dirigea vers la digue. L'herbe était encore humide à cause de la pluie des derniers jours, le niveau du fleuve avait monté, il inondait quelques prés sur la rive opposée. Elle descendit le chemin en bordure de canal, salua quelques voisins qu'elle croisa sur leurs vélos. Le vent soufflait une brise marine qui venait de la mer du Nord. Elle décida d'aller se promener vers le sud, direction Elsfleth et Brême. Et si elle était très rapide pour une femme de près de soixante-dix ans, les souvenirs l'étaient encore plus et la rattrapèrent en quelques minutes seulement.

Et cette question, mais qu'avait-il de si terrible ce père qui ne regrettait ni le Führer ni d'autres temps supposés meilleurs, qui avait travaillé et avait été apprécié des Anglais, qui répétait toujours qu'il voulait agir, qu'il était temps de créer quelque chose de nouveau. Elle avait eu la vie bien plus facile que la plupart des autres, sans parler du fait qu'avoir un père à cette époque n'allait évidemment pas de soi. Ou tu essayes de te convaincre, dit la petite Barbara, que sa rigueur était inhabituelle pour l'époque ?

— Qu'est-ce que tu en sais ? dit Barbara à voix haute.

Des soliloques. Ça lui arrivait souvent, seule dans sa maison derrière la digue. Elle ne se rendait plus qu'une fois par semaine à l'université de Brême, où elle occupait encore un bureau en théorie, malgré son statut de professeure émérite, bureau qu'elle partageait avec une jeune collègue à qui elle n'avait pas grand-chose à dire. Barbara n'était même pas capable de dire si elles se disaient vous ou tu. Sûrement vous, elle ne se rappelait pas avoir déjà proposé le tu à Jansen, et vu le rapport qu'elle entretenait avec elle, elle ne l'aurait pas tutoyée sans permission.

— Si les jeunes ont l'esprit plus étriqué que les vieux, dit Barbara en direction de la Weser, y a du souci à se faire.

Le fleuve l'ignora, fit tourbillonner ses alluvions, poursuivit sa course en direction de la mer du Nord.

La froideur, voilà ce que c'était. Son absence, même s'il était assis en face d'elle à table. C'était peut-être plutôt ça que sa rigueur, au moins au début. Quand il écoutait la radio anglaise ou américaine pendant des heures ou qu'il restait assis dans le salon à lire des livres dont elle ne comprenait pas le titre, alors qu'elle allait déjà à l'école. Il avait fini par vider le débarras du premier étage pour s'en faire un bureau. Elle avait ainsi perdu toute possibilité de se faufiler jusqu'à lui dans le salon et de l'observer en train de lire.

Le soir, alors qu'elle était censée être dans son lit, la petite Barbara était collée à la petite grille d'aération qui faisait remonter la chaleur du poêle dans la pièce du haut, mais aussi les discussions des parents. Là non plus pas de cris, pas de coups. Mais une immense tristesse dans la voix de la mère, qui faisait ressortir les tonalités de sa Bavière natale.

— Je ne sais plus quoi faire pour te satisfaire, faisait partie des phrases qu'elle avait entendues et qui l'avaient marquée. Si tu veux partir, pars, mais ne rejette pas la faute sur moi si tu restes.

Cette phrase l'avait fait trembler dans son lit, paniquer sur sa chaise à l'école, perdre toute concentration et succomber à la nervosité, ressassant l'idée que le père était probablement sur le point de faire ses valises et de partir, pendant qu'elle était sur les bancs de l'école. Mais non. Le père était resté. Il avait continué à travailler pour les Anglais, puis pour les services de la ville. Un soir, alors qu'elle lui avait montré ses devoirs dans son bureau, elle avait découvert une lettre adressée au père par terre. "Président du comité de dénazification" avait-elle lu. Et elle avait demandé à son père ce que signifiait ce mot. Il lui avait répondu que la lettre était vieille, qu'elle datait de 1947, tout juste après sa naissance, alors qu'il était encore en Bavière, dans la région de sa mère. Il lui avait expliqué ce qu'était un nazi, du moins dans une version à peu près compréhensible pour une fillette de huit ans. Sa mission consistait à trouver les nazis et à s'assurer qu'ils ne travaillaient plus dans l'administration. Barbara avait demandé s'il les avait tous trouvés. Son père avait soupiré et dit que les choses n'étaient pas si simples.

— Il faut que tu saches que beaucoup d'entre eux ont même oublié qu'ils étaient nazis. Et quand je les trouvais, il fallait convaincre les Américains et mes collègues qu'ils étaient vraiment nazis. Et des vrais de vrais.

— Je suis sûre que tu les as tous trouvés, avait dit la petite Barbara, ou quelque chose dans ce genre-là.

Et son père s'était penché sur sa chaise et lui avait donné un baiser sur la joue. De ça, la vieille Barbara se souvenait encore très bien. Elle avait atteint Elsfleth en moins d'une heure, la brise marine l'avait portée. La plage de la Weser prenait fin pour laisser place au ponton du club de voile. Elle se demanda un instant si elle devait faire demi-tour, préféra s'arrêter manger quelque chose et boire une bière au *Leuchtfeuer*. La bière lui ferait du bien.

*

Mon cher Franz, était écrit sur le papier jauni, dans une écriture fine et délicate. La lettre datait de septembre 1947. *Pardonne-moi ce long silence. J'aurais voulu te réécrire tout de suite après avoir lu ta lettre.*

Pour te féliciter, ce que je fais désormais : je te félicite de tout mon cœur ! Une fille qui t'apportera certainement son lot de joies. Peut-être aussi quelques angoisses, dirait ma mère. Mais nous savons tous les deux que les fils causent bien plus de soucis. Je suis donc vraiment très heureuse pour toi.

Barbara reposa la lettre sur la pile dans laquelle elle l'avait prise au hasard, elle fouilla le colis à la recherche d'enveloppes, d'expéditeurs, sans rien trouver. Elle poursuivit la lecture.

Mais je mentirais ou ne dirais pas toute la vérité si je ne t'écrivais pas que cette nouvelle m'a aussi fait un petit pincement au cœur. Même si c'est évidemment ridicule. J'en suis bien consciente.

Tiens tiens, pensa Barbara. Qui c'est celle-là ? Elle retourna la lettre. *Ta Wilma qui te salue et t'étreint*, lut-elle tout en bas. Wilma ajoutait que la saison des récoltes avait commencé, comme si elle n'avait jamais évoqué ce *pincement au cœur* que la naissance de Barbara avait provoqué chez elle. Elle ne savait pas qui était cette Wilma, mais elle fit planer un sentiment de jalousie dans la pièce. Barbara se demanda ce qu'elle avait voulu dire à Franz avec ces mots. Et ce que ces lettres pouvaient bien faire dans un colis de Franz à sa fille.

J'ai parlé à mon père. Il me dit de te dire que sa proposition de devenir ton sponsor vaut bien évidemment aussi pour ta famille. Ce serait une grande joie pour nous tous que de vous offrir un premier foyer en Alabama. J'espère que tu pardonneras mon long silence, et aussi que tu accepteras notre offre. Ta Wilma qui te salue et t'étreint.

Barbara souffla sa fumée sous la lampe de la cuisine. Alabama. Il n'avait jamais été question d'émigrer. Ou alors si ? Elle fixa l'enveloppe que son père avait glissée dans le colis. Elle passa l'index dessus, toujours sans l'ouvrir. Au lieu de quoi, elle prit son téléphone, écrivit un message à Martin : *qui était wilma ?*

Puis elle resta assise à la table et patienta. La maison grinçait et craquait. Les fenêtres renvoyaient la lourde obscurité de la campagne. Elle pensa à leur appartement à Brême. Son téléphone vibra.

comment tu sais pour wilma ? disait Martin.

je ne sais rien du tout, répondit-elle.

Puis le téléphone sonna.

— Tu en poses des questions, aussi tard.

— J'ai reçu un colis aujourd'hui, dit Barbara, un carton rempli de courrier.

Elle entendit Martin rire. Puis un braillement d'enfant en arrière-plan.

— Chhhhht, fit-il dans la pièce. Attends deux secondes, lui dit-il.

Ça grésillait, elle l'entendit parler à voix basse. Un crépitement.

— Me revoilà.

— Tu es chez toi ? demanda-t-elle.

— Hmmhmm…, fit-il sans grande conviction.

Ils sont tous fous, se dit Barbara. Elle imagina Martin en train de se frayer un chemin dans l'appartement de Laura. Ou d'une autre, se dit-elle, en doutant instantanément du fait qu'il en reprenne une avec enfant.

— Il m'avait dit qu'il t'enverrait sûrement quelque chose, dit Martin.

— Tiens, tiens, dit Barbara.

Elle se sentait comme une adolescente évincée par sa clique.

— La dernière fois que je l'ai eu au téléphone, dit Martin qui parlait désormais un peu plus fort, il m'a dit qu'il voulait te montrer des choses que tu ne connaissais pas. Qu'il ne savait pas par où commencer. À cause de, tu sais bien…

— Oh, à cause d'à peu près tout, dit Barbara.

Martin soupira.

— Je sais. Je la connais ta version.

— Ma version ? dit Barbara.

Elle sentit une vive colère monter en elle, contre Martin, contre son père, contre ce voyage. Martin l'interrompit.

— Wilma donc, dit-il.

— Tu peux m'éclairer ?

— C'était la sœur d'un ami qu'il avait dans le camp, au Texas. Le Germano-Américain qu'ils ont tué.

— Ils ont tué quelqu'un ? Les Américains ?

— Les Allemands, dit-il.

Et quand elle demanda pourquoi les Allemands avaient tué l'un des leurs :

— Il est un peu tard pour tout t'expliquer. Il ne t'a rien dit là-dessus ? Ni écrit ?

— Si, dit Barbara. Mais je n'ai pas encore lu.

Martin soupira.

— Il est vraiment tard, Barbara.

— Je comprends, dit-elle. Je devrais te laisser dormir.

— On n'a qu'à se téléphoner dans les prochains jours. Je pourrais aussi venir passer un week-end le mois prochain. Ce serait plus simple.

— Pour venir voir ta mère ou pour aller voir un match à Brême ? demanda-t-elle.

Il rit.

— Les deux ne sont pas incompatibles.
— Joindre l'utile à l'agréable, dit-elle.
— Bonne nuit Barbara, dit-il avant de raccrocher.

Elle resta assise à la table de la cuisine, à fumer et à feuilleter les lettres. Il y en avait plus d'une vingtaine ; elle les posa sur la table. Elle plaça la lettre de son père juste devant. Ne sois pas ridicule, se dit-elle, avant de prendre un couteau de son tiroir, de couper le papier et de sortir la lettre qu'il avait soigneusement écrite à la main sur plusieurs feuilles A4. La petite Barbara savait très bien à quoi ressemblait son père quand il écrivait ces lettres, sa manière de se pencher, les rides sur le front, les yeux un peu plissés, cette façon de tenir le stylo-plume entre le pouce et le majeur. *Ma chère Barbara*, lut-elle, *cela fait plusieurs jours que je me demande comment faire, par où commencer. Je voulais t'appeler, mais je ne l'ai pas fait. J'étais sûr que tu parviendrais à me dissuader de t'envoyer ce colis, tu m'aurais dit que c'était n'importe quoi. Je t'entendais dire* “À quoi bon, Papa ?” *Et je ne sais pas si je serais parvenu à t'expliquer par téléphone. D'où la lettre. J'espère que tu prendras le temps de la lire.*
— Volontiers, dit-elle dans sa cuisine vide.
Pendant ces semaines aux États-Unis avec Martin, j'ai beaucoup réfléchi aux choses mises de côté, archivées dans mon vieux cerveau. J'ai beaucoup pensé à toi en découvrant toutes ces petites manies que Martin tient de toi. Sa façon de manger, de faire des digressions. Et le voir tout à coup pris d'un enthousiasme que l'on n'associerait pas à ce jeune homme calme, un peu bloqué, c'était comme de revivre les moments où

je t'apprenais l'anglais ou quand je t'avais simplement montré les animaux du zoo.

Sentimental, se dit Barbara sans parvenir à maintenir la distance nécessaire. Il l'embarquait, ça marchait. Elle posa la main à plat sur la lettre. Mon Dieu, Barbara. Soixante-neuf ans, pas plus futée pour autant. Elle ne se souvenait d'aucune visite au zoo. Mais elle reconnaissait son fils dans les descriptions de son père, et il était bien trop tard dans la nuit pour tenter de dresser un mur entre cette réflexion et elle.

Il y a ces trous béants, toutes ces années pendant lesquelles nous ne nous sommes pas vus. Mais les histoires aussi sont à trous. Là-bas, j'avais par moments l'impression de pouvoir tout raconter à Martin, sans filtre. De pouvoir m'ouvrir. Avec vulnérabilité, car les vieilles blessures ont refait surface. C'est étrange, écrivit-il, *mais je me suis senti étonnamment léger dans ces moments-là.*

Barbara s'enfonça dans sa chaise. Il ne manquait plus que la mort, elle ne devrait plus tarder. Cette envie de renouer avant l'inévitable. Elle survola les lignes suivantes. Là : *Dans le temps qui m'est encore imparti.* Elle soupira. Il évoquait les souvenirs qui avaient refait surface, la simultanéité soudaine de beaucoup de choses.

Et je ne sais pas s'il est possible de se comprendre, entre un père et sa fille, du moins à notre manière à nous d'être un père et sa fille. Mais je suis sûr d'une chose, tu ne peux pas comprendre, personne ne peut rien comprendre de moi, sans connaître ces histoires. J'avais une vie et puis vint l'Amérique. Ça a tout changé. Après ça, j'ai retrouvé ma vie en Allemagne. Il y avait cette promesse qui attendait de l'autre côté de l'Atlantique, cette possibilité. Et quand j'y repense aujourd'hui, je ne comprends pas comment j'ai pu attendre aussi longtemps pour y retourner, avec ton fils. Il a eu un aperçu de ma vie là-bas. Ça peut sembler ridicule, mais ça nous a rapprochés. J'aimerais, écrivit-il, *que nous puissions partager ce lien. C'est pourquoi, j'aimerais que tu gardes ces documents, que tu les lises. Que nous nous voyions, que je puisse t'en parler.*

— Mais quel sale con, dit Barbara.

Le moteur du réfrigérateur commença à vibrer. Elle survola le reste de la lettre, vit quelques noms : Wilma, Paul, Martin. Elle ferma les yeux, inspira plusieurs fois lentement par le nez avant d'expulser complètement l'air. Il avait tendu une perche à sa fille. Elle mordrait à l'hameçon.

Elle se leva, laissa le colis et les lettres sur la table et alla se coucher. Seule, sous son épaisse couette, elle aurait aimé que William soit encore à côté d'elle. Mais William était rentré en Angleterre, et c'est Jansen qui avait pris sa place dans le bureau, elle et ses sourires forcés. William avait ri quand elles s'étaient croisées pour la première fois dans le bureau, il lui faisait des clins d'œil quand ils n'étaient pas seuls. Et quand ils l'étaient, il fermait parfois la porte et… Elle se redressa, but une gorgée d'eau. Raviver les souvenirs était une malédiction, qui l'avait suivie de la cuisine à la chambre. Il fallait s'en douter. Elle ferma les yeux, vit de vastes champs, une grande maison en bois, une femme en robe longue devant. Elle était sûrement déjà en train de rêver.

*

Elle posa le sac plastique avec les grands classeurs à côté de sa chaise de bureau, posa les pochettes A4 sur le bureau et les sortit de leur emballage. Elle glissa une lettre de Wilma avec précaution dans l'une des pochettes plastique, l'aplatit avec la main. Cette première lettre, datée de mars 1945, contenait tout un tas de banalités sur l'hiver en Alabama, le souhait de Wilma d'étudier. Elle exprimait aussi la joie qu'elle avait ressentie en recevant la première lettre de Franz depuis l'Utah.

Tu comprendras mon étonnement quand j'ai lu le nom de l'expéditeur : Captain Horacio Johnson, Armed Forced Depot Ogden, Utah. Et mes parents qui ont d'abord cru à un admirateur secret. Quelle fut ma surprise en découvrant que ta lettre accompagnait le mot du captain Johnson dans l'enveloppe. Quelle joie de savoir que tu vas bien, que nous avons cette possibilité de nous écrire.

Barbara se demanda ce qui avait bien pu pousser ce Johnson à jouer les entremetteurs pour un prisonnier de guerre. Elle sortit un classeur de l'un des sacs, archiva la lettre, en lut une dernière fois la conclusion.

Si, comme promis, tu as envie de me parler de mon frère à l'avenir, j'en serais très heureuse. Quand je traverse le couloir et passe devant sa chambre, il m'arrive de faire demi-tour et d'ouvrir la porte, de regarder à l'intérieur en silence. Lire des histoires à son sujet aidera peut-être à surmonter cela.

Ta Wilma qui te salue bien chaleureusement

Il n'est pas encore question de l'étreindre, se dit Barbara. Seulement d'un frère perdu. Elle avait vidé le carton dans l'espoir de trouver les copies des lettres que son père avait envoyées à Wilma, mais tout ce qui restait de cet échange était les réponses de l'étrangère. Elle prit la lettre suivante, de début avril 1945, dans laquelle Wilma implorait sa réponse et émettait ses craintes quant au fait que le contact puisse avoir été coupé. Le texte était accompagné d'une note en anglais pour le *captain* Johnson à qui elle demandait gentiment de transférer ses réponses ou de l'avertir par télégraphe si cela n'était plus possible. Barbara glissa cette feuille dans une pochette plastique et en fit de même pour toutes les lettres de Wilma qu'elle classa par ordre chronologique dans un classeur. Quitte à le faire, autant être méthodique. Elle avait trouvé la photo d'une jeune femme aux cheveux très blonds et très courts, avec de grands yeux et un petit nez un peu tordu. Elle portait un pull à col roulé noir et offrait un large sourire au photographe. La photo ne semblait pas avoir été prise dans les années 1940, et cette femme ne ressemblait pas non plus à la fille d'un fermier de l'Alabama. Mais c'était le seul portrait de femme, et la conception du cliché se différenciait de ceux évidemment pris en Allemagne. Cette jeune femme aurait pu être une camarade d'études de Barbara à l'université d'Essen, une petite existentialiste qui trimballait Camus dans sa poche de veste, une femme avec qui Barbara aurait pu se rendre bras dessus, bras dessous aux manifestations ou aux tables rondes. Une Américaine avec qui elle aurait étudié. Wilma, s'était-elle dit en glissant la photo dans la pochette de la première lettre. Quand elle avait commencé ses études américaines, à l'été 1966, cette femme devait avoir dans les quarante ans, elle était probablement déjà mariée et avait trois enfants. Et alors que Barbara lisait Henry James et Faulkner, Wilma était sûrement en train de préparer à manger et d'attendre son mari, un certain Jim ou Joe, fermier comme le père de Wilma, dont il reprendrait l'exploitation un ou deux ans plus tard, pendant que Barbara enchaînait les sit-in et les manifs, qu'elle protestait, d'abord contre le schah, puis contre la guerre du Viêtnam. Qu'elle se faisait arrêter en essayant de libérer un ami retenu par les policiers.

Et son père qui avait été si fier d'elle, qui était lui-même descendu dans la rue au début des années 1950 pour protester contre le réarmement, ce même père l'avait alors accueillie à la maison en lui disant que si ça ne tenait qu'à lui, elle serait encore en train de poireauter. "Voilà ce qu'on récolte à vouloir défendre des communistes", avait-il dit.

C'était le début de la fin, les protestations contre la guerre du Viêtnam, les *K-Gruppen**, une calamité selon lui. Hô Chi Minh, ses jupes courtes, ses longs cheveux lâchés. Tu veux faire de lui un petit bourge, mais en réalité ce sont des balivernes, il ne l'a jamais été, il n'a jamais été réactionnaire. Il t'a envoyé au lycée contre l'avis de ta mère. Et rappelle-toi son enthousiasme quand tu lui as dit que tu voulais faire des études américaines ? Rien que l'anglais, c'est grâce à lui, c'est lui qui t'a initiée, il te l'a transmis. Barbara referma le classeur.

Il l'avait découverte dans le salon, penchée sur un de ses livres. Ce devait être Hemingway, ou peut-être espérait-elle seulement qu'il s'agisse de Hemingway. Elle avait pris un dictionnaire sur l'étagère, s'était assise sur le tapis du salon et avait commencé à traduire chaque phrase, mot à mot.

* Groupes anarchistes allemands actifs dans les années 1960, majoritairement maoïstes, léninistes ou trotskistes.

À cette époque, on ne commençait pas l'anglais en primaire et encore moins en maternelle d'ailleurs. Il avait dû rester un moment derrière elle, très silencieux. Quand elle avait levé la tête et remarqué la silhouette, il se tenait là et souriait. Effrayée, elle avait refermé le livre.

— Tu es encore un peu jeune pour ça, avait-il dit sans aucune colère dans la voix.

— Oui Père, avait-elle répondu.

Il lui avait tendu la main et pris le livre.

— Si tu veux, on te trouvera autre chose.

En rentrant de l'école à la fin de la semaine, elle avait trouvé un petit livre de poche sur son oreiller. *The Secret Seven* pouvait-on lire imprimé en grosses lettres, et en dessous, un jeune garçon et un chien en train d'épier derrière une porte entrouverte. Elle avait couru vers son père et l'avait enlacé. Et il avait tapoté affectueusement sur sa tête. La semaine suivante, il lui avait préparé des listes de vocabulaire qu'elle apprenait encore tard le soir dans son lit, si tard que sa mère avait dû finir par les lui enlever. Par le conduit, elle avait entendu la dispute qui s'était ensuivie entre ses parents.

— Tu lui mets des bêtises en tête, avait dit Johanna.

— Une langue, avait dit Franz, une langue n'est jamais une bêtise, toujours une possibilité.

— Qu'est-ce qu'une femme peut bien faire d'une langue étrangère ?

— C'est ta fille, avait dit Franz en haussant le ton. Tu devrais embrasser toutes les possibilités qui s'offrent à elle. Les choses changent, même pour les femmes.

— Pour les autres femmes sans doute, avait dit Johanna.

Et quand Franz avait tapé du poing sur la table, la petite Barbara s'était éloignée de la grille d'aération pour se terrer dans son lit. Mais quand même : pas si mal que ça pour un homme dans les années 1950, pas aussi terrible qu'elle aimait à croire.

Elle se retourna vers son bureau. Il y avait un paquet de lettres de l'Américain, grâce auquel Franz et Wilma avaient pu communiquer. *Captain* Johnson écrivait à la machine, ses lettres affichaient toujours la même adresse d'expéditeur en haut à gauche, *Fort Meade MD*. Elle prit son portable, trouva le lieu sur une carte, une commune sur la côte est entre Washington et Baltimore, loin de l'Utah. Les lettres dataient de fin 1947, début 1948. Elles étaient vraiment insignifiantes. Johnson s'enquérait de la santé de Franz, il racontait son transfert sur la côte est, que sa femme s'y plaisait bien plus, qu'elle lui passait le bonjour. Il écrivait qu'il s'était renseigné. Qu'en tant que membre actif de l'*US Army*, il n'était pas autorisé à devenir son sponsor. Il pouvait néanmoins demander à des amis, si Franz le souhaitait. Ce n'était vraiment pas un problème.

Cette envie de partir, d'émigrer aux États-Unis, dont Barbara n'avait jamais entendu parler, semblait être le fil rouge de toute cette communication. Elle se demanda si la requête de son père n'avait pas été tout simplement refusée et qu'il avait donc laissé tomber ses plans. Quelle qu'en soit la raison, il était clair qu'il atteindrait son objectif des années plus tard. Il faudrait qu'elle l'appelle, qu'elle parle avec lui. Mais d'abord, Martin allait venir. Elle regarda le calendrier. Deux semaines. Elle essayerait de récupérer le maximum d'informations auprès de son fils, il fallait qu'elle attende encore tout ce temps. Elle s'interrompit, relut encore une fois la phrase que Johnson avait écrite à la fin de sa lettre. Il espérait que Franz fasse bon usage du cadeau qu'il lui avait fait. Ça valait bien plus que la moitié d'un doigt.

I pray to God that you make good use of the gift I made you. Let it be worth much more than half a finger.

Elle classa la lettre. Relut la phrase. Toutes les histoires autour de son doigt, plus variées et plus incroyables les unes que les autres. Des Comanches lui avaient coupé le doigt car il avait libéré Winnetou, des trolls l'avaient mangé ; sans oublier les versions plus récentes pour sa fille adulte, un tir en Normandie, un accident de travail pendant la récolte du coton. Elle avait toujours eu l'impression que son père avait lui-même oublié comment il avait perdu son doigt, confondu dans ses propres histoires. Désormais, elle se demandait s'il ne s'agissait pas d'un mensonge par omission que le vieux répandait pour noyer le poisson. Elle observa certaines des photos de famille qu'il avait envoyées. Franz et Johanna bras dessus, bras dessous, Barbara en petite robe blanche à côté de sa mère ; à la droite de Franz, sa grand-mère Hannelore et sa mine sérieuse, immuable, qui ne l'avait plus quittée jusqu'à sa mort. En arrière-plan, la nouvelle maison de ville à Heisingen, et la bétonneuse encore sur la terrasse. Ça devait être en 1951, se dit-elle, la grand-mère était décédée deux ans plus tard. Elle se souvint de la dernière visite dans la petite maison sombre de Katernberg qui sentait le renfermé.

— C'est ici que ton père a grandi, avait dit sa mère, et Barbara se souvint qu'elle avait essayé de s'imaginer son père autrement qu'adulte.

Dans le couloir, une photo était suspendue, très marron et très passée, devant laquelle la petite Barbara s'était arrêtée un moment. Plus tard, elle avait atterri dans le bureau de la nouvelle maison. La famille Schneider, le père en uniforme de la SA, Hannelore dans une longue robe noire, Franz à côté de son père, son frère Josef, qui les dépassait tous d'une tête, à côté de la mère. Les deux fils souriants, costumes noirs, les coupes des parfaits petits nazis qui revenaient maintenant à la mode. Cette photo-là, elle aurait aimé l'avoir, la scruter, pour vérifier si ses souvenirs étaient justes. Elle les rangea tous dans sa tête, glissa le cliché de ses parents à côté, puis une photo d'elle et de Konstantin avec le petit Martin. Seul son père à elle manquait sur la photo. Mais il y aurait sûrement une nouvelle photo, au rythme où les choses allaient : Martin avec Judith dans les bras, elle et Franz à côté. Voilà ce qui restait de la famille. Elle se demanda si Martin souhaitait que Konstantin apparaisse sur cette photo. Elle ne savait pas s'il voyait encore beaucoup son père.

Et Laura, se dit-elle. Elle lui poserait la question quand il serait là. Juste après le coup de fil l'autre soir, elle s'était déjà dit qu'il fallait qu'elle lui demande. Mais elle ne savait pas vraiment ce qu'elle allait dire s'il confirmait ses soupçons. "C'est n'importe quoi" n'était pas quelque chose qu'on disait à son fils de presque quarante ans.

Qui était-elle pour lui dicter avec qui il devait être. Tel père, telle fille. Sauf que moi, il n'avait pas seulement été question d'un enfant, se dit-elle, ni d'un devoir amoureux envers une inconnue.

Konstantin représentait le chaos, il était la perte de contrôle, l'ivresse, une drogue, du moins c'est ce qu'elle avait cru au début. Il avait les cheveux plus longs qu'elle, il portait des pantalons usés et des chemises indiennes bariolées. Il parlait de combattre l'impérialisme, intérieur et extérieur, il revendiquait l'émancipation de toutes les chaînes. Barbara dut rire. Elle se rendit dans le débarras, qui servait aussi de buanderie dans l'ancienne ferme, et chercha ses photos à elle. Partout, des étagères métalliques et une épaisse couche de poussière, des sacs poubelle bleus au contenu inconnu, les vieilles caisses de Lego de Martin qui n'avait pas de place pour les stocker à Berlin mais qui refusait de les jeter. Elle finit par trouver un bac à linge en plastique dans le vieil évier, avec quelques albums dedans. De retour dans le salon, elle les posa sur le tapis, s'assit à côté et commença à tourner les pages.

Konstantin avait un super sourire, on ne pouvait pas lui enlever, sans oublier le harem d'admiratrices qui allait avec. À y repenser, beaucoup de mecs de l'époque considéraient que s'émanciper signifiait fourrer leurs queues dans un maximum de chattes, sans y associer aucune forme de responsabilité. Rares étaient les femmes à s'être octroyé le même droit, d'aussi loin qu'elle se souvienne. Se rêver en libérateur des peuples opprimés, se dit-elle, mais malheur à celle qui recevait la visite d'un autre libérateur. C'était lâcher le petit bourge conservateur qui sommeillait en eux. Il y avait quelques clichés de la colocation de Konstantin, qu'elle sortit d'un album pour les regarder de plus près. Partout, des coussins et des matelas, des tissus et des tapis aux murs. Les mille et une nuits, mais quand même à la sauce allemande. Une multitude de gens étaient assis dans la pièce et semblaient discuter. Probablement avant l'une des actions contre le journal *Bild*. La plupart des visages ne lui disaient plus rien, elle n'y associait aucun nom. Tous ces idéaux qu'ils s'étaient mis dans la tête à l'époque. Cohésion éternelle, révolution éternelle. Les vaillants trotskistes. Et voilà qu'elle était assise dans une ferme juste derrière la Weser et qu'elle n'avait plus aucune idée de qui était cette blonde à côté de Konstantin, ni ce gros type assis au milieu du cercle de discussion, les yeux fermés, tel Bouddha. Konstantin regardait droit dans l'objectif, il la regardait directement, elle qui s'était tenue dans l'encadrement de la porte pour prendre la photo. Le regard, se disait-elle, ce regard franc, direct, qu'elle avait vraiment adoré chez lui. Pour le reste, elle n'était plus très sûre. Les circonstances. Si elle était tout à fait honnête avec elle-même, le fait qu'il ait chassé son harem pour gagner ses faveurs avait plutôt flatté son ego. Il avait parlé de son aversion pour les rapports d'appartenance capitalistes dans la relation, mais il les avait quand même chassées. Et les étudiantes l'avaient détestée. Ça aussi, ça lui avait plu.

Et au début, pensa Barbara, rien ne laissait présager cet entrechoc. Elle l'avait même présenté, et Konstantin s'était donné de la peine, il fallait le reconnaître. Cheveux attachés, chemise à rayures, quoiqu'un peu froissée, gros bouquet de fleurs pour sa mère, bouteille de vin rouge pour le père. Il s'y connaissait déjà pas mal en vin rouge à l'époque, se dit Barbara.

Au sujet des nazis, pensa-t-elle, là ils étaient d'accord. Ils avaient vidé la bouteille ensemble, étaient restés encore un moment assis tous les trois à table après le repas, alors que la mère s'était déjà retirée depuis longtemps pour aller se coucher. Ils avaient parlé des anciennes structures, des suiveurs, de ces plusieurs milliers d'oubliés qui avaient décroché le portrait du Führer pour le mettre à la cave et le remplacer des années plus tard par celui de Kiesinger.

Franz avait, et c'était tout nouveau pour Barbara, parlé de la dénazification, de son travail en Bavière, de la difficulté de réellement condamner quelqu'un en sachant pertinemment quel genre d'hommes et de femmes ils avaient devant eux.

— Le problème, avait-il grommelé, enfoncé dans son fauteuil, un gros verre de vin à la main, c'était que les gens qui siégeaient dans les comités n'étaient pas tout à fait clairs non plus. J'ai un sixième sens pour ce genre de vermine.

— Vous devriez venir l'exercer sur les professeurs de notre université votre sixième sens, avait dit Konstantin.

Et Franz avait ri à gorge déployée, lui avait proposé son aide, puis très vite le tutoiement.

— Il est carrément tranquille ton vieux, lui avait glissé Konstantin à l'oreille dans le couloir, avant de partir.

Et Franz lui avait serré la main et tapé sur l'épaule. Sur le chemin de la cuisine pour rincer les verres, son père l'avait suivie.

— Laisse donc ça, avait-il dit.

Elle avait répondu qu'elle s'occupait rapidement des verres, et il s'était posté à côté d'elle pour les sécher. On n'entendait que le glouglou de l'eau, le cliquetis de la porcelaine et du verre.

— Alors ? avait demandé Barbara une fois terminé.

Son père avait hoché la tête.

— Il est bien, avait-il dit. Il a le cœur bien placé. Très enthousiaste.

— Oui, avait-elle dit.

Et au bout d'un moment :

— C'est ce qui me plaît chez lui.

Il s'était raclé la gorge.

— Donc…

Il avait marqué une pause.

— Oui ?

— Vous vous protégez, j'espère.

Elle l'avait fixé, complètement abasourdie, aujourd'hui encore en repensant au fait que son père lui avait posé cette question.

— Papa !

Il avait levé les deux mains. Elle avait pu lire l'effroi sur son visage. Il transpirait.

— Excuse-moi. C'est juste…

Il s'était arrêté, avait brièvement fermé les yeux.

— L'arrivée soudaine d'un enfant, dit-il à voix basse, ça change tout.

Il lui avait caressé la tête en souriant. Elle avait fait un mouvement de recul.

— Tu veux dire, comme moi ?

— Non, avait-il dit. Ce n'est pas ce que je veux dire.

L'air quelque peu désemparé, il avait posé le torchon à vaisselle sur l'évier et quitté la cuisine. Elle avait entendu ses pas lourds et lents sur l'escalier vers le premier étage, puis la chasse d'eau et l'eau dans la salle de bains. Et très vite, le silence.

Elle observa le cliché de la famille sur la terrasse. Personne ne souriait. L'arrivée soudaine d'un enfant. Elle était arrivée fin 1947, en Bavière, puis

Franz et Johanna Schneider, née Egelhofer, étaient revenus dans la ville natale de Franz ; ils avaient d'abord vécu chez sa mère à Katernberg, avant de louer la nouvelle maison de ville. Ils n'avaient plus vraiment de famille en Bavière, autant que Barbara s'en souvienne. Tombée sous le feu des bombes, la maison ensevelie, les parents et grands-parents ; seules Johanna, qui travaillait comme auxiliaire à l'hôpital, et une sœur plus âgée, qui était déjà mariée et vivait dans la Hesse, en avaient réchappé, un autre frère plus âgé parti au front, mais qui n'en était jamais revenu. L'arrivée soudaine d'un enfant. Cette sortie du vieux qui s'appliquait désormais à son propre fils et à sa fille accidentelle, même si pour Martin ce n'était pas trop tôt. S'ils sont très différents, se dit Barbara, ils ont au moins ce sens du devoir en commun. Les conséquences, elle les connaissait : la distance. Sa chère mère, souriante, dont l'amertume pouvait s'exprimer très soudainement et très violemment.

— Une séparation à ton âge, c'est n'importe quoi. Tu veux devenir une de ces femmes seules ? Recevoir des hommes ? Jouer la veuve qui a de beaux restes ?

Barbara avait éloigné un instant le combiné du téléphone et s'était demandé comment expliquer à sa propre mère que l'amour s'était envolé, comment lui expliquer la raison de cette séparation alors qu'elle avait vécu une vie de rares embrassades amicales sur la joue, de signes de tête, de main brièvement posée sur l'épaule de l'autre. La froideur, s'était-elle dit, et cette satanée routine, ces gestes appris par cœur. Le bal des respects.

— Je suis, je pense, assez grande pour en décider.

— Tu t'es toujours sentie assez grande pour tout, avait lancé sa mère.

Et Barbara ne savait plus si cette colère avait toujours été là, cette colère contre sa propre fille. Quand elle repensait à son enfance, elle avait l'image d'un père distant et d'une mère aimante, mais plus elle s'arrêtait sur des événements précis, moins cette représentation tenait la route.

— La décision est prise depuis longtemps, Konstantin est d'accord. Inutile de t'énerver, ça ne changera rien, avait-elle répondu.

Comment dire à sa mère qu'elle ne voulait pas reproduire son schéma de vie, s'était dit Barbara, que chaque séparation en valait la peine. Qu'elle avait essayé.

L'enthousiasme, l'excitation de partir ensemble, de s'évader, de la nouvelle vie dans le nord de l'Allemagne, tout ça l'avait portée pendant de nombreuses années, avait donné naissance à un fils. Et puis c'était passé. Rien de dramatique. Juste fini. Ils avaient vécu ensemble encore un moment, jusqu'à ce que Martin quitte la maison, mais elle avait eu des liaisons, lui une copine. C'était normal. Rien de spectaculaire, après ce début dramatique.

Ça avait commencé avec le Viêtnam. Quand il s'agissait encore du schah, des magouilles, des nazis dans l'administration, ils étaient du même côté, le père et la fille. Mais quand elle avait voulu se rendre au Congrès Viêtnam de Berlin-Ouest en février 1968, son père le lui avait interdit, et les visites de Konstantin aussi quand il avait appris que c'était un "rouge". Même si, à l'époque, elle avait déjà l'impression que cela n'avait rien à voir avec les socialistes ou les communistes, mais plutôt avec son opposition aux États-Unis. Impérialisme américain, qu'il disait, ce qu'il ne fallait pas entendre.

— Sans ces méchants impérialistes comme tu dis, ce n'est pas à une conférence organisée par des communistes que tu voudrais te rendre aujourd'hui, tu me supplierais de pouvoir aller aux festivals hitlériens.

Les États-Unis menaient une guerre de répression impérialiste contre le peuple vietnamien, avait dit Barbara. Franz avait ri. Le peuple vietnamien était sous la houlette de généraux corrompus et de communistes financés par Mao, avait-il rétorqué, et les Américains étaient justement du côté des moins pires. Quel cynisme, avait-elle scandé. La guerre était toujours cynique, et elle était plus stupide qu'il ne le pensait si elle ne comprenait pas ça. Elle avait crié, l'avait traité de salaud sans scrupule. On lui avait lavé le cerveau dans sa putain d'Amérique et voilà qu'il disait amen à tout ce que le bon vieil oncle Sam entreprenait.

Barbara se souvenait du regard qu'elle lui avait lancé. Là, il va me frapper, s'était-elle dit. Mais non, il l'avait prise par le bras, tirée en haut de l'escalier, l'avait traînée quand elle s'était laissée tomber et criait comme une enfant, l'avait portée jusqu'à sa chambre et jetée sur son lit.

— Si tu ne voulais pas aller à l'université, tu peux aussi rester à la maison, avait-il dit avant de quitter la chambre et de fermer la porte à clé.

*

Il s'approcha de la propriété des voisins, ouvrit la porte du jardin des Schröder depuis l'extérieur, traversa tout naturellement le terrain avant d'aller se hisser au sommet du pommier, puis de poser un pied sur leur clôture. Il vacilla un instant, sembla pouvoir retomber dans le jardin des voisins, avant de trouver son équilibre et de sauter par-dessus la clôture. Elle l'avait aperçu depuis son bureau alors qu'il était encore sur la digue. Elle délaissa le premier chapitre de sa doctorante sur son ordinateur et descendit au rez-de-chaussée. Quand elle arriva à la porte de la véranda, il était déjà dehors sur la terrasse et la regardait en ricanant. Son bonnet était un peu de travers, l'écharpe vert et blanc formait une grosse boule qui sortait de sa veste.

— Alors ? demanda-t-elle. Qu'est-ce que ça a donné ?

— On a perdu, dit-il, comme toujours.

— C'est plus ce que c'était, dit-elle.

Martin rit.

— Regardez-moi la vieille experte !

Elle se rappelait bien les années 1980, quand des hordes prêtes à en découdre passaient en hurlant dans le quartier. Des années plus tard, les fans du monde entier qui envahissaient la Hamburgerstraße après les matchs de Champions League. Elle avait eu une liaison avec un Espagnol, fan de Barcelone, qui l'avait abordée dans la rue pour lui demander l'adresse d'un bon bar. Elle l'avait accompagné et, plus tard, c'est lui qui l'avait raccompagnée. Ça devait remonter à dix ans, juste avant qu'elle achète la maison derrière la digue et qu'elle déménage de Brême. Juste avant de rencontrer William.

— On finit par s'y connaître un peu avec l'âge, dit-elle. Tu veux rentrer ?

— Je finis ma bière, dit-il.

Elle alla dans la cuisine se chercher une bière dans le réfrigérateur, prit ses cigarettes sur la table et rejoignit son fils sur la terrasse. Les nuages, qui filaient au-dessus d'eux, étaient très bas. Se planter sur la digue et suivre leurs mouvements, pensa Barbara, le bout des doigts dans les traînées grises. Elle souffla un petit rond de fumée. Martin tendit la main vers le paquet.

— Je pensais que tu avais arrêté, dit-elle.

— Le football, dit-il. Ma seule exception.

Après le repas, ils étaient assis à table, penchés sur les lettres, les photos et les notes que Franz avait gribouillées sur des blocs. Martin lut quelques lettres du *captain* Johnson et de Wilma. Barbara le regardait faire en sirotant son verre de vin. Il avait cette longue ride sur le front quand il se concentrait et qu'elle avait toujours détestée sur les photos d'elle. À lui, ça lui allait bien. Il avait les yeux de la famille, c'était clair, mais leur couleur était agrémentée d'une teinte plus chaude, comme si Konstantin avait su atténuer la froideur des Schneider.

— Je ne savais pas, dit-il après avoir lu plusieurs lettres, qu'il voulait émigrer.

— Il n'en a pas parlé ? Il m'a écrit à quel point il avait pu être honnête avec toi dans tous ses récits.

— De la captivité, oui, dit Martin, même s'il s'est bien plus étalé sur le Texas. Son ami Paul, le groupe qui se retrouvait pour parler de la pression exercée par les nazis, le théâtre, le travail. De l'Utah, je sais essentiellement qu'il a travaillé pour cet officier américain. Comme traducteur, interprète. Plus tard comme chauffeur même. Pique-nique en famille.

— Et l'émigration ? demanda Barbara.

— J'y viens, dit Martin. Les derniers jours avant le vol retour depuis New York, on a visité Ellis Island. Il a fait un commentaire, je ne sais plus exactement, mais il a dit qu'il s'était parfois imaginé comment ça aurait pu être de vivre aux États-Unis en homme libre.

— Et apparemment, il s'est sérieusement penché sur la question.

— De toute évidence, dit Martin. Tu n'en as jamais entendu parler ?

Barbara secoua la tête.

— Mais comment c'est possible ?

Toutes ces choses dont tu n'as pas entendu parler, se dit-elle. Mais peut-être qu'elle se trompait. Le calme de Martin était quelque chose qui l'avait toujours énervée. Quand il était encore enfant, elle l'avait parfois confondu avec de l'indifférence. Elle voyait bien comme il la fixait. Son regard était d'une justesse, il l'avait toujours été. Peut-être que ce n'était pas un hasard si son père avait soudainement commencé à tout lui raconter à lui.

— J'étais encore très petite quand il a reçu ces lettres, dit Barbara. Plus tard, il n'en a jamais été question.

Elle sortit la dernière lettre de Wilma de la pochette plastique. Septembre 1950, Barbara avait trois ans, envoyée de Tuscaloosa.

Je suis toujours très triste, lut Barbara, *quand je rentre de cours, que j'ouvre la boîte à lettres de ma résidence et qu'elle est vide, ou que les lettres que je ramasse avec beaucoup d'excitation proviennent de mes parents ou d'amies de ma ville natale. C'était comme si je lançais un appel au large de l'Atlantique, mais que ma voix se perdait au loin, inécoutée, sans parvenir à traverser, qu'elle se perdait dans les vagues.*

— Une vraie poétesse, dit Martin.

— Elle écrit pour le journal étudiant *Rammer Jammer*, dit Barbara en souriant, elle lui raconte dans sa première lettre de l'université. Une de ses amies est rédactrice en chef.

— Lis la suite, dit Martin.

J'ai donc décidé, même si mon cœur en souffre, que ceci est la dernière lettre que je t'écris. Je ne sais pas pourquoi tu gardes le silence, pourquoi j'ai perdu cet ami avec qui je pensais avoir bien plus à partager que le souvenir de mon défunt frère. Mais peut-être que je me suis trompée. Peut-être que le souvenir que tu as de moi s'estompe, comme celui que tu as de Paul, là-bas, loin.

Je suis heureuse de t'avoir rencontré, je te suis reconnaissante de m'avoir écrit tant de choses sur mon frère, j'espère que tu as toujours eu plaisir à lire mes lignes, comme je t'ai toujours lu avec plaisir. Je vous souhaite, à toi et ta famille, tout le bonheur du monde, que Dieu vous protège !

Ta Wilma

Elle reposa la lettre sur la table.

— Il l'a tout simplement laissé écrire dans le vide, dit Martin.

— Et pourtant, il les a gardées, dit Barbara.

Elle se demanda s'il avait gardé ses lettres à elle quelque part dans un tiroir, et si elle allait finir par les trouver dans quelques années, après sa mort.

Aujourd'hui encore, elle trouvait absurde que son mariage ait constitué la plus haute trahison aux yeux de son père. Pas les disputes sur le Viêtnam, ni les insultes ; bourge, trou du cul, dictateur, des choses qu'elle n'aurait jamais laissé son fils dire ; ni sa deuxième arrestation après une manif. Ce jour-là, il était venu la chercher au poste. Il l'avait transbahutée dans la voiture et ramenée à la maison en silence. La maison de ville, elle l'appelait le palais des glaces avec Konstantin. Absolument tout dedans respirait la froideur : les murs, les plafonds bas, les meubles de cuisine blancs, le sourire forcé de sa mère au dîner, ses légères caresses sur les bras de Barbara, sans un mot. C'était froid. Ce qu'elle aimait, c'était le craquement des lames de parquet quand son père se faufilait hors de son bureau tard le soir pour aller se coucher. C'était le signal pour Barbara ; oser s'évader, sortir d'ici pour aller retrouver des amis ou partager un peu d'intimité dans la chambre de Konstantin, qu'elle quittait toujours avant le petit matin. Sa discipline surpassait celle de son père. Quand le réveil sonnait, elle était allongée dans son lit et veillait constamment à sortir de sa chambre en chemise de nuit, afin qu'il puisse la voir. Quand Martin rentrait ivre à la maison, elle l'avait entendu la plupart du temps, peut-être pas toujours, mais très souvent. Elle le regarda en souriant. Il n'avait pas été très doué. Même chose pour l'odeur douceâtre qui commençait à s'échapper de sa chambre, elle la connaissait bien. Mais elle n'avait rien dit, elle avait elle-même beaucoup fumé après avoir emménagé à Brême avec Konstantin.

— Tout va bien ?

Martin posa la main sur son bras. Ce contact soudain lui donna des frissons. Elle fit des cercles avec son doigt à côté de sa tête.

— La boîte à réfléchir marche à plein tube depuis que le colis est arrivé.

— Je veux bien te croire, dit-il.

— Dis-moi…

Elle posa ses mains à plat sur la table. Elle avait prévu de lui en parler. Elle lui en parlerait.

— Laura et toi ?

Il poussa un soupir.

— J'espère juste que tu vas bien.

Elle se donnait de la peine. Elle souriait. Ça semblait fonctionner. Son visage restait ouvert. Il écarta les doigts.

— Je n'en ai aucune idée. Nous n'en avons aucune idée. Sur ce point, nous sommes d'accord. Pour le reste… on verra.

Il ricana.

— On en est à l'étape de la deuxième brosse à dents.

— Pas mal comme étape, dit Barbara.

— C'est vrai, dit-il, c'est pas mal.

L'enthousiasme de cette nouvelle proximité, l'intimité, les réveils, les couchers, les repas, les discussions, les lectures ensemble, tout ce qui avait aidé Barbara à surmonter sa mise à la porte. Ça l'avait ébranlée, même si elle avait de toute façon prévu de partir. Elle aurait dû prendre tout ça bien plus à la légère. L'expression de son visage quand elle avait prononcé ces mots à la table du dîner.

— Nous nous sommes mariés. Nous partons vivre à Brême.

Les couverts tintaient. L'horloge de la cuisine était bruyante. Étonnamment, ce fut sa mère qui retrouva la parole en premier.

— Vous avez fait quoi ?

Barbara avait vu les larmes monter.

— Comment as-tu pu te marier, sans nous ?

— Il m'a interdit de le voir.

Elle avait pointé l'index en direction de son père.

— C'est de ton père dont tu parles, avait dit la mère.

— Konstantin a obtenu un poste à l'université de Brême. Il part. Et je pars avec lui, je suis son épouse.

— Comment as-tu pu…

— Laisse-la donc !

Franz avait interrompu sa femme. Il avait regardé sa fille droit dans les yeux, très calmement.

— Elle a vingt et un ans, elle est libre de faire ce qu'elle veut.

Il avait levé la main quand Johanna avait voulu dire quelque chose.

— Félicitations pour ton mariage, avait-il dit.

Puis, il s'était levé, avait monté l'escalier et s'était rendu dans son bureau. Ce furent les derniers mots qu'il lui avait adressés pendant près de dix ans. La mère était restée assise à table avec elle, faisant aller et venir sa fourchette dans son assiette. Elle avait fini par se lever pour aller dans la cuisine, en était revenue avec une bouteille de cognac et lui avait servi un verre. Elle posa quelques questions sur le mariage : à la mairie. La fête : avec des amis dans un bar. Les témoins : des amis.

Johanna avait rapidement descendu trois verres de cognac, ses yeux devenaient vitreux.

— Te lier à un homme, si vite, ce n'est vraiment pas ce que je te souhaitais. Quoi que ton père pense de lui.

Elle avait fait un geste de rejet avec la main :

— Cette petite liberté que l'on a en tant que femme, on la jette aux oubliettes en se mariant trop tôt.

Avant que Barbara ait pu répondre quoi que ce soit, sa mère s'était levée, elle avait pris leurs assiettes et disparu dans la cuisine. Juste après, elle l'avait vue monter au premier d'un pas lourd et lent, le bras et le haut du corps maladroitement appuyés contre la rampe de l'escalier.

Quand Barbara était rentrée de l'université le lendemain après-midi, sa clé ne rentrait plus dans la serrure. Elle avait d'abord cru à une erreur. Elle avait vérifié la clé et la serrure. Elle avait sonné. À travers la vitre floutée de la porte d'entrée, elle avait cru voir une ombre bouger dans le salon.

— Maman ? avait-elle crié.

Mais personne ne s'était plus manifesté.

Elle n'avait vu ses vêtements voler que quand un pantalon avait atterri juste à côté d'elle sur les marches du perron. Elle s'était tournée, avait vu les chemises et les chaussettes dans l'herbe de la cour, avait levé la tête.

Il se tenait à la fenêtre de sa chambre, les yeux rivés sur elle, le visage figé, la tête penchée, il avait saisi quelque chose à côté de lui. Une poignée de culottes avaient pris leur envol en direction de la rue.

— Papa ! avait-elle crié.

Il avait baissé le regard, attrapé quelque chose, jeté quelques soutiens-gorges dans la foulée.

— Papa, mais ouvre la porte !

Cependant, il avait décidé qu'il ne lui adresserait plus la parole. Il avait décidé, pantalon après pantalon, chemise après chemise, de faire un exemple, devant les voisins, devant toute la rue.

En larmes, elle avait traversé la cour, rassemblé ses effets personnels, du moins elle avait essayé, avait fait un petit tas, honteuse, car tout le monde avait vu ses dessous. Quand il avait commencé à jeter ses livres, elle l'avait appelé encore une fois, sa mère aussi, mais Johanna avait refusé d'assister à la mise à la porte de sa fille. Ce jour-là, elle ne verrait rien d'autre que l'ombre de sa mère derrière la porte. Barbara se souvenait de sa voisine, madame Lorbeck, qui lui avait ramené une corbeille à linge et une valise, lui avait appelé un taxi. Rien d'autre, pensa Barbara, pas un mot de réconfort, aucun contact. Konstantin l'avait prise dans ses bras, il avait laissé ses bagages dans le couloir et l'avait mise au lit. Il était resté à côté d'elle pendant des jours alors qu'elle refusait de se lever, il avait cuisiné pour elle et rangé ses vêtements dans l'armoire, il l'avait remise sur pied tout doucement, et ce sentiment de bonheur, d'avoir passé ces journées à ses côtés, avait probablement été encore plus fort que celui qui l'avait animée les premiers jours à Brême, que peut-être seule la naissance de Martin avait surpassé ; ce sentiment de bonheur, elle ne l'avait jamais oublié, pas non plus quand ils n'étaient devenus que deux êtres qui partageaient un appartement et un enfant. Elle souhaitait que Martin connaisse ce sentiment de bonheur là. Au moins, il avait l'air satisfait, se dit-elle. Plus satisfait que depuis des années. Peut-être devait-elle arrêter de se plaindre et les laisser essayer. Konstantin et elle aussi avaient essayé. C'était la meilleure chose à faire.

*

L'eau de la machine à café gargouillait. Elle inspira profondément. Sourit. Le camion de petits pains traversa le village en klaxonnant. Elle alla dans le couloir, enfila sa veste et sortit en pantalon de pyjama et chaussons, malgré le froid et le vent. Elle salua les voisins et le vendeur de petits pains, causa brièvement avec la voisine de son opération des varices.

À son retour dans la cuisine, Martin était en train de boire une tasse de café à table, en t-shirt et boxer. Une deuxième tasse l'attendait sur la table. Elle posa le sachet de petits pains, il se leva pour aller chercher assiettes, couverts, charcuterie, avec une assurance déconcertante. Il n'avait jamais vécu dans cette maison et ne passait que quelques fois dans l'année, et savait pourtant où tout se trouvait. Elle lui caressa le dos alors qu'il se tenait devant la table pour vérifier qu'il ne manquait rien.

Une fois le petit-déjeuner terminé et après avoir tout mis dans le lave-vaisselle, Barbara rapporta les documents sur la table. Il avait dit qu'il resterait jusqu'en fin de journée et avait bien envie d'en lire davantage. Elle avait répondu qu'elle lui enverrait les scans de tout ce qui l'intéressait. Ils étaient installés à table, feuilletaient, la plupart du temps en silence, mais se lisaient parfois des passages à voix haute. Martin raconta combien il avait trouvé triste la rencontre avec les vieux messieurs au Texas, ou peut-être de plus en plus triste à mesure que le voyage s'éloignait.

— Il semblait tellement en forme par rapport à eux, presque jeune.

— Estime-toi heureux d'avoir ses gènes, dit Barbara.

— Il a incroyablement bien géré ce voyage.

Il s'arrêta.

— Encore une de ces phrases. Comme s'il était un gosse.

— Il n'a jamais été gagné par la mélancolie ?

— Si, au Texas, dit Martin, quand il a été question de son ami, Paul. Il m'a montré la vitrine qui retraçait son histoire, les photos, les objets. Là c'est monté. Le fait que son voisin de lit ait été impliqué, son camarade de baraque avec qui il entretenait de bons rapports, ça je crois que ça l'a déstabilisé.

— Il n'était pas au courant ?

— Il a dit qu'il l'avait lu dans un livre en préparant le voyage. Soit il a menti, soit le lieu a contribué à rendre cette histoire réelle. Le plus étonnant, c'est qu'il a complètement renversé cette baisse de moral, cette tristesse. Quand nous sommes retournés à Austin, j'avais l'impression qu'il avait rajeuni de plusieurs années. Il voulait tout voir, tout absorber, même chose plus tard dans l'Utah, à New York.

— C'était comment dans l'Utah ? demanda Barbara.

Il parla de la bibliothécaire, de la photo de Franz et du *captain* Johnson, des articles de journaux, de l'interview, de la visite au monastère. Il racontait lentement, ou Barbara était plus calme, elle était plus attentive que directement après le voyage. Elle s'imagina les moines et son père, sa façon de regarder les baraques. Martin racontait que le monastère allait fermer, dans quelques années, le lieu était voué à disparaître car les hommes étaient trop vieux, personne ne voulait reprendre et il n'y avait plus d'argent à disposition.

— Les vieilles baraques connaîtront probablement le même sort.

— Et Wilma ? L'émigration ?

Il secoua la tête.

— Je n'en sais vraiment rien. J'avais l'impression que le Texas était bien plus présent dans son esprit.

— Pourtant il me les a bien envoyées ces lettres !

— Il faudra que tu lui demandes, dit Martin.

Barbara était bien consciente qu'en invitant Martin, elle avait mordu un peu plus à l'hameçon, que le crochet s'était enfoncé un peu plus loin dans la chair. Il obtiendrait ce qu'il voulait, c'était inévitable.

Pendant dix ans, les seuls liens qu'elle avait avec Essen avaient été les cartes postales de sa mère, dont le recto affichait toujours un monument de la ville, et le verso de brefs messages sans importance ; de temps en temps un coup de fil de Johanna, quand Franz était sorti avec des amis ou parti au sport. Plus d'une fois, elle l'avait entendu rentrer pendant leur conversation téléphonique, elle entendait la porte claquer, ses pas, sa voix au loin tel un esprit dans le téléphone.

— Ta fille, disait Johanna comme si tout était normal, comme si le fait qu'il ne lui parlerait pas cette fois-ci était exceptionnel.

— Je commence à lui raconter, avait dit Johanna une fois, quand Barbara lui avait raconté pour son poste à l'université et qu'elle avait demandé si son père savait ce que mère et fille se disaient. Je commence à lui raconter, et dès les premières phrases il se lève, m'interrompt et dit qu'il ne veut rien entendre. Que je dois laisser tomber.

— Et que tu parles avec moi ?

— Eh bien ?

— Il est d'accord ?

— Ça m'est complètement égal qu'il soit d'accord ou pas, avait dit sa mère.

Barbara avait écrit des lettres dans lesquelles elle parlait de sa vie à Brême, de très longues lettres, ouvertes, dans lesquelles elle décrivait l'appartement délabré dans le quartier, au premier étage d'une ancienne maison bourgeoise, près de la

Osterdeichstraße, elle avait même dessiné un plan. Elle parlait du travail de Konstantin et de ses collègues physiciens peu loquaces, ces Allemands du nord avec lesquels elle mettait du temps à se familiariser ; elle parlait de ses études, des manifs aussi, de la violence policière, même des amis qui entraient dans la clandestinité, elle évoquait son diplôme, son poste à l'université, son directeur de thèse, son doctorat sur les personnages féminins dans le comté de Yoknapatawpha. Parfois, elle avait l'impression d'écrire un journal intime et de l'envoyer dans le vide. Ni Faulkner ni le titre de doctoresse n'avaient mérité de réponse à ses yeux ; s'il lisait les lettres. Barbara les avait toujours uniquement adressées à Franz Schneider. Johanna n'avait jamais évoqué les lettres, dans ses cartes postales ou pendant ses appels, jamais abordé ce que Barbara écrivait dedans, de sorte que Barbara était sûre que personne ne les ouvrait, personne ne les lisait. Elle n'écrivait jamais à sa mère, à quoi bon se disait-elle, puisqu'elle pouvait lui parler.

La surprise créée par sa grossesse, après des années de tentatives, de résignation, de rapports non protégés mais de plus en plus rares ; cette surprise avait été suivie d'une autre, un week-end peu après la naissance. Elle était encore au lit, le petit ver respirait paisiblement sur son ventre, elle n'avait entendu la sonnerie du téléphone qu'à travers le filtre de son épuisement, avait senti le mouvement à côté d'elle quand Konstantin s'était relevé, puis sa main se poser sur son bras, la pression de ses doigts.

— Ton père, avait dit Konstantin qui avait tiré le téléphone du salon pour lui amener au lit.

Il lui avait tendu le combiné.

— Allô, avait-elle dit tout bas pour ne pas réveiller Martin.

— J'ai appris que j'étais devenu grand-père, avait-il dit.

Et après un bref échange, il l'avait félicitée et passé l'appareil à sa mère qui avait dit :

— Je lui ai dit que ça suffisait maintenant, que je voulais voir mon petit-fils, avec ou sans lui.

— Et qu'est-ce qu'il a répondu ?

— On est bien en train de se parler, non ?

*

La tonalité se répéta encore et encore. Pour une raison quelconque, elle s'était attendue à ce qu'il soit assis à côté de son téléphone et qu'il décroche tout de suite. Alors qu'elle était sur le point de raccrocher, elle entendit un craquètement au bout de la ligne.

— Schneider.

— C'est moi, dit-elle.

— Oui, dit-il, ça s'affiche. Je t'ai enregistrée. Le petit a bien eu son train ?

— Évidemment, dit-elle.

— Oui, évidemment, dit-il. Vous avez passé un bon moment ?

Ils avaient vraiment passé un bon moment, pensa Barbara. Et c'était en partie grâce à lui. Ou même peut-être tout simplement grâce à elle. Et à Martin bien sûr. Elle répondit par l'affirmative.

— Il a l'air d'aller bien, dit Franz.

— Le bonheur familial, dit Barbara en sonnant plus ironique qu'elle ne l'aurait voulu.

Mais son père rit.

— J'ai hâte de voir comment les choses vont se développer, mais j'ai bon espoir. Peut-être que ça ne tiendra pas toute la vie, mais qui vit encore comme ça de nos jours ?

— Je parierais bien sur mon fils, dit Barbara.

— C'est bien possible, dit Franz. Tu les inviteras tous les trois à Noël et Nouvel An si ça tient jusque-là ?

Barbara dit qu'elle n'en avait aucune idée. Elle y réfléchirait quand la question se poserait. Son père répondit qu'on était déjà en octobre.

— Dans le pire des cas, j'irai à Berlin, dit-elle.

Dans la tête de Barbara, cette image absurde : tous ensemble dans cet appartement qu'elle ne connaissait pas, avec Martin, la petite et cette femme de qui elle avait un souvenir très vague. Et le vieux, tant qu'on y était. Elle rit.

— Qu'est-ce qu'il y a ?

— Rien, dit-elle. Ton colis.

— Oui ?

— J'ai tout lu. Nous avons tout lu. C'est quoi cette histoire avec Wilma ? demanda-t-elle.

— Qu'est-ce que tu veux savoir ?

— Tout. Et l'émigration. C'est quoi cette histoire d'émigration ?

— Tu devrais passer, dit-il sans hésiter.

Il avait de toute évidence méticuleusement préparé son coup. Barbara garda le silence, elle fixa la pluie dehors. Voilà le résultat. Elle l'avait laissé revenir dans sa vie à l'époque, car elle ne voulait pas le priver de son petit-fils, car sa mère et même Konstantin avaient tout fait pour la convaincre ; elle s'était donné tellement de mal avec les lettres, lui avait-il dit. C'était le but. Du moins c'est ce qu'elle croyait. Mais elle avait quand même réussi à maintenir une distance.

— Entendu, dit-elle, c'est quand le mieux pour toi ?

*

Avec la cohue sur le quai, elle ne le vit qu'en arrivant juste devant lui. Il portait un manteau sombre et un foulard en soie, il était élégant, les cheveux blancs et courts soigneusement peignés vers l'arrière. Il ouvrit les bras, un peu comme font les gens de gauche.

— Bonjour Franz, dit-elle.

— Bonjour Barbara.

Elle laissa sa valise et le prit dans ses bras. Elle sentit la pression de ses bras. Il sentait l'eau de Cologne qu'il avait toujours portée. Par-dessus son épaule, elle vit une foule de gens grouiller hors d'un train régional sur le quai d'en face. Quand elle venait en visite dans le bassin de la Ruhr, elle avait dans ces moments-là toujours l'impression que toutes les villes et les bâtiments qui le composaient n'étaient pas assez vastes pour la multitude de gens qui vivaient là. Elle se détacha de son étreinte, le suivit pour descendre les marches. Ils traversèrent le nouveau hall d'accueil qui ressemblait à tous les autres halls de gare de nos jours : des plafonds anthracite élevés, truffés de spots halogènes, beaucoup de verre, boutiques et snacks sur les côtés. La vieille gare, se dit Barbara, avait quelque chose d'oppressant, elle était étroite, minuscule, sale. En accord avec ses arrivées. La nouvelle gare lui était égale. Elle ne traduisait en rien ses sentiments. Franz sortit sur le parvis et se dirigea vers un taxi.

— On peut prendre le tram et le bus, dit Barbara.

— Taratata, répondit Franz.

Il fit signe à un chauffeur qui prit la valise de Barbara. Son père lui tint la portière ouverte. Une fois fermée avec grand bruit derrière elle, elle se retrouva un instant toute seule. C'était silencieux. Elle ferma les yeux, prit une profonde inspiration. Ça sentait le thym. Elle ouvrit les yeux. Un arbre magique était accroché au rétroviseur. La portière s'ouvrit de l'autre côté du véhicule, et son père monta. Elle passa les mains sur ses cuisses, coinça les pouces et les auriculaires dans les cavités à côté de ses rotules. À peine arrivée à Essen et ses réflexes d'écolière la rattrapaient. Son père discutait avec le chauffeur du chemin le plus court pour aller à Heisingen. Elle regarda dehors. Le ciel était gris, mais très clair, le soleil apparaissait comme une tache blanche sous les nuages. Elle contempla son visage dans la vitre. Elle trouvait absurde de paraître si vieille, surtout ici. Quand ils passèrent sous le pont de l'autoroute, elle regarda brièvement les immeubles au sud de la gare, dont la modernité des façades vitrées n'allait pas avec la ville qu'elle avait laissée derrière elle il y a près de cinquante ans. Ils tournèrent dans la Ruhrallee aux bâtiments interchangeables ; du gris, des tons pastel mat, des rideaux blancs aux fenêtres et quelques arches lumineuses. Elle aurait pu se trouver n'importe où, s'il n'y avait pas le parfum de son père, d'ailleurs plus fort que l'odeur de thym de l'arbre magique. Elle le fixa, il la regarda en retour. Il souriait.

Derrière la nouvelle façade éclatante de blancheur, elle reconnaissait le vieux bâtiment, elle avait l'impression de pouvoir voir à travers le maquillage de la rénovation et d'apercevoir le vieux bâtiment en brique beige qui avait été sa maison, avant que l'optimisation énergétique n'y mette son grain de sel.

Dans le couloir, elle vit son propre reflet dans le miroir, à droite l'escalier qui montait au premier étage, à gauche la cuisine, plus loin derrière, la porte vers le salon. Il manquait les vestes, manteaux et chapeaux de sa mère. Difficile de s'y habituer. Au pied du portemanteau, une canne. Il vit son regard.

— Comme dans l'énigme du Sphinx, dit-il, mais plutôt finir sur trois pattes qu'en fauteuil roulant.

Il s'excuse, se dit-elle, pour lui, pas pour moi.

— Le froid me glace les os, dit-il.

— Et moi, le vent de la mer du Nord, dit Barbara.

Un vieux père et sa vieille fille, se dit-elle. C'était étrange. Comme une proximité inconnue. Elle laissa sa valise au pied de l'escalier, alla dans le salon. Il avait remonté les vieux rideaux bien épais, la grande baie vitrée offrait une vue dégagée sur le jardin, étonnamment en très bon état. À droite sur l'étagère, une nouvelle télévision à écran plat. C'est le fils de sa belle-sœur qui lui avait installé. Elle demanda s'il était encore régulièrement en contact avec elle. Il secoua la tête, dit que ça ne servait plus à rien. La démence. Mais le garçon venait lui rendre visite de temps en temps, il travaillait à Cologne. Barbara hocha la tête. Elle n'avait aucune image à l'esprit, dut même se creuser la tête pour retrouver les prénoms. Elle ouvrit la porte vers la terrasse, sortit. Un merle chantait. On entendait une tondeuse. Dans le jardin des voisins flottait un drapeau avec les armoiries de Heisingen. Quand elle se retourna, son père était debout, les bras croisés derrière la fenêtre du salon. Elle avait l'impression qu'il souriait, mais elle n'était pas sûre.

5

Il ouvre la porte, le vent fait voler un peu de neige dans la pièce. Il entre et tape ses chaussures contre l'encadrement. Dehors, il entend la jeep des Américains repartir. Quelques ampoules nues sont suspendues au plafond, à sa droite, un poêle ordinaire, dont le conduit disparaît directement sous le plafond. L'odeur du charbon de bois domine. Devant lui, une table simple à laquelle sont assis trois hommes en train de jouer aux cartes, derrière eux s'étirent les rangées de lits superposés. Les discussions cessent dans la baraque. Les hommes à table baissent leurs cartes, d'autres se redressent sur leurs lits, quelques-uns se figent dans l'allée en le fixant très ouvertement.

— Soldat Schneider au rapport, dit-il. Vous devriez avoir un lit encore disponible pour moi.

Un homme s'avance dans l'allée, contourne les joueurs de cartes et s'approche de lui. Il est très grand, très maigre, ses cheveux noirs sont rasés extrêmement court. Il porte des lunettes rondes toutes simples, et sa pomme d'Adam fait des mouvements de va-et-vient quand il serre la main à Franz.

— Glohberg, dit-il.

Sa poignée de main est ferme, ses doigts très longs.

— D'où tu viens comme ça ?

— Du Texas, dit Franz.

— Sacrée merde, dit Glohberg, bienvenue dans le froid.

— Merci, dit Franz.

— Et sinon, tu viens d'où ? demande Glohberg.

— D'Essen, dit Franz, et quand il comprend que Glohberg en attend plus, 243e division d'infanterie. Régiment de grenadiers 922. Fait prisonnier à Cherbourg.

— Ils vous ont bien canardés, dit l'un des joueurs de cartes.

— Quoi ? demande Franz.

— La 243e. Ils vous ont réduits en bouillie en un rien de temps, les Ricains.

Il ricane et tend sa main :

— Hansen. Régiment d'artillerie 1709. Aussi à Cherbourg. Mais je viens de Kiel, et plus exactement de la mer, je suis un marin, né sur un cotre. J'espère que j'y mourrai.

Hansen glousse fort, toute sa carrure massive vibre quand il rit. Il ne lui reste plus qu'une fine collerette de cheveux blonds à l'arrière du crâne, son corps affiche une masse impressionnante et son visage est très rouge. Franz lui donne dans les quarante ans.

— Viens, dit Hansen qui pose les cartes sur la table, murmure un “je reviens” à ses deux partenaires de jeu au physique presque identique, qui saluent silencieusement Franz de la tête, il tape dans le dos de Glohberg et avance.

Franz choisit le lit du bas, même si celui du dessus est également disponible. À sa droite dort Glohberg, Hansen lui montre son lit, plus loin de l'autre côté de l'allée. Sur le montant du lit est accrochée une sorte de carte à jouer à l'effigie d'une rousse en corset et jarretelles.

— La pin-up, dit-il. Une belle invention américaine. Ça m'a coûté deux paquets de clopes.

Il fait demi-tour pour aller reprendre sa partie. Glohberg demande à Franz s'il a besoin d'aide. Franz répond par la négative. Les Américains lui ont déjà tout expliqué, il frappe sur son sac à dos. Il a eu le règlement sur papier. Glohberg hoche la tête, va dans son lit et prend un livre sur la pile de son chevet. D'autres livres sont posés à côté du lit. Comme si Glohberg avait dévalisé la bibliothèque. Le camarade intercepte le regard de Franz.

— Le syndrome du professeur, dit-il. Si tu veux m'en emprunter un, sers-toi.

Il n'hésiterait pas. Il pose ensuite son sac à dos, s'écroule sur le matelas. Les ressorts du lit grincent. Il ferme les yeux, sent ses mains trembler, attrape sa ceinture et s'y cramponne fermement, comme pour retenir son pantalon de glisser. Il se demande quelle impression il a faite sur les camarades, son accueil a été plutôt cordial, même avec les Américains. On l'avait conduit en jeep depuis la petite gare d'Ogden jusqu'au camp, qui n'était visiblement pas uniquement réservé aux Allemands. La superficie semblait bien plus grande que celle du camp au Texas. Ils étaient passés devant un grand nombre de baraques face auxquelles des jeeps ou des camions américains étaient garés, il vit de grands hangars, des chars stationnés dehors qui, selon lui, n'avaient pas l'air de fonctionner. Il vit de grands groupes de soldats défiler dans l'uniforme kaki des Américains. Des tas de gens et de machines, même là, au beau milieu de l'arrière-pays en Utah. Il s'était dit qu'il faudrait écrire une lettre, à ce cher monsieur Hitler, lui envoyer quelques photos, pour lui montrer combien il était, et avait toujours été, illusoire d'espérer remporter une guerre contre pareil ennemi. Au sud du secteur américain, les barbelés qu'il connaissait bien, quoique plus bas qu'à Hearne. Pas de miradors, il vit les hommes devant les baraques ou en train de jouer au football sur le terrain de sport : de nouveaux uniformes, les sonorités d'une langue étrangère. Des Italiens, comprit-il quand la voiture passa devant eux, à quelques centaines de mètres, avant d'atteindre le *compound* allemand. Là il y avait des miradors, les barbelés retrouvaient leur hauteur familière, et il reconnaissait les uniformes des hommes derrière.

Observer permet de se créer de nouvelles impressions, de nouvelles images. Il espère qu'elles pourront remplacer les anciennes images, il espère pouvoir se créer une montagne de nouvelles impressions qui finiront par lui faire tout oublier, tout ce qu'il a en lui depuis Hearne, depuis la nuit et les jours passés près de Paul, depuis l'enterrement. Il ouvre les yeux, garder les yeux ouverts aide ; sur les lattes en bois du sommier au-dessus de lui, aucune image ne circule, sa tête ne parvient pas à y projeter quoi que ce soit. Le bois, la matière du matelas, l'odeur du poêle, les bribes de discussions des joueurs de cartes ; quelque part au-dessus de lui, les ronflements d'un homme. L'intérieur de ses paupières reflète les images que son cerveau ne peut plus voir. Pendant tout le trajet en train, il a regardé dehors, d'abord le désert, les falaises jaunes de l'Arizona, puis le rouge vif au sud de l'Utah ;

mais même les couleurs ne sont plus anodines, le rouge aussi avait son mot à dire, il voulait évoquer les bandes blanches comme neige qu'il avait colorées, d'abord très claires et brillantes, puis presque noires ; ce cercle qui se répétait malgré le changement fréquent des bandes, comme si le rouge absorbait toutes les couleurs du corps allongé à côté de Franz, le corps sur lequel il veillait. Trop tard, avaient dit les cactus, il aurait fallu veiller sur lui plus tôt, avaient dit les nuées d'oiseaux et le bleu du ciel. Ça lui arrive de rêver de ce rouge, des taches, des petits sillons veineux dans l'un de ses yeux dont la pupille avait bougé jusqu'au bout, jusqu'à la fin. Il ne se rend plus compte de rien, avait dit l'infirmière américaine, c'est bientôt fini, *it'll be over soon*, mais l'œil fixait, le rouge brillait, il vivait, son corps vivait.

Il se redresse, essaye de respirer. Il transpire, enlève sa veste, se libère de ses bottes. Il voudrait courir dans la neige dehors, se rafraîchir, mais il ne peut pas, il sait qu'ils ne lui pardonneront pas ; ce nouveau camarade, cet étranger qui n'a plus toute sa tête, ils penseront à une crise de nerfs, qu'on leur a collé un cinglé dans les pattes. Il serait perdu, d'entrée de jeu, il ne veut plus perdre, il va se reprendre. La présence des camarades ajoute une pression dans sa poitrine, il aimerait qu'ils dégagent tous, il glisse du lit, commence à faire des pompes jusqu'à ce que ses bras menacent de lâcher sous l'épuisement. Justifier ses tremblements, se dit-il, leur donner une origine corporelle. Il voit Glohberg lever les yeux de son livre.

— Trois jours de train, il faut bien évacuer l'énergie, dit-il très fort.

Glohberg baisse le regard. Franz se rassied sur son lit.

Ils le conduisirent au poste de commandement, bien plus grand que le bâtiment au Texas, il suivit deux hommes avec des brassards blancs MP dans une grande pièce remplie de tables et de gens, dans laquelle, malgré le soir déjà tombé, régnaient un fourmillement et des vibrations qui l'avaient contraint à fermer les yeux brièvement. Les téléphones sonnaient, les machines à écrire claquetaient, les gens parlaient sans arrêt, ça riait, criait, les talons de chaussures s'abattaient lourdement sur le parquet, ça sentait l'eau de rose, l'eau de Cologne, la cigarette, la sueur et le café.

— *Come on!* dit l'un des gardiens en le poussant en avant. *You're alright?*

— *He didn't sleep*, dit l'autre qui avait fait le trajet en train avec lui. *Poor bastard didn't close an eye.*

Faux, se dit-il, c'est malheureusement faux. Le sommeil avait été plus fort, le sommeil l'avait cueilli, l'avait tiré vers le bas, il avait exploité la noirceur de la nuit, le cahotement monotone du train, la perte de ses forces. Le sommeil l'avait emporté, rien que quelques minutes, peut-être même quelques heures. Il ne sait pas. On lui avait laissé l'un des livres de Paul, il avait eu le droit de l'emporter, il avait voulu le livre qu'il tenait pendant leur dernière conversation, et il l'avait eu. Mais le livre était en anglais, ce qui rendait la lutte contre la fatigue encore plus difficile. Le livre mélangeait les images dans ses cauchemars. Franz rêvait de maisons en feu dans lesquelles gisaient des femmes, de lyncheurs qui envahissaient des camps de prisonniers et voulaient tuer les traîtres, il rêvait de Wilma qui se retrouvait soudainement dans un champ face à lui, très pâle, très triste, jusqu'à ce qu'il se rende compte qu'il ne s'agissait pas de Wilma, mais de son père, de son père mort en robe blanche. Quoi, se disait Franz dans son rêve, qu'est-ce qu'il se passe ? Mais il ne pouvait pas parler. Il sursautait, le livre tombait par terre, sur cette maison sombre éclairée par un rayon rectangulaire. Il le ramassait et répétait les mêmes gestes pendant des heures, jusqu'à l'aube grise, entre éveil et sommeil, cet état qui ne le quittait plus.

Dans un bureau du poste de commandement de l'*ASF Depot Ogden*, un officier blasé, accompagné d'un traducteur, lui expliqua les principales règles du camp, très similaires à celles du Texas. Réveil à six heures, petit-déjeuner à sept heures, appel à ce moment-là, déjeuner à midi, dîner à partir de six heures, jusqu'à huit heures pour les groupes de travail, puis temps libre, confinement dans les baraques à partir de dix heures, extinction des feux à onze heures. Ne pas s'approcher de la clôture, personne sur le terrain de jeu en dehors des horaires indiqués, interdiction de discuter avec les membres des forces armées américaines, sauf interaction nécessaire dans le cadre du travail. Il acquiesça à tout en silence, jusqu'à cette question, attendue, à laquelle il répondit avant même que le camarade à côté de lui répète en allemand.

— *Translation*, dit-il.

L'officier leva la tête, montrant le premier signe d'intérêt depuis le début de l'entretien.

— *You speak english.*

Franz fit oui de la tête et dit qu'il aimerait travailler en tant que traducteur.

L'homme lui demanda si ça lui posait problème de traduire des interrogatoires.

Il serait heureux de pouvoir également servir d'interprète lors d'interrogatoires.

L'Américain inscrivit une note dans ses papiers. Était-il en accord avec la politique menée actuellement au sein du Reich ?

— *No*, dit Franz. *Not at all.*

La bouche du camarade à côté de lui frémit, mais Franz n'était pas en mesure d'interpréter la réaction. L'officier américain sourit. Il prit encore quelques notes en silence et l'envoya dans sa nouvelle baraque.

Premiers jalons. Il vide son sac à dos et range ses effets personnels dans la petite armoire à côté du lit. Avant de sortir le bocal rempli de pierres de son sac à dos, il regarde autour de lui, mais personne ne l'observe. Il le range tout au fond dans l'armoire. Puis il se glisse sous la couette. Peu de temps après, la lumière s'éteint. La symphonie des ronflements retentit, il a parfois l'impression d'entendre le craquement du bois qui brûle. Il lève la tête. Une faible lueur se dégage du poêle à l'autre bout de la pièce. Quelqu'un pousse un petit gémissement, rêve déjà ou se masturbe. Glohberg et Hansen. Il répète les noms dans sa tête. Le sommeil guette et avec lui, les cauchemars. Paul est toujours là, il l'attend, une présence, mais jamais perceptible. Les pires rêves, se dit Franz. Ceux où il tourne en rond, sans parvenir à trouver son ami. Et dans ses rêves, il sait que Paul est mort, mais ne peut s'empêcher de continuer à le chercher.

*

— *Private Schneider, ready for duty!*

Franz fait le salut militaire. L'Américain lève les yeux de son bureau. L'entrée en scène de Franz semble l'amuser. Ses dents brillent. Il a les cheveux très sombres, gominés, et une couleur de peau qui semblait dire qu'il venait de passer une semaine au soleil sur la plage. Il ressemble à l'idée que Franz se fait d'un Italien. L'homme lui fait signe de s'asseoir.

Il s'appelait *captain* Johnson et était ravi de faire sa connaissance. On lui avait dit qu'il était aussi bien disponible pour des travaux de traduction classiques que pour assister à des interrogatoires, et voulait savoir si c'était juste. Franz acquiesce.

— *Good*, dit Johnson, *very good.*

Il ferme le dossier ouvert sur le bureau devant lui. À nouveau, il sourit. Il demande à Franz son âge, sa ville d'origine, ne connaît pas Essen, mais le bassin de la Ruhr oui. Il demande ce qu'il faisait avant la guerre et s'étonne qu'un mineur veuille travailler comme traducteur. Franz répond que le travail de mineur est une tradition dans sa famille. Pas l'école. Johnson rit. Difficile d'envisager ça, lui qui était professeur de *highschool* avant de s'engager dans l'*Army*. Il aimerait retourner dans une école un jour.

— *To normal life*, dit-il.

Il regarde ses doigts. Il pose d'autres questions. Sur sa famille, sur son père, surtout sur son frère. Sur sa période au sein des jeunesses hitlériennes, sa formation militaire, ce qu'il pense du déroulement de la guerre. Il m'interroge, pense Franz, il vérifie si je peux leur être utile. Au bout de quelques minutes, le silence règne soudain. Johnson le fixe, ses yeux sombres rivés sur Franz, comme s'il était une pièce de musée. Puis il ouvre un tiroir de son bureau et en sort quelques feuilles de papier. Il s'agissait de consignes destinées aux soldats allemands à des occasions particulières. De vieux exemplaires. Il se lève, se dirige vers une étagère dans le coin de la petite pièce, tire un gros dictionnaire et le pose devant Franz sur la table.

— *Let's see what you can do*, dit Johnson.

Après avoir rendu ses traductions, Franz rentre déjeuner dans le *compound* allemand. Les textes n'étaient pas compliqués, des règles de conduite à respecter en travaillant dans les hangars de la base militaire, suivies d'une demande d'autorisation pour pouvoir continuer à jouer aux cartes à la lumière de la bougie après extinction des feux. Johnson prit les feuilles complétées par Franz et dit qu'un traducteur allemand allait les vérifier. Voilà, s'était dit Franz. Il avait au moins essayé.

Dans le mess, les hommes se bousculent déjà à la distribution du repas. Une marée de nouveaux visages. On le remarque à peine. Derrière le comptoir, un homme balèze avec une casquette blanche lui tourne le dos. Rudi, veut-il dire, mais l'homme se retourne, il ne le connaît pas plus que tous les autres. Il lui tend une assiette avec de la potée, quelques tranches de pain et une pomme. Franz se faufile entre les rangées de tables, essaye d'en comprendre la disposition tout en se concentrant sur ses mains pour ne pas faire trop trembler le plateau. Quelqu'un siffle. La tête de Hansen se distingue dans un coin au fond du mess, Franz se dirige vers lui.

— On aurait dit un agneau loin de son troupeau, dit Hansen.

Glohberg, assis en face de lui, ricane et se décale un peu pour que Franz puisse s'asseoir. À côté de Hansen sont assis les deux joueurs de cartes de la veille qui, à la lumière du jour, affichent le même visage arrondi, les mêmes cheveux blonds coupés à la brosse, les mêmes yeux bleus.

— Je te présente les Kowalski, dit Hansen, Peter et Thomas. Les plus gros fainéants du régiment. Mais les meilleurs joueurs de skat.

Les frères serrent la main à Franz. Celui assis directement à côté de Franz ouvre la bouche et montre le trou à la place de son incisive supérieure droite.

— Moi c'est Peter. C'est simple : Peter, dent en moins ; Thomas, case en moins.

La table se met à rire.

— Entendu, dit Franz. Vous étiez dans la même troupe ?

Peter secoue la tête.

— Moi en Italie, dans l'infanterie, lui dans un sous-marin en France. J'ai été enrôlé, il s'est porté volontaire, juste après l'école. On a demandé à être regroupés quand on a su qu'on était tous les deux ici. Et les Ricains l'ont fait, on leur en doit une bonne.

— On leur doit pas mal de choses, dit Glohberg.

Il approche son cou de vautour de la potée.

— De la viande tous les jours par exemple.

— Vous êtes arrivés quand ici ? demande Franz.

Les hommes racontent que le camp a ouvert il y a peu de temps. Pour les Italiens, alors qu'ils ne combattaient pas encore avec les Allemands. Après le changement de côté, comme l'appelle Hansen, il avait d'abord été fermé, puis finalement rouvert quand il avait fallu plus de place pour les Allemands après l'invasion. Lui s'était fait prendre par les Américains en Italie fin octobre, dit Glohberg, juste avant Naples.

— Plus rien à voir avec la *dolce vita* à la fin. On a eu de la chance de se faire renverser sur le front. Les mains sur la tête, *I surrender*. On le savait.

Hansen raconte qu'on l'a d'abord envoyé dans un camp en Géorgie après la guerre. Ce n'était pas une partie de plaisir. Il fixe Franz. Il contrôle, évalue, essaye de savoir s'il a affaire à un fanatique. Franz attend impatiemment la décision de Hansen.

— Ça a pété, finit-il par dire, entre ceux qui restaient fidèles à leur ligne et ceux qui en avaient plein le dos. J'ai ensuite été transféré dans un autre camp, l'affaire de quelques semaines. Et là valait mieux se mettre à table, si tu vois ce que je veux dire.

— Mais c'était bien là-bas, dit le Kowalski avec toutes ses dents.

— Tu y étais aussi ?

— Deux semaines, dit Thomas. C'était plein de sous-mariniers. Ils nous ont allègrement cuisinés sur notre technique, sur le moral des troupes et la puissance de combat des sous-marins.

Hansen hoche la tête.

— Que des entretiens avec des Américains qui parlaient parfaitement l'allemand. Quelle est votre position, que pensez-vous de Hitler, quel est le moral des troupes, quelle est l'atmosphère au sein de la population allemande, quelle influence ont les bombardements. Ce genre de choses. Thomas en sort tout juste, moi je suis là depuis quelques mois déjà.

— Et c'était où ? demande Franz.

Les deux hommes haussent les épaules.

— Le véhicule dans lequel nous sommes arrivés et repartis avait des vitres teintées. Le climat était doux. La côte est, j'imagine. C'est tout ce que je peux dire.

— Et dire que pendant ce temps-là, on se crevait le cul dans les champs, dit Peter.

Il ricane, pointe sa dent manquante.

— Coton ? demande Franz.

— Cacahuètes, dit Peter. Je me suis dit que j'étais intouchable après avoir travaillé dans la ferme des parents, chaque année pour la récolte. Mais ces cacahuètes de merde, elles m'ont tué. J'en ai mordu de la poussière.

— Moi, d'abord les pommes de terre, dit Franz, puis ce satané coton.

— Moi aussi, dit Glohberg, en Alabama. L'horreur. Le fermier voulait qu'on atteigne les mêmes quotas que les nègres. C'était pain sec et eau sinon. Y a eu des plaintes, une grève même. Pour ça, ils étaient soudain tous démocrates.

Il secoue la tête.

— Heureusement, ils ont fini par faire sortir mon frère du camp secret et l'ont envoyé ici, dit Peter. J'ai pu demander mon transfert.

— On dirait que c'est le point de ralliement ici, dit Franz.

Hansen s'avance. Il parle tout bas.

— Beaucoup de gens raisonnables ici, qui veulent tranquillement purger leur peine.

— Jusqu'à ce que tout soit fini, dit Glohberg.

— Je comprends, dit Franz.

— Comme partout, il y en a qui continuent de rêver à l'arme absolue. Il faut faire attention.

— Je veux savoir qui, dit Franz.

Dans la baraque, il est assis à table et écrit une lettre à sa mère, après s'être procuré quelques imprimés auprès des Américains. On lui a également donné un pull, une veste plus épaisse, affichant elle aussi PW sur la poitrine, un bonnet et quelques paires de gants. Il écrit qu'il va bien, qu'on l'a transféré dans l'Utah car un travail lui avait été affecté. Il pense à Paul, se dit qu'il n'en parlera jamais à sa mère. Comment pouvait-elle comprendre, pense-t-il, sa vie était tellement étriquée. Il parle du voyage en train, des montagnes, de la neige, il espère qu'elle et son frère sont en bonne santé. Il met l'adresse, plie et colle la feuille. Il aimerait écrire à Wilma. Malgré l'interdiction d'envoyer du courrier au sein des États-Unis. Il veut au moins écrire, même s'il ne pourra jamais envoyer ces missives. Il a promis. Son frère est près de lui, toute la journée, les images omniprésentes, sa peau blême, cireuse, le va-et-vient de sa poitrine. Son pouls de plus en plus faible. Au chevet de Paul, il avait repensé à son frère, son frère pâle et maigre allongé à l'hôpital militaire, qui pleurait sans arrêt, la jambe dans de grosses éclisses. Mais le frère pouvait encore parler, se dit-il.

— Plus jamais, disait-il, foutu camion, putains de freins.

Il montrait sa jambe.

— Plus jamais soldat, pas avec cette jambe non, plus jamais.

Et il se remettait à pleurer. Et Franz fixait le sol. Mais le père, malgré l'uniforme de la SA, malgré le malin plaisir qu'il prendrait plus tard à lui répéter que ce n'était pas un accident, le père tenait la main de son fils et disait que Josef pouvait être fier d'y avoir participé.

— Le premier de la tribu Schneider dans l'armée, disait-il, personne ne pourra jamais t'enlever ça.

Et Josef avait fini par arrêter de pleurer. Josef avait fini par se relever. Josef boitait, mais il boitait vers la sortie de l'hôpital, pour retrouver sa vie. Mutilé, blessé, mais debout. Paul en revanche, ils lui ont pris, ne laissant plus qu'un tas de chair et d'os. S'efforcer de penser à Paul en vie, à son rire, au son de sa voix.

Dans la nuit, quand Paul n'est plus qu'une présence invisible, un reflet lointain dans la lueur de ses rêves, Wilma s'approche de lui, lui parle, des phrases sans signification, ou elle reste plantée là à le regarder. Il veut lui dire qu'il va lui écrire. Mais comme dans tous ses rêves, il reste muet.

Il se réveille en sursaut. La porte s'ouvre, un camarade rentre du froid, reste brièvement près du poêle pour se réchauffer les mains. Il salue Franz de la tête et se dirige vers son lit, sans dire un mot. Glohberg, Hansen, Kowalski Peter, Kowalski Thomas, répète-t-il, Peter avec la dent en moins. Il a remarqué que Thomas avait une cicatrice au menton, il avait l'air un peu plus fin, plus maigre que son frère. Il se dit que rencontrer tout de suite les bonnes personnes était un avantage. Et il a eu de la chance que ces quatre-là fassent partie des bons. Le camarade qui regagne silencieusement son lit à l'autre bout de la pièce et enlève sa veste et ses bottes est un bon ou un mauvais. Il finira par le savoir. Il finira aussi par trouver les noms de ceux dont il faut se méfier. Il sera plus intelligent que la dernière fois.

*

— Vous pouvez commencer aujourd'hui, dit Johnson.

Franz se penche en avant. Il demande s'il a bien compris. Johnson éclate de rire.

— Vous ne vous attendiez pas à avoir le job à ce que je vois.

Il secoue la tête. Franz bredouille quelque chose. Évidemment qu'il y avait eu une part d'incertitude. Le camarade de Johnson avait vérifié les traductions et les avait trouvées bonnes. Il avait confiance en son jugement, l'homme était fiable. Était-il prêt ? Oui, Franz l'était.

— Vous serez mon traducteur attitré, dit Johnson, au bureau, mais aussi en dehors, ou pendant les interrogatoires. Vous serez mon secrétaire, vous me ferez du café et si je le décide, vous serez aussi mon chauffeur. Vous savez conduire ?

Franz secoue la tête.

— Eh bien vous apprendrez.

— À vos ordres, *captain* Johnson.

Il fait le salut militaire. Johnson sourit.

— Vous, les Allemands, dit-il, et Franz n'est pas sûr de ce qu'il entendait par là.

Il allait transmettre la demande de cours de conduite, ajoute Johnson, il se rendait régulièrement dans les camps annexes pour y régler certaines choses. Il pourrait demander à un conducteur américain, mais il ne voyait pas l'intérêt d'employer de la main-d'œuvre américaine si son traducteur devait de toute façon l'accompagner.

Il lui passe une chemise par-dessus la table.

— Un bureau a été libéré pour vous en face du mien. C'est votre poste de travail. Vous avez un téléphone sur lequel je peux vous joindre quand j'en ai besoin. Dans la chemise, vous trouverez des documents concernant un nouveau groupe de travail. Traduisez-les et apportez-les-moi.

Franz fait le salut militaire et quitte le bureau. Devant lui, la table, une machine à écrire et un téléphone noir brillant posés dessus. Il s'assied, ouvre quelques tiroirs : blocs-notes et crayons, un dictionnaire, des gommes. Il pose la chemise devant lui sur la table.

— *You all right, honey?*

Une femme se tient à côté de lui, très petite et costaude, elle porte une longue jupe vert olive et une veste militaire de la même couleur. Elle porte plusieurs décorations sur la poitrine et ses boucles foncées sont coiffées d'une casquette. Elle répète sa question. Franz acquiesce. C'est son premier jour. Elle rit. C'était donc lui le nouveau traducteur. S'il avait besoin d'aide, qu'il n'hésite pas à lui demander. Elle montre une table vide, un peu plus bas dans le couloir. Il la regarde descendre le couloir. Ses gros mollets dans des collants gris. Les chaussures à talons martèlent un rythme rapide. L'odeur du savon lui chatouille le nez. Il se retourne. Presque toutes les tables sont occupées, plusieurs dizaines d'hommes et de femmes travaillent simultanément dans cette pièce gigantesque, chaque table comme la petite pièce d'un moteur. Ça bourdonne et ça vibre. Dans son dos, un couloir dessert les différents bureaux des officiers ; à droite et à gauche, des armoires pleines de dossiers adossées aux murs, surplombées de tableaux ou de planches sur lesquels on a épinglé des annonces ; sur le mur de droite, non loin de son poste, un portrait de Roosevelt, à côté d'une grande carte des États-Unis sur laquelle apparaissent d'innombrables points, probablement des camps militaires. Un homme à la table d'à côté lui fait un signe de tête, un jeune Américain, sans doute un peu plus vieux que lui. Franz le salue en retour. Il expire. Un Schneider au service des Américains. Qu'aurait dit son père ? En tout cas, ça plairait à son frère. Et à Paul. Paul serait fier de lui. Il ouvre la chemise et se met au travail.

— Comment ça se présente ?

Franz sursaute.

L'homme à côté de lui porte l'uniforme allemand d'un Feldwebel, le PW resplendit en blanc sur son torse. Franz se redresse et fait le salut militaire.

— Soldat Schneider, mon Feldwebel, dit-il, *compound* 1, baraque 4.

Le Feldwebel balaie d'un revers de main.

— Je sais bien, Schneider. Feldwebel Bartels. J'ai assisté à votre interrogatoire, après votre arrivée.

— C'était vous ? Pardonnez-moi, mon Feldwebel.

Bartels fait un nouveau mouvement de poignet. Ses bras sont très longs, très fins, tout a l'air élancé chez lui, étiré. Il dépasse Franz de plus d'une tête.

— Vous étiez un peu à côté de vos pompes, ça se voyait. Mais bonne déposition, si vous voyez ce que je veux dire.

Franz acquiesce.

— J'ai lu votre essai. Bonne compréhension de l'anglais. Mais bon Dieu, Schneider, votre orthographe. J'avais envie de vous avoir ici. Mais dans des circonstances ordinaires…

Franz sent sa main droite, qu'il essaye d'immobiliser sur sa hanche, trembler de plus en plus.

— Je vous présente mes excuses, mon Feldwebel !

— Présentez-les à la grammaire allemande, soldat Schneider. Et prenez un cours. J'ai bien besoin de quelqu'un comme vous, si vous voyez ce que je veux dire.

— Je ne suis pas sûr, mon Feldwebel.

Bartels pousse un soupir.

— Vous voyez très bien ce que je veux dire, Schneider. Ne faites pas l'imbécile. Vos opinions ne sont un secret pour personne, ni pour les Américains, ni pour beaucoup de camarades. Ne me faites pas honte, voulez-vous !

Il se penche en avant.

— Johnson ne comprend que des bribes, et les camarades se fichent pas mal de ce qui est écrit tant qu'ils le comprennent. Mais si vous faites de trop grosses bourdes, vous sautez. Venez me voir si vous avez des questions !

Il pointe un bureau au bout de la rangée. Il fait un bref salut et descend le couloir. Franz le voit échanger quelques mots avec une jeune secrétaire. La femme rit et pose brièvement la main sur le torse de l'Allemand, avant de retourner à son poste. La fraternisation, et pas qu'un peu, comme la discussion qu'il avait eue avec la secrétaire américaine au début de sa mission. La femme lui avait même fait du café, demandé d'où il venait, quel âge il avait. Encore un enfant, avait-elle dit. Et le soldat américain à la table d'à côté lui avait souri en levant les yeux au ciel. Franz se rassied. Il pose la main sur sa cuisse en attendant qu'elle se calme. Les lettres sur le bloc-note devant lui disparaissent. Un autre monde. Des sonneries, de l'agitation et des rires. Dehors, le froid ; dedans, la chaleur. C'était comme si Paul était à côté de lui et souriait. Il croit sentir un souffle dans sa nuque. Mais derrière lui, rien que des portes menant aux officiers américains. Il se demande si Paul avait travaillé dans une atmosphère aussi agréable à Hearne. Il est infiniment reconnaissant pour toutes les heures passées avec lui près de la Fontaine du Diable, à s'entretenir en anglais. Il l'écrirait à Wilma, au moins ça. Il pense au cercueil, ordinaire, sans fioritures, combien c'était injuste. Il avait haï les camarades qui n'avaient pas porté leurs uniformes, il les avait haïs, même si ça ne l'avait pas surpris. Ne plus faire partie de ce groupe. Il avait le sentiment que cet enterrement l'avait défait de toutes ses obligations. Rudi et Leo, et tous les autres sans uniforme, qui se disaient droits. Il ne les avait pas regardés, fixé le sol. Rien que Husmann et lui, rien qu'eux deux.

— Quand as-tu demandé à te faire arrêter ? avait-il demandé à Husmann sur le chemin du retour dans le *compound* américain.

— Dès le lendemain matin, avait dit Husmann, loin de cette racaille !

Il avait craché. C'était la dernière fois qu'ils se parlaient. Et tous ces visages allemands, se dit Franz en rouvrant la chemise et en saisissant le crayon, tous ces affreux visages allemands qui n'allaient pas dans le décor, pas avec le défunt dans son cercueil. Des gardes américains, des salves d'honneur et une trompette, peut-être même le drapeau avec les étoiles blanches sur fond bleu et les treize bandes rouges. Voilà ce qui avait manqué, ce qu'il avait souhaité pour son ami, des adieux appropriés, à l'américaine.

Quand Franz entre dans la baraque et que le camarade à la table relève la tête, Franz pense à un chat, aux yeux d'un chat qui le fixent avec un regard vif et franc. Le nez fin, les lèvres fournies, on aurait dit le visage d'une femme, sans le menton prononcé et la pomme d'Adam, ni les cheveux clairs rasés. Le camarade délaisse son livre, se lève et salue Franz.

— Tu dois être le nouveau. Caporal Mahlstein, de Hanovre. Fait prisonnier à Aix-la-Chapelle. 49e division d'infanterie.

Il est bien plus petit que Franz, dans les un mètre soixante, tout semble fin chez lui, presque délicat, comme la main qu'il tend à Franz. Sa poigne est très ferme. Franz lui donne son nom et sa ville d'origine, ainsi que son lieu de capture. Mahlstein fait des hochements de tête répétitifs, comme s'il voulait tout imprimer précisément.

— La Normandie, ça a dû être un sacré combat. Un vrai baptême du feu. Avec la 49e, on battait bien trop souvent en retraite. Beaucoup trop de lâches.

Il secoue la tête.

— Ils sont bien trop nombreux à oublier le serment qu'ils ont prêté au Führer.

Franz fixe le petit gars. Il doit avoir son âge. Il se sent pourtant comme un vieillard face à un enfant.

— Nous sommes arrivés trop tard pour le débarquement, dit Franz. Et à Cherbourg, ils nous ont canardés de loin et depuis les airs. Toujours en pleine gueule. Donc oui, un baptême du feu bien salé. Mais peu de combats.

Mahlstein secoue la tête.

— C'était pas les bonnes personnes aux commandes. On dit qu'ils avaient des liens avec la bande à Stauffenberg.

Il se rassied.

— Ils étaient ravis de se faire prendre. On n'a pas voulu écouter les mises en garde du Führer avant l'invasion. Le Führer a vu venir tout ça, mais l'état-major ne l'a pas écouté.

Franz sourit. Il est très calme.

— Peu importe finalement.

— Comment ça, peu importe ?

— Parce qu'on est dans l'Utah. Parce que ce n'est plus qu'une question de temps avant que nous perdions la guerre.

Pendant un moment, seuls les murmures de quelques camarades au fond et le bruit lointain des moteurs se font entendre. Mahlstein sourit, il ouvre très largement la bouche. Ça lui donne des allures lugubres, comme s'il essayait de faire disparaître toute la sympathie de son visage dans cette grimace. Des affirmations claires, pense Franz, des affirmations claires dès le début.

— Je vois, dit Mahlstein.

Et après une pause :

— Les gens comme toi finiront bien par s'en rendre compte. Ils devraient atteindre le Rhin, on les laisse aller jusque-là. Mais quand la contre-offensive éclatera, quand les V2 et les nouveaux V3 seront prêts, on verra bien qui a vraiment l'esprit combatif, quel peuple est prêt à tout sacrifier pour cette guerre.

Son regard vert et perçant s'illumine. Il lève l'index et pointe Franz, se tient calmement debout face à lui.

— Et on se souviendra des gens comme toi !

La porte s'ouvre et un groupe de camarades entre dans la pièce, parmi lesquels Hansen et Peter Kowalski. Les hommes sont bruyants, ils sentent la transpiration et l'huile de moteur. Ça rit, ça finit même par se mettre à chanter : *Mein Freund Johnny war ein feiner Knabe, er war ein Tramp und hatte kein Zuhaus**. Hansen laisse son corps s'écrouler lourdement sur la chaise en face de Mahlstein. Il enlève sa veste et la jette par-dessus le dossier de chaise. Son ventre sort de son pantalon et tend sa chemise. Des taches de sueur sombres sous ses aisselles. Il fixe d'abord Mahlstein, puis Franz.

— Je vois que tu as fait la connaissance du petit Hitler.

Il montre ses dents.

— Ta gueule, Hansen ! dit Mahlstein.

— Il faut que tu saches, dit Hansen en direction de Franz, que les Américains apprécient tout particulièrement notre petit camarade. C'est pour ça qu'ils lui ont donné ce si joli surnom. *Little Hitler*. Pas vrai, petit Hitler ?

— Ferme bien ta grande gueule ! dit Mahlstein.

Hansen tire la chaise à sa gauche et invite Franz à venir s'asseoir.

— Petit Hitler sait même des choses sur l'arme absolue que grand Hitler ignore totalement. Tu lui as déjà parlé des rayons X, petit Hitler ?

* Paroles de la chanson *Goodbye Johnny*, écrite par Hans Fritz Beckmann et Peter Kreuder pour le film *Wasser für Canitoga* (1939).

Mahlstein bondit. Il frappe des deux poings sur la table. Silence dans la pièce. Franz voit les yeux du petit se fermer presque entièrement, lit la haine dans son regard. Hansen croise les bras sur la poitrine. Il ricane. Sa tête est d'un rouge luisant. Franz a l'impression qu'il jubile.

— Quoi ? demande-t-il. Tu veux retenter ta chance ? Tu n'en as pas eu assez la dernière fois ?

Les camarades se tiennent à distance. Ils ricanent, chuchotent, rient, ils attendent la réaction de Mahlstein. Le petit recule, crache par terre. Plusieurs camarades poussent huées et sifflements.

— Tu n'en vaux vraiment pas la peine ! dit Mahlstein.

Puis, il se faufile à travers la cohorte des camarades hilares et quitte la baraque. Plusieurs hommes tapent dans le dos de Hansen en passant. Peter Kowalski s'assied à table avec eux.

— Dommage, dit-il, j'aurais bien voulu te voir n'en faire qu'une bouchée.

Il pose une feuille de skat sur la table.

— Il ne fait que maudire le jour où il a intégré cette baraque, dit Hansen. Il voulait être transféré. Mais il avait déjà bien ouvert sa gueule avant ça. Et puis un tel surnom n'aide pas vraiment quand on veut soudain faire valoir ses droits.

Il prend sa feuille.

— Quel idiot. Ils lui ont ancré toutes ces conneries si profondément dans le cerveau qu'il n'arrive même pas à voir combien la situation est dramatique. Son ciboulot ne veut pas intégrer que ça sent quand même déjà bien la merde. Il ne parle que de V3, de rayons miraculeux.

Il distribue les cartes, Kowalski récupère les siennes et indique à Franz de prendre le troisième tas.

— Mais celui qui a vu les bombes, les défaites en Russie, tous les morts, l'invasion, toute cette masse de gens et de machines, celui qui a vu tout ça et y croit encore, je lui conseille de se tirer rapidement une balle dans la tête.

— Vos gueules maintenant, on joue, dit Kowalski.

*

— La vitesse !

Franz essaye de bouger le grand levier, il tire avec sa main, mais la tige métallique ne réagit pas.

— Tête droite, regard au loin !

Un grand coup de klaxon retentit. Il enlève la main du levier de vitesse, appuie sur le frein ; son corps est projeté vers l'avant, son torse plaqué contre le volant en métal. Sa vue se brouille un instant, il cherche à reprendre son souffle. Un camion est arrêté devant lui dans la rue, le conducteur fait de grands gestes. Le passager de Franz éclate de rire, il se redresse sur son siège, indique au camion devant eux de passer.

— *He's just getting started*, crie-t-il au conducteur du camion qui remet son moteur en marche, recule un peu et finit par les passer, tout en se cognant le doigt plusieurs fois sur la tempe.

Sergeant Schmitz se rassied, il regarde Franz en ricanant.

— Deux choses en même temps, OK Schneider, ce n'est quand même pas si compliqué.

Son allemand est très marqué, très américain, il roule les *r*, prononce les *ch* comme des *k* ; et pourtant, Franz a l'impression de reconnaître des tonalités du Rhin, héritage de ses parents ayant délaissé leur Cologne natale juste après la Première Guerre mondiale pour venir s'installer dans le Kentucky. Un coin très germanique, avait dit Schmitz. Le *sergeant* fait d'ailleurs très allemand, les cheveux blonds, le visage arrondi, la peau très rose. S'il ne portait pas l'uniforme vert olive, les insignes et les distinctions, on aurait pu le confondre avec un prisonnier de guerre.

— Quand vous passez vos vitesses, OK, vous continuez à regarder droit devant vous. N'oubliez pas la direction, OK. Deux choses, Schneider. Vous n'arrêtez pas de respirer quand vous chiez ?

La dernière phrase était en anglais, *do you stop breathing when you're doin' a shit*, puis il éclate immédiatement de rire, se transformant constamment chez lui en un bref grognement. Il frappe dans ses mains.

— On recommence, dit-il.

Franz expire un grand coup, il démarre le moteur et met la jeep doucement en marche. Il roule lentement jusqu'au bout de la rue, tourne à gauche, sur une piste en dur qui longe la clôture côté secteur américain. Tout au bout, les baraques allemandes. S'ils le voyaient, se dit-il. *Plus vite*, dit Schmitz, et Franz appuie sur la pédale d'accélérateur, le moteur gronde, *la vitesse*, crie Schmitz, Franz essaye d'attraper le levier, le saisit sous le pommeau, tire dessus, ça grince, la deuxième est enclenchée, le moteur se calme, *plus vite*, dit Schmitz, et Franz accélère. Le vent glacial leur frappe le visage, de petits cristaux sur le court pare-brise ; sur le capot, l'étoile blanche de l'armée américaine ; devant lui, le chemin recouvert de givre ; derrière, la clôture, les baraques ; au loin, les sommets enneigés. Il aimerait crier fort, ça marche, il conduit, il aimerait jubiler, pleurer. Le froid brûle son visage. Il se sent bien. À la demande de Schmitz, il ralentit, tourne avant d'atteindre la clôture qui le sépare du secteur allemand, passe devant le hangar réservé à la révision des jeeps. Schmitz est satisfait. Peut-être que Franz a enfin compris aujourd'hui, se dit-il.

— Deux choses, OK Schneider, deux choses en même temps.

Ils se serrent la main en guise d'au revoir. Franz se dirige vers le *compound* allemand. *Captain* Johnson lui a donné son après-midi pour le cours de conduite. Quelques GI's le saluent, il les salue en retour. Il enlève ses gants, se frotte les mains. Les tremblements se sont apaisés. Les rêves ont changé. Wilma a disparu, Paul a pris sa place, il a retrouvé une silhouette, un visage, même si cela peut être le visage d'un étranger, le visage d'un compagnon d'école ou d'un camarade, Franz sait qu'il s'agit de Paul, de son ami mort, qui rit, parle, chante, qui saigne et meurt, encore et encore. Il a atteint le point de passage dans la zone des prisonniers, il montre son laissez-passer, on le contrôle brièvement, on échange quelques mots, quelques hochements de tête et on le laisse passer. Devant les baraques, la neige a été dégagée sur les côtés, quelques bougies ont été mises aux fenêtres, des étoiles de Noël en papier, des branches de sapin dans les parterres. Des décorations de Noël, comme si c'était un mois de décembre ordinaire. Ça sent le diesel et le charbon, comme à Katernberg, sans les tours de la mine, mais avec les montagnes à la frontière de la ville d'Ogden, et ce sentiment d'être si petit. Paul, se dit-il en s'approchant de sa baraque, s'est transformé en une silhouette qui hante ses images nocturnes, tandis que sa sœur l'accompagne dans ses rêves journaliers. Il imagine son visage, son rire, il s'est touché sous la douche en pensant à elle, en a eu honte, puis l'a refait. Il n'a jamais vraiment réussi à se représenter son corps, il se rappelle vaguement son petit visage, son rire, ses cheveux courts, ses longues jambes de pantalon, ça oui, les très longues jambes de son pantalon sombre. Il ouvre la porte, salue quelques camarades assis à table en train de lire. Quelqu'un a bricolé une couronne de l'avent. Une bougie est allumée. Un homme est agenouillé devant le poêle et remet des bûches. Ça crépite et craque à l'intérieur.

Chère Wilma, écrit-il, pose le crayon, lève la tête. La baraque est presque vide, Glohberg et les hommes du groupe de travail, qui creusent un fossé d'irrigation, ne sont pas encore revenus ; Hansen et Peter Kowalski, qui déchargent et trient le stock et les pièces de rechange dans un hangar, sont eux aussi encore au travail. Thomas Kowalski, qui a travaillé de nuit à l'hôpital du camp, ronfle dans son lit. Le Kowalski à qui il manque une case. Franz a remarqué qu'il cligne constamment des yeux et que le bord droit de ses lèvres frémit très souvent. Peter dit que les traversées en sous-marin ont mis les nerfs de son frère à rude épreuve. Franz ouvre l'armoire à côté de son lit, ouvre le bocal en verre, attrape une pierre trouvée lors d'une balade dans le camp, ce petit minéral pointu et brillant, une flèche archaïque. Il la prend entre ses doigts, se met sur le ventre et reprend la lettre qui ne compte que deux mots. Il entrouvre la bouche, glisse la pointe de flèche sur sa langue, la presse contre son palais, sent une légère piqûre. La pierre n'a pas de goût. Ou il ne parvient pas à dire lequel. Il aimerait aller pêcher des galets dans un ruisseau au pied des montagnes en face du camp. Une pierre de l'extérieur, comme celles qu'il a trouvées au Texas en travaillant dans les champs. Il crache la pointe de flèche, la remplace par une petite pierre de dolomite blanche trouvée à Hearne, dans un lit de rivière à sec, pendant une pause dans la récolte du coton. Il a l'impression de sentir un goût salé, une légère amertume. Il pense au soleil, à la sueur, au chant des travailleurs noirs, à la douleur dans ses bras et ses mains. Canicule et ciel dégagé, le Texas en somme. La mort d'un ami ; ça aussi.

Chère Wilma, puis en dessous, *Je t'écris cette lettre que tu ne liras jamais, j'écris à quelqu'un que je ne connais pas. Peut-être que je ne ferai jamais ta connaissance. Ça me rend triste, et je ne sais pas pourquoi.*

On dirait une petite fille qui raconte ses malheurs. Il se sent bête et maladroit, comme sur son vélo à Katernberg, quand son frère marchait à côté de lui, le tenait par le bras car il avait trop peur de tomber.

— Allez, répétait Josef, mais dès qu'il enlevait la main de son dos, Franz freinait avec les pieds et s'arrêtait.

Quand il était assis derrière Josef sur le porte-bagages, là il ouvrait grand les bras et criait aussi fort qu'il le pouvait. Mais aussitôt seul sur la selle, le guidon instable entre les mains, la peur était si grande qu'il se figeait. Jusqu'à ce que, se souvient-il en souriant, Josef le pousse du haut d'une colline non loin de la mine et que la vitesse était telle qu'il n'osait plus freiner avec les pieds, et continuait à rouler et à rouler.

Je sais, écrit-il, *j'ai promis de te parler de ton frère, mais cela me paraît maintenant ridicule car tu le connais sûrement bien mieux que moi. Je n'ai passé que quelques semaines avec lui, dans un camp au Texas, alors que toi, tu as grandi à ses côtés, tu l'as vu tous les jours pendant des années. J'aimerais te demander comment c'est possible, qu'un homme comme Paul, un homme droit et honnête, ait pu s'enthousiasmer pour la guerre et les nazis au point de traverser un océan. Je n'arrive pas à associer mon ami avec ce type-là, qui brûle pour le Führer, qui veut combattre le bolchevisme et délaisse sa famille pour ça.*

La guerre a marqué Paul, elle l'a transformé et conduit à s'opposer à la plupart des camarades, toutes ces grandes gueules fières de répéter comment ils avaient fracassé un Tommy ou un Russe. Le camp au Texas était rempli de ce genre de types, le camp de l'Utah par bonheur non. Il y en a, mais ils sont en minorité. Paul écoutait leurs histoires en silence, la mine défaite, puis finissait par se lever et quitter la pièce. Paul ne racontait rien, ou presque rien.

— Tout ce sang, avait-il dit une fois après avoir bu quelques bières assis au bord de la Fontaine du Diable, le feu, la boue, la neige, toutes les odeurs de viande brûlée, de sueur, l'artillerie qui gronde, les mitrailleuses qui pétaradent. Que dire là-dessus ? Je n'ai pas de mots pour retranscrire tout ça. T'as bien vu à Cherbourg, ou peut-être juste en partie. L'ouest, c'était encore autre chose. C'était humain, malgré l'agonie et les morts. À l'est, avait-il poursuivi, à l'est, nous étions des animaux. Pire encore.

Franz sait qu'il ne peut pas écrire ça à Wilma, que les implications qui résonnent dans ces paroles, le sens caché de ces mots ne sont pas des choses à imposer à la sœur de son ami. Alors il parle de leur rencontre à bord du paquebot, des brèves pauses ensoleillées sur le pont, de la découverte de New York sur le pas de la porte pour pouvoir voir la statue de la Liberté et les gratte-ciel.

Ces images, écrit-il, *sont gravées dans ma mémoire. C'était l'un des plus beaux moments de ma vie. Et j'en serai éternellement reconnaissant à ton frère pour ça.*

Il est au bord des larmes. Encore deux phrases dans ce goût-là et il va se mettre à chialer comme un bébé. Il glisse le bloc-note sous l'oreiller, se redresse, attrape le livre de Paul posé en permanence sur sa table de chevet. Il lit quelques phrases, même s'il lutte et doit relire de nombreux passages une ou deux fois. Ses yeux se ferment. Il pense à la luminosité en août et septembre, aux champs du Texas, au travailleur qui s'appelle Christmas, ou au personnage de son livre, ou bien ils s'appellent tous les deux comme ça, même si personne ne s'appelle comme ça. Il va dormir, il le sent, il va rêver ; Paul l'attend.

*

— *I've had enough of this!*

Johnson se lève, il ferme le dossier posé devant lui sur la table, il se tourne et quitte précipitamment la pièce. La porte claque, les lamelles du store qui isole le bureau du plateau ouvert derrière vacillent. Franz, assis sur une chaise dans un coin de la pièce, pose le bloc-note sur sa cuisse et souffle un grand coup. L'Allemand, qui était assis en face de Johnson, se gratte la tête et affiche une grimace gênée.

— Il est toujours aussi lunatique ?

Franz lève les yeux au ciel.

— Et encore, tu ne travailles pas pour lui. Tout va pour le mieux, et soudain il envoie tout valser à cause d'une mauvaise traduction ou parce que je me suis mal exprimé en anglais. Il joue les copains, mais en réalité c'est un vrai trou du cul.

— Super, dit le camarade.

Il s'essuie la bouche avec la main gauche. La main droite est menottée à la table. L'homme a une grosse tête carrée, des cheveux foncés, courts et bouclés. Son uniforme de prisonnier a l'air un peu trop petit pour son torse massif. L'homme s'appelle Bullhaupt, Heinz Bullhaupt ; un vrai nom de nazi, se dit Franz. Suspecté d'avoir organisé une grosse bagarre contre des surveillants noirs, dit le dossier. Coups et blessures. Des *Negro Guards* ont été scandés. Rien de tout ça n'aurait été possible au Texas, se dit Franz. Des Noirs, il n'en a vu que dans les champs. Mais dans l'Utah, au dépôt de l'*Army*, il y a des troupes noires, quelques groupes de surveillance, même s'il n'en a jamais vu aucun s'occuper de travailleurs allemands. Selon les Américains, le caporal-chef Bullhaupt a refusé de monter à l'arrière du camion quand un chauffeur noir et des surveillants noirs étaient venus les chercher lui et ses camarades après leur journée de travail dans une usine de boîtes de conserve. Il n'avait pas voulu monter derrière alors que les Noirs étaient assis à l'avant, selon les gardiens. Quand le *corporal* lui a ordonné de monter dans le camion, le caporal-chef Bullhaupt lui a craché au visage et l'a insulté de *dirty negro*. L'incident avait ensuite dégénéré en bagarre, blessant Bullhaupt, le *corporal*, deux autres prisonniers de guerre et un soldat chargé de les surveiller. Seuls la menace scandée par les autres surveillants de faire usage de leurs armes, suivie d'un tir de sommation, avaient permis de contrôler la situation. Après son arrestation, dit le dossier, Bullhaupt a nié en bloc la version du *corporal*. Ses hommes attestent ses dires.

— Sacré merdier, dit Franz.

Il se lève, se dirige vers la table, jette un bref regard en direction de la porte par-dessus son épaule et ouvre le dossier. Bullhaupt le fixe.

— Pouah, à qui le dis-tu ! Ils veulent m'envoyer en taule, au pain sec et à l'eau.

— Combien de temps ? demande Franz.

Bullhaupt hausse les épaules.

— Qu'est-ce j'en sais moi. Pis avec le bol que j'ai, les gardes s'ront tous nègres. Nan mais faut voir. On marche sur la tête. Je l'ai connue moi la honte à l'époque. Les Français et leurs indigènes.

— Tu viens d'où ? demande Franz.

— Bottrop, dit Bullhaupt. Bottrop, Welheim.

— On est presque voisins, dit Franz. Essen, Katernberg.

— C'est pas vrai.

Bullhaupt rit.

— Je suis souvent allé au stade là-bas avec les gars. La montée en division, ça c'était quelque chose.

Franz sourit. Il se rappelle le stade, *Am Lindenbruch*, du bruit et des chants dans les tribunes avec son père. Avant la guerre, ils s'y rendaient le week-end toutes les deux semaines, et s'époumonaient au point de virage. Il s'assied sur la chaise, encore chaude, du *captain* Johnson.

— Bon je t'explique, dit-il. La chose est la suivante. Johnson est peut-être un gueulard, mais en ce qui concerne les nègres, il sait se montrer compréhensif, il est de notre côté.

— Comment ça de notre côté ? demande Bullhaupt.

— Ce qui le fait bisquer, c'est ton silence, camarade. Il veut classer le dossier. Point final, et au suivant. Dans ce camp, rien ne lui hérisse plus le poil que tous ces nègres, exactement comme toi.

Bullhaupt s'adosse, aussi loin que sa menotte le permet.

— Et j'fais quoi moi maintenant ?

— Tu lui dis que tu n'en pouvais plus de recevoir des ordres de cette racaille. Que ça va à l'encontre de tes principes, et de la Convention. Que rien que la présence du *corporal* était une provocation à laquelle tu *devais* réagir.

— Et après ?

Il classera l'affaire. Déclaration du personnel surveillant irrecevable. Aucune preuve.

Bullhaupt secoue la tête.

— Bah ça alors, j'aurais jamais parié avec sa tronche. On dirait presque un Rital.

— Sa mère, dit Franz. Il admire Mussolini.

Bullhaupt respire bruyamment.

— Ce général d'opérette.

— N'empêche qu'il est de ton côté dans l'histoire.

Franz retourne à sa place. Il prend le bloc-note et griffonne quelque chose, tandis que Bullhaupt passe et repasse sa main libre sur sa tête. Quand *captain* Johnson revient et reprend sa place, Bullhaupt se racle la gorge. Johnson ouvre lentement le dossier. Il lève les yeux.

— *I talk*, dit Bullhaupt.

Et il déballe tout. Franz traduit. De temps en temps, Johnson lève la main, interrompt Bullhaupt, pose d'autres questions, d'abord à Franz, puis dans un allemand saccadé, à son interlocuteur. Ça s'était donc passé comme ça. Bullhaupt acquiesce. Johnson prend des notes. Une fois la déposition de l'Allemand terminée, l'Américain reste d'abord silencieux, puis il se tourne vers son interprète.

— *What the hell did you tell him?* demande-t-il.

Franz sourit.

— *Stuff only a fathead would believe.*

— *So he's a pig, but at least a stupid one*, dit Johnson.

Bullhaupt incline la tête, il essaye de comprendre ce que les deux hommes se disent. Franz voit bien que l'homme se doute que quelque chose ne va pas. Quand les gardes arrivent pour l'emmener, il se met à hurler sur Franz et lui demande ce qu'il a foutu.

— Et bon séjour ! dit Franz.

Il regarde les gardiens et Bullhaupt quitter la baraque, hors de lui. Il sourit.

— Pourquoi avez-vous fait ça ? demande Johnson.

Ils sont assis dans son bureau et boivent un café.

— De quoi parlez-vous, *Sir* ?

— C'était un de vos camarades.

— Ces gens-là ne sont pas mes camarades, dit Franz. Ils ne le sont plus. Pas à mes yeux.

— Vous n'allez pas vous faire que des amis.

— D'abord, personne ne le saura, et ensuite, c'est un bon camp. Il y a suffisamment de gens raisonnables ici.

— Bon à savoir, dit Johnson.

Et après une pause :

— Je vous en dois une bonne, Schneider.

Franz le regarde. La peau bronzée de Johnson brille. Son regard est doux, chaleureux.

— Il y a bien quelque chose, dit Franz.

— OK, dit Johnson.

— Vous pourriez envoyer une lettre, dit Franz, une lettre que je ne peux pas envoyer.

*

Dans le mess, un bourdonnement d'abeille, comme toujours, quand quelque chose de spécial s'est produit. Franz reconnaît les petits groupes, ceux qui sont toujours fourrés ensemble, les regards échangés, les chuchotements, les rires, les hochements de têtes. Le regard de Mahlstein quand il est entré dans la pièce, le même Mahlstein au milieu d'un grand groupe de camarades au sein duquel un gaillard strict, glacial tient un discours – SS, SD ou quelque chose dans le genre, se dit Franz ; celui-là leur a échappé, il faut qu'il s'en rappelle, ce regard ne promet rien de bon. La question fuse autour de leur table, mais personne ne sait rien. Quelqu'un dit que le front russe se serait écroulé, d'autres que les Anglais auraient capitulé sous les tirs persistants de missiles V2. "Qu'ils arrêtent avec leurs conneries", dit Hansen. Ils voient Mahlstein s'approcher de leur table en souriant, suivi à la trace par trois camarades de baraque ayant jusqu'ici surtout brillé par leur insignifiance.

— Laisse-le parler, dit Glohberg.

Il trifouille dans ses œufs brouillés. Mahlstein s'assied à l'autre bout de leur table. Certains camarades lui tournent le dos, lui font de la place ou se tiennent à distance. Mahlstein tartine son pain de beurre, met du fromage dessus, il boit du café, avec un calme légendaire, il savoure pleinement le moment.

— Allez accouche, siffle Glohberg.

Hansen pose sa main sur son bras. Franz essaye de se concentrer sur son assiette. Il étête son œuf, il tartine son pain, il mâche. Quand il regarde à l'autre bout de la table, il voit Mahlstein et ses comparses en train de savourer leur petit-déjeuner, très concentrés, mais dès que l'un d'entre eux se met à murmurer, il récolte les rires. Le petit ne se lève qu'une fois son assiette et son gobelet de café vidés. Ses nouveaux amis se redressent aussi. Ils s'approchent d'eux, Mahlstein s'arrête derrière Hansen, pose la main sur son épaule. Hansen ne bouge pas.

— Alors, camarade Hansen, dit le petit, on dirait bien que le vent tourne. On ne devrait plus tarder à renvoyer les Américains en mer, les Anglais et ce qu'il reste de Français avec. Je suis sûr que ça te réjouit, n'est-ce pas, camarade ?

— Si c'est vrai, alors là tu m'en bouches un coin. Mais le grand Hitler ne me souffle pas ses projets dans mes rêves, dit Hansen. Tu peux bien continuer à me chanter ce que tu veux.

Mahlstein rit.

— Très drôle, Hansen, un vrai petit plaisantin. Dommage qu'on n'ait bientôt plus besoin de plaisantins dans ton genre.

— Si tu le dis, dit Hansen.

— Si les Américains capitulent, dit Mahlstein, les choses vont complètement changer ici. C'est nous qui aurons le dessus. J'espère que ça te fait plaisir, camarade Hansen.

Il lève la main, pendant un moment on aurait cru qu'il voulait faire une petite caresse amicale sur la joue rouge de Hansen, pour finalement lui asséner deux bonnes tapes sur l'épaule.

— À très vite, dit-il.

Ils le regardent s'éloigner.

— Mais quelle grande gueule il a d'un coup celui-là, dit Glohberg.

Il laisse ses couverts tomber dans l'assiette.

— La fameuse offensive, dit Franz.

Il regarde Hansen :

— L'offensive à l'ouest.

— Comment il est au courant de ça ? demande Peter Kowalski.

— Chez nous, au Texas, dit Franz, plusieurs camarades avaient bricolé des radios.

— Possible, dit Hansen, mais peut-être aussi qu'un Américain a laissé traîner des informations.

Johnson acquiesce. Il ne pouvait pas en dire bien plus. Mais les informations que Franz avait n'étaient pas fausses, du moins pas complètement. Johnson veut savoir comment il a eu ces informations. Les prisonniers qui se sont réjouis de ces nouvelles avaient pris un malin plaisir à les faire arriver aux oreilles de tout le monde. C'était fâcheux. Franz demande si la situation est critique. Johnson lève les mains.

— L'offensive a été préparée sérieusement, c'est tout ce que je peux dire. Grosses unités, la Wehrmacht, la

SS. La situation est-elle critique pour nos troupes ? Je ne crois pas, mais je ne sais pas. On est un peu loin du front ici.

— Ça va motiver ceux qui étaient très calmes jusque-là, dit Franz.

— Tenez-moi au courant de l'évolution, dit Johnson. Ah, j'oubliais, il ouvre un tiroir et en sort une enveloppe, vous avez reçu du courrier.

Il ne remarque que ses mains se sont remises à trembler qu'à son arrivée dans le *compound* allemand. La lettre virevolte légèrement, il la plaque contre sa poitrine. Ses nerfs ne veulent pas se calmer. Il envisage de changer de main, se demande en même temps depuis combien de temps il n'avait pas tremblé ; il est tellement plongé dans ses pensées qu'il n'entend le crissement des bottes dans la neige que quand elles sont très proches. Il tourne la tête, voit trois hommes derrière lui s'approcher à grands pas. Il se met à courir, s'attend presque à se faire attraper, mais rien ne se passe, il continue à courir, tête baissée. Arrivé au niveau des marches de sa baraque, il se retourne. Les camarades ont dû laisser tomber. Ils sont regroupés un peu plus loin, regardent dans sa direction. Il entre dans la baraque. Glohberg est assis à table.

— Ça commence, dit Franz, ils veulent me choper.

— Tu les connaissais ? demande Glohberg.

Franz secoue la tête.

— Viens, dit Glohberg.

Il se lève. Franz le suit. Thomas Kowalski est allongé sur son lit, l'œil gonflé, la lèvre en sang.

— Merde, dit Franz.

Thomas fait non de la main.

— Ils n'étaient que deux, dans la douche ce matin. Ils ne reviendront pas de sitôt, ces salopards de lâches. Je les ai vus à temps, heureusement. Ils ont dû en sortir un sur civière. Glissé, que j'ai dit.

Il ricane. Ses dents sont encore ensanglantées. Glohberg s'assied sur le bord du lit.

— Plus personne ne sort seul, dit-il, surtout le soir. Et pour aller se doucher, pareil, toujours en groupe.

— Ils ne sont pas assez, dit Kowalski, ils sont en minorité ici.

— Ça peut suffire, dit Franz, s'ils arrivent à rallier les discrets et les trouillards. Toutes ces girouettes.

— Quelqu'un a pissé sur l'oreiller de Hansen, dit Glohberg.

— Inutile de se demander qui, dit Franz.

— On ne s'approche plus de lui. Il a trouvé des gens qui le protègent. Au moins, le temps de l'offensive. Tu en sais un peu plus ? demande Glohberg.

Il remonte ses lunettes, tord plusieurs fois le nez.

Franz rapporte ce que Johnson lui a dit. Glohberg dit qu'il est absolument impossible que le vent tourne. Trop de soldats, trop de matériel. Franz approuve.

— Ils misent sur le facteur psychologique, dit Kowalski, sur le faible esprit combatif de l'adversaire.

— Y a plus qu'à espérer qu'ils se trompent, dit Franz.

*

Cher Franz, lit-il. Ses mains tremblent. Un sentiment grandit dans sa poitrine, un tumulte. Il sent son cœur battre. Il lève la tête. Personne ne bouge, personne ne peut le voir. *Je ne trouve pas les mots pour exprimer à quel point j'étais contente de recevoir ta lettre. Quelle surprise. Tu comprendras mon étonnement quand j'ai lu le nom de l'expéditeur : Captain Horacio Johnson, Armed Forced Depot Ogden, Utah. Et mes parents qui ont d'abord cru à un admirateur secret. Quelle fut ma surprise en découvrant que ta lettre accompagnait le mot du captain Johnson dans l'enveloppe. Quelle joie de savoir que tu vas bien, que nous avons cette possibilité de nous écrire.*

Elle évoque son souhait d'en savoir plus sur son frère, sur son frère au camp, sur le frère qu'elle ne connaît pas. Il ferme les yeux, porte le papier à ses narines, il croit déceler un parfum inconnu. Il l'imagine assise à la table de sa cuisine en train d'écrire cette lettre, ou mieux, à son bureau, une petite table dans sa chambre, en chemise de nuit blanche, juste avant d'aller se coucher. Il plie la lettre. Schneider, se dit-il, tu vas trop loin, tu vas trop loin.

*

Il appuie sur le frein, la voiture s'arrête. Il se tourne vers Johnson, lit le sourire dans ses yeux, ses sourcils parsemés de petits cristaux de gel. Le *captain* a le bonnet enfoncé sur le front, l'écharpe remontée sur la bouche. Les lèvres et le nez de Franz lui font mal, il place les gants devant son visage et souffle à l'intérieur. Johnson descend et fait le tour de la jeep. Le crissement de ses pas est le seul bruit qui vient rompre le silence. Il descend la prairie couverte de neige, s'approche du lac, unique petite silhouette face à ce bleu profond, à l'horizon deux collines blanches, au-dessus d'eux les nuages s'étendent en filaments gris, comme étendus sous une coupole invisible. Fixer le ciel étourdit Franz, comme s'il pouvait tomber en hauteur. Il descend, suit Johnson sur la rive au bord de laquelle un léger vent souffle la neige autour de leurs bottes.

— Dès que je peux, dit Johnson, je m'échappe et roule jusqu'ici pour voir le lac.

Il enlève un gant, plonge la main dans l'eau, lèche un doigt et grimace.

— Les gens d'ici disent que le lac ne gèle jamais. Et qu'il contient tant de sel qu'il peut soulever un homme en été. J'espère rester ici suffisamment longtemps pour pouvoir essayer.

Il s'essuie la main sur sa veste d'uniforme et remet son gant. Johnson dit qu'il l'attend à la voiture.

— Profitez de ce moment seul.

En remontant vers la voiture, l'Américain enfonce la tête dans ses épaules. Franz se tourne, croise les bras. La voilà l'explication : le lac. Ce matin, ils ont pris la route pour l'arsenal d'Ogden, près de l'aéroport au sud de la ville, pour superviser le transfert du caporal-chef Bullhaupt dans la prison locale. Franz a tout de suite compris que sa présence était inutile, Bullhaupt refusait de parler avec lui et les surveillants de l'arsenal disposaient de leurs propres traducteurs. Depuis le début, Johnson n'avait probablement pensé qu'à cet instant où il lui ordonnerait de quitter la route pour Ogden et d'emprunter le chemin cabossé qui menait à la rive du lac. À chacune de ses questions, il lui avait répondu de rouler et d'arrêter d'en poser. Et de faire son Américain. Franz crache dans le lac. L'eau gargouille, fait de petites vagues. Pendant un bref instant, c'est comme s'il y avait un tintement dans l'air, comme si quelqu'un secouait de petites cloches. L'autre bout de la rive n'est pas visible, seules les modestes hauteurs enneigées d'une île au sud. Même s'il sait que Johnson l'attend à quelques mètres, il se sent seul. S'il retourne en Allemagne, un jour, personne ne comprendra, personne n'arrivera à comprendre tout ça, pas sa mère ni même son frère. Ses souvenirs feront de lui un inconnu. Peut-être, se dit-il, quand tout sera fini, peut-être que ce sera possible : lui et Josef sur cette rive, dans un train lancé à travers toute cette immensité, ou mieux encore, en voiture. Il imagine le regard vif de son frère. Des chimères. Il s'agenouille, tout près de la rive, laisse un gant tomber dans la neige et plonge la main dans l'eau, pas pour la goûter, non pas comme Johnson. Il n'a pas la même manière de goûter. Il creuse et gratte, tombe rapidement sur un galet plat, de la taille d'un pouce, puis il sent une surface rugueuse, presque piquante ; il regarde, découvre le cristal de sel, attrape un bloc, tire malgré la résistance, même si ses doigts souffrent du froid, il essaye encore et encore, jusqu'à parvenir à détacher un petit bout, pas plus gros qu'une bille. La paume de sa main brûle, une petite traînée de sang virevolte brièvement dans l'eau avant de disparaître. Il remet sa main dans le gant, il essaye d'ignorer la douleur. La pierre ou le sel qu'il porte à ses yeux se compose de plein de petits cristaux anguleux qu'il lèche malgré tout avec précaution, fermant instantanément les yeux car le goût est si intense qu'il croit sentir sa bouche s'embraser. Il glisse le galet et le sel dans la poche de poitrine de son uniforme avant de retourner à la voiture. Il s'attendait à ce que Johnson commente son retour, le questionne peut-être, mais il reste silencieux et sourit, puis saisit une flasque de sa poche de poitrine, la dévisse et boit une gorgée. Franz pourrait le faire arrêter pour ça, lui dit-il, avec tous les mormons qu'il y a dans le coin. Lorsqu'il remarque le regard dubitatif de Franz, il ajoute qu'ils ne sont pas très portés sur l'alcool. Cette proximité, cette ouverture mettent Franz mal à l'aise. Il se sent pris de court. Sa gêne est sûrement palpable, car Johnson range aussitôt la flasque métallique.

— En route, dit l'Américain.

Franz démarre, il manœuvre. Il aimerait dire quelque chose, mais il ne sait pas comment. Ça le désole. Il est reconnaissant pour ces quelques minutes au bord du lac, même pour le moment de solitude. Deux pierres de l'extérieur, se dit-il, deux pierres de l'autre côté de la clôture. Comment être reconnaissant envers son supérieur et son ennemi. Mais pourquoi ennemi, se dit-il, il n'est pas ton ennemi, l'ennemi c'est les autres.

La route du retour se fait en silence. La tête de Johnson sombre vers sa poitrine, ce n'est que lorsqu'ils s'arrêtent à l'entrée du camp pour se faire contrôler qu'il la relève.

— Vous devriez écrire à Wilma, dit Johnson lorsqu'ils s'arrêtent devant l'administration. La pauvre a dû attendre si longtemps qu'elle a envoyé une deuxième lettre.

— Toute cette agitation, dit Franz, l'offensive.

— Racontez-lui tout ça. Vous échappez à la censure en passant par moi, profitez-en. Écrivez-lui.

Il tape sur son bonnet, se lève et entre dans la baraque. Franz conduit la jeep dans un des hangars, fait mine de sourire à la blague du mécanicien. Il se sent lourd, gelé. Lorsqu'un groupe de soldats italiens arrive à sa rencontre, il le traverse sans rien dire. Il ignore leurs rires, leurs provocations, fixe le sol. S'il croisait Mahlstein, il lui enverrait une droite en pleine poire ; non, pas une droite en pleine poire, il lui fracasserait le crâne, comme ça.

Chère Wilma, écrit-il, *pardonne-moi ce long silence. J'ai reçu ta deuxième lettre, et je suis désolé de lire tout le souci que tu t'es fait pour moi. Captain Johnson m'a rappelé à l'ordre, il prend son rôle d'intermédiaire vraiment très à cœur.*

J'espère que toi et ta famille avez passé de belles fêtes de Noël, malgré tout cela, que vous avez trouvé un peu de réconfort en ces temps difficiles, que l'année 1945 a bien commencé pour vous. Je suis heureux d'apprendre que tu vas bien, que tu te plais à l'école et que tu souhaites étudier à l'université. Pour ma part, je n'étudierai jamais, mais je remercie au moins ton frère de m'avoir donné un aperçu de la littérature américaine qui t'intéresse tant. J'ai encore un roman de Paul, que je lis, ou que je tente de vaincre, mais même si je dois m'y reprendre à trois fois pour arriver à bout d'une page, je n'abandonne pas. J'ai longtemps réfléchi à ce que je pouvais te raconter sur ton frère. Voici un début : je lui suis reconnaissant de m'avoir mis un coup de pied dans le derrière. De m'avoir proposé des livres, parlé anglais. De n'avoir jamais toléré aucune excuse. J'imagine qu'il n'a pas dû être un frère facile, au quotidien, mais ici, en captivité, il a été l'ami dont j'avais besoin. Je ne pourrais jamais lui dire ce qu'il a changé, jamais lui parler du poste de traducteur que j'occupe ici, jamais des bons camarades que j'ai rencontrés, ni même des mauvais ;

il ne sait pas à quoi ressemble le Grand Lac Salé en hiver, il ne le saura jamais. Quelle injustice. Mais il serait ravi d'apprendre, ça j'en suis sûr, il serait ravi d'apprendre que tu souhaites étudier la littérature, que nous nous écrivons des lettres. Il plaisanterait là-dessus, c'est sûr, mais ça lui ferait plaisir. J'aimerais bien que tu m'en dises plus sur lui, et même sur toi et tes parents, je suis content de savoir ce qui se passe dans vos vies, déjà parce qu'elles se passent en dehors d'un camp. Elles renferment des choses qui n'ont rien à voir avec la guerre. Tout tourne autour de la guerre ici. Avec l'offensive allemande à l'ouest, encore plus désormais. Mais je trouve le temps de lire, je trouve le temps de t'écrire. Je te le promets !

Ton Franz

*

Il entre, ferme la porte. Hansen et Glohberg lèvent la tête, Peter se tourne sur sa chaise. Deux hommes, qui se réchauffent au coin du poêle, lèvent également les yeux.

— Alors ? demande Hansen.

— C'est cuit, dit Franz. Ils n'ont pas encore été complètement repoussés, mais la percée a échoué, la Belgique reste entre les mains des Américains.

Kowalski tape sur la table. Les hommes près du poêle échangent des regards. Ils sourient.

— Ils vont être obligés de reculer vers le Rhin, dit Glohberg. Faut juste espérer que les Américains soient plus rapides que les Russes.

— Faudrait y mettre un terme, dit l'un des deux hommes près du poêle, un terme immédiat, arrêter de gâcher ce qu'il reste de sang allemand.

Regarde-moi ça, se dit Franz, comment il parle celui-là d'un coup. Müller, Wolfgang Müller, l'un des taiseux de la baraque, une girouette. Jusqu'à aujourd'hui. Son ami, le caporal Zollman, approuve. C'était complètement irresponsable de continuer à se battre. Alors qu'il était clair que la guerre était perdue. Dans sa tête, Franz ajoute les camarades à la liste des raisonnables, même s'il faudra tout de même les garder à l'œil. Ils vont tous plier, se dit-il, les uns après les autres, certains prétendront qu'ils l'avaient toujours su et d'autres n'avoir jamais été au courant de rien.

— Il a d'autres nouvelles ton *captain* ? demande Hansen.

Franz secoue la tête.

— Pour l'instant, il ne se passe pas grand-chose à l'ouest. Je suppose qu'ils rassemblent leurs forces avant de frapper de nouveau.

— S'ils frappent, dit Hansen, j'espère que ce sera avec un gros marteau bien lourd.

— Le voilà notre invité d'honneur !

Hansen se lève et se dirige vers la porte. Mahlstein se fige instantanément en voyant les hommes à table, son compagnon fait un pas en arrière, mais Hansen est déjà à leur niveau et ferme la porte. Il indique au grand type toujours collé à Mahlstein de bien vouloir dégager. L'homme baisse les yeux et se dirige vers son lit. Mahlstein essaye vainement de capter son regard. Hansen se place à côté du petit et l'attrape par le coude. Mahlstein tente de se dégager, mais Hansen a une poigne de fer.

— Allons bon, cher camarade Mahlstein, dit-il, nous avons des choses à fêter.

Il l'attire vers la table, lui fait signe de s'asseoir. Franz, assis en face de Mahlstein, observe le vacillement nerveux de ses pupilles. Hansen rapproche la chaise de Mahlstein de la table jusqu'à ce que son ventre touche le bord. Il s'assied à sa gauche, à sa droite est assis Peter Kowalski ; Thomas Kowalski, Glohberg et Franz sont assis en face. Le visage de Mahlstein a perdu toutes ses couleurs.

— Qu'y a-t-il à célébrer ? demande-t-il.

— La fin de l'offensive, voyons, dit Hansen.

Sa paluche droite s'abat sur la nuque de Mahlstein.

— L'échec du grand monsieur Hitler. Et qui mieux que le petit pour fêter ça ?

— Tu mens, dit Mahlstein en avalant presque ses mots.

Hansen lui demande de répéter et se penche vers lui, il n'entendait pas ce que le camarade disait.

— Tu mens, répète Mahlstein, cette fois-ci un peu plus fort.

Hansen sourit. Des gouttes de sueur s'écoulent sur sa grosse tête rouge. Il fait beaucoup trop chaud, le poêle marche à plein régime, mais Hansen en a décidé ainsi. Glohberg ajoute que le bon camarade Mahlstein pouvait leur faire confiance. Il enlève ses lunettes, cligne des yeux. Ils tenaient leurs informations de source sûre. Mahlstein dit que les Américains mentent comme ils respirent.

— C'est *nous* qui te disons que l'offensive est terminée, camarade Mahlstein. Tu veux insinuer que nous sommes des menteurs ?

Hansen enlève sa main de la nuque de Mahlstein et lui lance un regard offusqué.

— Je pensais que nous étions amis, de vrais camarades.

— Nous ne sommes rien du tout, dit Mahlstein.

Hansen lève l'index et le fait tourner, comme un vieux savant fou. Comme c'était dur d'entendre ça. Eux qui vivaient sous le même toit, dormaient presque dans le même lit. Il rit. Ça ne devrait plus tarder, pense Franz. En parlant de lit, poursuit Hansen, quelqu'un lui avait fait un sacré cadeau il y a quelque temps, déposé en fines gouttes, très précieux. Mais ce camarade, si bien intentionné mais tête en l'air, n'avait pas conservé les gouttes dans une bouteille, non, il les avait simplement déversées sur son oreiller. L'idée était bonne, mais maladroite. Heureusement que lui n'était pas aussi maladroit. En prononçant ces mots, Hansen pose le bocal sur la table.

— Ces nobles gouttes sont bien là pour célébrer quelque chose, n'est-ce pas, camarade Mahlstein ?

Il pousse le bocal juste devant Mahlstein. Le liquide clair clapote à l'intérieur. Il ouvre le bocal. Les mains de Mahlstein sont posées sur la table et tremblent, mais le regard qu'il lance à Hansen semble perplexe.

— Bois ! dit Hansen.

Mahlstein regarde le bocal, dont le contenu a déjà répandu sa puanteur dans toute la pièce.

— Estime-toi heureux que ce ne soit pas la saison des asperges, dit Thomas.

Il grimace.

— Arrête tes conneries, dit Mahlstein.

— Tu bois ça, maintenant ! dit Hansen. Jusqu'à la dernière goutte. Et si tu refuses, tu peux faire ta prière !

— Et si tu vomis, on te le fera manger, dit Peter.

Silence. Ils attendent. Mahlstein les regarde. Franz a le sentiment que le camarade le fixe avec un peu plus d'insistance. Tu peux me faire tes yeux, se dit-il, tes yeux de mendiant. Il sourit, montre les dents. Mahlstein baisse alors les yeux et pose la main autour du bocal. La sueur coule le long de son nez avant d'atterrir dans la pisse, et le long de ses sourcils pour tomber sur la table. Ça fait plop. À nouveau, plop. Il se met à boire. Il essaye de prendre des grosses gorgées, il ferme les yeux, Franz voit qu'il commence à avoir des haut-le-cœur, mais Hansen l'attrape et lui ferme la bouche.

— Avale bien tout ! dit-il.

Mahlstein couine, il écarquille les yeux, s'étrangle. Comme un porc, se dit Franz, comme un porc. Quand Hansen est sûr que Mahlstein a avalé, il le relâche. Le front de Mahlstein s'écroule sur le bord de la table. Franz l'entend gémir. Hansen l'attrape par les cheveux et lui lève la tête.

— Il en reste un peu là, dit-il. Il ne faudrait pas gâcher un si bon breuvage.

*

Chère Wilma,

Nous croulons sous un manteau de neige gelée ici. Je ne traduis pas grand-chose, je fais plutôt des tâches de secrétaire, je conduis captain Johnson par-ci par-là, parfois juste pour le plaisir de rouler j'ai l'impression. Je tape des lettres, je lis des journaux, je bois du café, je papote avec les Américains dans la baraque. Fraternisation. Ça n'a pas l'air de déranger qui que ce soit ici. J'ai terminé un cours de grammaire allemande, je m'inscris à d'autres qui peuvent compter comme cours préparatoires pour le baccalauréat. Je ne sais pas si j'arriverai au bout.

Peut-être que la fin de la guerre, que j'attends avec impatience, me coupera l'herbe sous le pied. Nous suivons l'évolution comme nous le pouvons ; pour les camarades de baraque, je suis un peu comme la gazette du coin car je leur raconte tout ce que Johnson me dit. Nous sommes contents que les Américains s'approchent du Rhin. Aussi parce que ça fait taire ceux qui croient encore à une victoire allemande. Nous avons quelques spécimens de ce genre dans la baraque, mais ils sont en large minorité, et subissent nos petites plaisanteries.

J'ai glissé une photographie dans l'enveloppe, qu'une Américaine a prise de moi à mon poste de travail. Johnson dit que j'ai presque l'air d'un Américain dessus. Je ne trouve pas, surtout avec le gros PW cousu sur la poitrine. Mais j'espère que tu aimeras. Je pense à tes parents, j'espère qu'ils vont mieux. Je pense à toi également, et attends ta lettre avec impatience.

Ton Franz

*

Mars, fonte des neiges. Il reste souvent devant la baraque à fixer les lourdes masses nuageuses chassées de l'Utah par des tempêtes printanières. Il y a encore de la neige sur les montagnes à l'est. Il prévoit de demander à Johnson de lui accorder l'audace d'aller dans la vallée en face de l'autre côté d'Ogden. Il aimerait des pierres des sommets montagneux, sentir l'air en altitude. Il a reçu une lettre de sa mère et son frère, envoyée avant Noël. Ils lui souhaitaient de bonnes fêtes de fin d'année. C'était bizarre de lire ces lignes. Des futilités sur le temps et la fin d'année. La lettre prouve qu'ils étaient encore en vie il y a deux mois. Ça compte, rien d'autre. Il a répondu, parlé des prémices du printemps dans l'Utah, dit qu'il avait vu le Grand Lac Salé, bien plus grand que le lac de Constance. Des phrases envoyées vers un monde en ruine. Il a vu des clichés des bombardements américains dans un journal télévisé hebdomadaire local. Le cinéma était plein à craquer et très silencieux. Personne n'a crié à la propagande, à la falsification, seul Mahlstein avait ouvert sa gueule, avant de recevoir la gifle de Hansen. Ils sont retournés dans leurs baraques, têtes baissées. Il essaye d'effacer les images comme il le peut. Il rêve de Wilma, rêve de Paul, de vastes champs en Alabama. Les jours défilent. La routine, ou un semblant de.

*

Cher Franz,

J'étais vraiment ravie de recevoir tes lettres. Cette fois-ci, c'est moi qui ai mis du temps à répondre. J'aime découvrir tes histoires sur mon frère, je les relis sans cesse, elles me rendent fière, même si je dois bien avouer que ta description a suscité un sentiment d'étrangeté chez moi. Je n'ai pas vu mon frère pendant cinq ans, j'étais encore une enfant quand il est parti. Je me souviens des cris à la maison, des pleurs. Je me souviens d'un jeune adolescent qui ressentait d'un seul coup le besoin de devoir bomber le torse en permanence, qui parlait du Corps du Peuple, du Führer. Qui défilait dans les rues avec ses amis, sous les flambeaux et les drapeaux. Il m'a montré des clichés à l'époque, de la manifestation du Bund germano-américain à New York. Cette foule, les tambours ; et sur la scène, ces drapeaux de George Washington et de la croix gammée. Tout ce que nous avions partagé jusque-là, les livres, les films, ça ne voulait tout à coup plus rien dire pour lui, ce n'était pas allemand, c'était sale. Aujourd'hui, j'ai l'impression que cette métamorphose s'était faite en une nuit, mais évidemment que ce sont des bêtises, évidemment que je n'ai pas su reconnaître les signes, les signaux, j'étais trop jeune pour comprendre tout ça : les nouvelles émissions de radio, les livres, les journaux, les nouveaux amis. Je ne pouvais plus parler avec lui. Jusqu'au bout, j'ai espéré qu'il ne monte pas dans ce train avec ses camarades, qu'il saute sur le quai en rigolant et en expliquant que tout ça était une blague. Je suis reconnaissante pour les quelques heures que j'ai pu passer avec lui au Texas, et pour tes mots. Ils décrivent certes un inconnu, mais qui m'est bien plus familier que cet adolescent insupportable qui est parti en Allemagne à l'époque. Ça embellit les choses. C'est une vraie chance que vous vous soyez rencontrés.

Ta Wilma qui t'étreint

*

Quand Franz entre dans la baraque et se rend à son poste de travail, le Feldwebel Bartels se redresse et vient vers lui. Franz fait le salut militaire, Bartels lui fait signe de s'asseoir. Le Feldwebel prend appui sur le bord du bureau.

— C'est bientôt fini, dit-il. Le bassin de la Ruhr est encerclé. Vous avez de la famille là-bas ?

Franz acquiesce. Les machines à écrire martèlent dans sa tête. Ça fait tac-tac-tac-cling. Il entend les interférences de la radio, partout des sonneries de téléphone, tout est très bruyant.

— Toutes les armées y sont isolées. Le général Model aurait reçu l'ordre de combattre jusqu'au dernier homme. Des troupes du *Volkssturm** sont levées en masse. D'autres divisions américaines avancent déjà vers le nord et l'est.

Bartels secoue la tête.

— C'est une honte de continuer à faire couler le sang allemand.

Le regard du Feldwebel est rivé sur Franz qui essaye de réagir, de sourire, mais en vain. Il a le regard vide, se concentre sur sa respiration. Bartels tape sur la table.

— Ça va aller, Schneider, ça va aller. Ce n'est l'affaire que de quelques jours.

Bartels retourne à son poste. Franz imagine les panzers dans la Zollvereinstraße, les jeeps américaines devant chez lui. La mère et le frère dans la cuisine, si la cuisine est encore là, la mère et le frère à table ; en train d'attendre, en silence. Il pense à Aix-la-Chapelle, aux combats urbains, à l'ordre de ne capituler sous aucun prétexte, il pense au *Volkssturm*, à ce que c'est en réalité, et surtout à ceux qu'ils enrôlent. Il pense à Model, et aimerait bien savoir quel genre de type il est. S'il est plutôt du genre à céder. Si proche de la fin, si proche ; ou s'il est plutôt du genre à sacrifier ses troupes pour rien. Ça va passer, c'est bientôt fini. Son téléphone sonne. Johnson a besoin d'une traduction. Il se lève. Il va traduire. Et dans quelques jours, ce sera fini.

* Milice populaire allemande levée en 1944 pour épauler la Wehrmacht à la fin de la guerre.

*

Les premières fleurs printanières dans les pelouses du camp et autour, les rayons du soleil qui commencent à chauffer ; des nuées d'oiseaux de retour du sud. Dans les visages des camarades, l'hiver est toujours présent. Ça murmure dans les secteurs américain et allemand, les Italiens crient depuis leur *compound* que "l'Allemagne est battue" et rient. À son poste de travail aussi, l'attente est insoutenable. La radio émet en continu. Chaque matin, les journaux sont pris d'assaut. Un nouveau quotidien a fait son apparition, *Der Ruf*, soi-disant écrit *par les prisonniers de guerre allemands pour les prisonniers de guerre allemands*. Il lit :

> L'offensive du général Eisenhower dans la province nord du Rhin a conduit les armées canado-britanniques et américaines à élargir leur front en bordure du Rhin. Cologne et Bonn ont été prises d'assaut et, en face de Remagen sur la rive est du Rhin, une tête de pont considérable a été constituée. La rive droite du Rhin, en particulier les villes de Düsseldorf et Essen, croule sous les tirs d'artillerie incessants.

Il écarte le journal. Un matin, quelques jours plus tard, le soulagement est annoncé à la radio : la poche de la Ruhr a capitulé, le général Model se serait tiré une balle.

Franz remonte avec Johnson l'étroite rue qui mène dans la vallée à l'est de la ville, à leur gauche, la très animée Ogden River, si proche de la voie ferrée. La fonte des neiges, selon Johnson, en été il ne reste plus rien de la rivière qu'un fin ruisseau. Les falaises sont parfois si proches que son passager pourrait les toucher, s'il s'appuyait sur la jeep. Des pins et des chênes d'un vert repu et satisfait. Plus la jeep peine à grimper, plus la vallée s'étend. On aperçoit des cabanes en bois sur les versants, quelques chevaux. Ils atteignent le barrage de Pineview, petite bosse insignifiante équipée d'une unique porte à flots au nord. Derrière s'étend le lac cristallin, dont la fine embouchure les suit sur plusieurs centaines de mètres, avant de se jeter dans l'étendue d'eau et d'ouvrir sur l'intégralité de la vallée. À l'horizon, les sommets des montagnes encore recouverts de neige ; devant, de petites collines, des pâturages et des troupeaux de vaches. La cloche d'une église retentit. Ils sont assis sur la rive, regardent au loin, en silence. Franz trouve un galet, une pierre grise ordinaire. Il pense à Katernberg, à la fin. Johnson lit un livre. Entre eux deux, une corbeille pleine de nourriture. C'est parfaitement calme, il n'y a que le doux clapotis de l'eau sur la rive, un froissement parfois, quand Johnson tourne une page.

*

À la radio, les voix bourdonnantes qui lui amènent le monde jusque dans l'Utah. Le sud de l'Allemagne et la Bavière aux mains des Américains, les Russes à l'entrée de Berlin. Le matin du 2 mai, lorsqu'il entre dans la baraque pour aller travailler, la musique est forte et les Américains s'esclaffent. À une table proche de l'entrée, le visage familier sur la couverture du *Stars and Stripes*, le titre couvrant la moitié de la page : *HITLER DEAD. Fuehrer Fell at CP, German Radio Says**. En bas à gauche, un petit encadré et ce titre : *Churchill hints peace is at hand***.

Il avance entre les rangées de bureaux. Rires, bavardages, on lui serre la main, on lui fait des accolades. Le bourbon coule à flots dès midi. Franz s'étonne, il n'arrive pas à se réjouir. Même pendant le déjeuner au mess, au milieu des Américains qui sourient et jubilent, il aurait bien envie d'en faire de même. Mais il n'y arrive pas. Trop d'histoires du Führer, de ce cher oncle Hitler, trop de chants et de serments autour du feu de camp ; ils t'ont détraqué, complètement détraqué, ton père et tous les autres. Détraqué jusqu'à l'os. Il se sent triste. Pas pour cet homme, non. Qu'il aille se faire foutre le salopard, murmure-t-il, qu'il aille se faire foutre. Triste, car c'est la fin de quelque chose qui, pour l'enfant qu'il était, avait commencé dans la joie. Un imbécile, un imbécile naïf et rieur. Il pense à Mahlstein, le pauvre type. Si ton frère n'était pas ton frère, se dit-il, le cœur de ton père ne se serait pas arrêté de battre, peut-être que tu serais à la place de Mahlstein, peut-être que tu serais assis avec lui dans la baraque en ce moment même, en train de pleurer la mort du Führer.

La fin de la guerre quelques jours plus tard, davantage de célébrations, davantage de rires. Partout le jazz, partout des drapeaux américains. Cette

* "Hitler est mort. Le Führer tombé à son poste de commandement, selon la radio allemande."
** "Churchill laisse entendre que la paix est proche."

fois-ci il rit, cette fois-ci il boit du scotch, il danse avec une secrétaire américaine, enivré par son parfum, la tête qui tourne. Le Feldwebel Bartels le prend dans ses bras. Preuve que tout est bien fini, un sous-officier allemand n'aurait jamais enlacé un simple soldat. Johnson est assis à son bureau, le sourire aux lèvres, à l'écart du bruit qui règne dans le reste de la baraque. Il savoure le verre de whisky devant lui.

— Sortez faire la fête, dit-il, vous l'avez bien mérité.

*

— Et maintenant ?

Glohberg l'attend à table, se gratte la nuque. Franz s'assied. Ils ne disent rien. Il sent l'alcool, sent l'excitation résonner en lui. Glohberg pose ses lunettes sur la table, joue avec les branches ; ses petits yeux clignent en permanence, comme pour se concentrer, Franz se demande bien sur quoi, il a plutôt l'impression qu'il bidouille le métal pour bidouiller quelque chose. Au fond de la baraque, des camarades murmurent. Personne ne se manifeste. Il a vu quelques visages souriants à l'entrée du *compound* allemand, certains lui ont fait signe, mais la joie, si tant est qu'on puisse parler de joie, est très discrète ici, étouffée, elle fait simplement écho au tumulte américain.

— Et maintenant ?

Glohberg répète la question, il lève la tête, chausse ses lunettes.

— Aucune idée, dit Franz.

— Bon Dieu, ils savent faire la fête.

— Oh que oui. Scotch et jazz.

— On ne peut pas leur en vouloir, ils ont gagné.

— Et nous ? Qu'est-ce qu'on devient maintenant ?

Glohberg fixe un moment la table, passe l'index sur les veinures.

— On est foutus, officiellement foutus.

— Peut-être que nous aussi on va y gagner en fin de compte, si tu vois ce que je veux dire.

— Oui, en fin de compte. S'ils laissent quelque chose. S'ils ne rasent pas tout pour mettre les vaches en pâture, de Flensburg à Munich. Je pourrais enseigner la traite plutôt que l'algèbre.

Il rit. Les verres de lunettes grossissent ses petits yeux fermés. Il frappe trois fois du plat de la main sur la table, se lève et s'éloigne vers son lit. Il va lire, c'est toujours ce qu'il fait quand ils ne sont pas assis ensemble, il a l'impression. Franz pose le front sur la table. Bel et bien fini. Encore faut-il que son frère et sa mère aient survécu, qu'ils soient encore assis à la table de la cuisine à Katernberg. Il les imagine en train de se lever alors qu'il ouvre la porte, en train de rire, de s'enlacer. Presser la tête de sa mère contre sa poitrine et sentir cette odeur de savon, avant d'aller lover sa tête contre l'épaule de son frère. Là, ce serait bien. Il aimerait qu'ils soient assis en face de lui, deux silhouettes familières et souriantes, ici dans l'Utah, il n'a plus qu'à relever la tête et à ouvrir les yeux. Ses mains sentent le bois de la table, leur table à manger, la mère a retiré la nappe et attend simplement son retour, le frère qui ricane à ses côtés, son visage maigre, rasé de près, ils attendent, ils attendent. Il ouvre les yeux, relève la tête, fixe la lourde porte en bois sur laquelle un camarade a accroché une carte à jouer. Quelqu'un tire dehors, ou alors c'est un feu d'artifice. Paul les aurait rejoints en face, il aurait célébré avec eux. Mais il n'est pas Paul.

*

La porte s'ouvre. La file se met en mouvement et avance lentement dans le cinéma, les hommes se répartissent sur les sièges, certains doivent rester debout.

— Qu'est-ce qu'on fait là ? demande Glohberg.

Franz hausse les épaules, c'est lui qui a traduit la convocation au cinéma de tous les prisonniers de guerre allemands, par compagnie et baraque correspondante, à des heures précises ; mais quand il a posé la question à Johnson, il a secoué la tête et répondu qu'il ne savait pas. Franz est persuadé qu'il a menti, mais il n'a pas posé d'autre question.

Des gardes américains ferment les volets en bois devant les fenêtres, seul un fin rayon lumineux parvenant de l'entrée pénètre dans la pièce obscure. Le projecteur commence à ronronner, des réflexions de lumière blanche vacillent sur la toile. Quelques hommes rient, toussent.

— Vos gueules ! s'écrie un autre.

Au début, ils ne voient qu'un bâtiment d'entrée au sommet duquel siège une horloge carrée ; un drapeau, que Franz ne parvient pas à identifier, flotte au-dessus. Il fixe les jeeps et les camions américains garés devant, les hommes en uniformes foncés. Brève coupure, puis une vue aérienne tremblante sur toute une série de baraques ; devant, sur un grand terrain clair, des hommes avancent, tournent en rond, d'autres sont rassemblés en petits groupes immobiles. Une voiture traverse l'image. Nouvelle coupure : une porte métallique se ferme, on y lit cette phrase : *Jedem das Seine**. Des grandes lettres sombres sur fond blanc ; on aperçoit des hommes derrière, vaguement, ils s'approchent, les visages deviennent perceptibles. Une voix américaine grinçante se fait entendre, elle commente les images, mais Franz n'écoute pas. Autre coupure. Des camions blancs avec l'inscription *Red Cross* traversent l'image, puis un flot de personnes passent le portail ouvert et s'approchent. Des hommes maigres, quelques-uns en manteaux, beaucoup seulement vêtus d'un pantalon et d'une chemise rayés, les casquettes de travers sur leurs crânes rasés. Les visages amaigris, décharnés. À côté de lui, Hansen prend une profonde inspiration. Franz tressaille, plante les ongles dans ses cuisses. Puis des portraits d'hommes, jeunes et vieux, qui fixent la caméra, hésitants, certains sur des béquilles.

Les scènes suivantes côtoient l'horreur, elles montrent la porte ouverte d'un baraquement dans lequel on ne peut qu'entrevoir les cadavres, des montagnes de vêtements devant, puis un plan étrange montre les membres maigres, disloqués d'un corps étendu sur le sol. La caméra revient sur les hommes autour, qui, au même instant, ôtent leurs bonnets comme pour saluer le cadavre. Des couvertures sont soulevées, une main lève la chemise sur un corps blanc, pointant les côtes, le ventre creusé. Glohberg place ses mains devant son visage. Hansen lui donne un coup de coude. Le regard de

* Maxime juridique datant de deux mille ans, *suum cuique* : "à chacun son dû".

Hansen est fixe, rivé sur la toile, il ne bouge pas. Des larmes coulent sur son visage. Glohberg enlève ses mains, ferme brièvement les yeux, Franz l'entend prendre une inspiration. Il fait corps avec les camarades autour de lui, tous ces corps transpirants qui dégagent une odeur âcre, la bile lui remonte à la bouche. Mon Dieu, répète quelqu'un sans cesse, mon Dieu, mon Dieu. "Ferme-la", siffle un autre. Tu dois regarder, se dit Franz, tu dois. Une série de cadavres, bouches ouvertes, têtes penchées. Et face à l'écran, les Allemands, les Allemands en sueur, serrés les uns contre les autres, collés les uns aux autres, épaule contre épaule, côte à côte. Il a l'impression de sentir le poids de chacun d'entre eux, cette pression lui écrase la poitrine. Tu n'arrêtes pas de détourner le regard, pourtant tu dois, tu dois regarder, non, tu dois sortir d'ici. Mais les Américains se tiennent devant les portes et les fenêtres, armés, prêts à cueillir celui qui leur servira la moindre excuse. De plus en plus d'hommes pleurent, de plus en plus de têtes se baissent. *Tu dois regarder*, toujours cette phrase, *tu dois savoir*. Il pense à Paul, à ses récits à demi-mot sur la Russie, pire que des animaux, pire que des animaux. Sa chemise est trempée, il voudrait la déchirer, il enroule son corps de ses bras, se cramponne, sent la jambe de Glohberg trembler contre la sienne.

Le film revient un instant sur les vivants, les enfants, les jeunes et les vieux. Les gros yeux, les visages maigres. Les os, la peau sur les os. Un homme est appuyé contre un mur, son torse nu aussi menu que celui d'un enfant. Il pleure. Passé cette scène, le reste du film est consacré à la mort, la mort dans les yeux et les bouches ouverts, dans les tas de corps empilés dans des fosses, dans les baraquements et dans les bennes des camions. Les têtes en arrière et les nuques tendues, les bras et les jambes aussi fines que des branches, des montagnes de vêtements dans lesquelles on s'imagine les hommes, puis des corps nus, toujours plus de corps nus, empilés, entassés. De la viande blanche. Sa bouche n'est plus qu'amertume, il sent son estomac se retourner. Tu dois, se dit-il, mais ce n'est plus possible, il fixe le sol, il sent Hansen lui empoigner le bras, essayer de le redresser, mais il secoue la tête, il ne peut plus. Par terre, de petits cailloux et du sable, plop-plop, la sueur s'écoule de son front, ça fait partie de toi, de nous tous, ça en fait partie, pour toujours, ils ne le pardonneront jamais, impossible, absolument impossible qu'un tel pays continue d'exister, ils vont vous éliminer ; la sueur goutte, il tremble, il fixe les interstices entre les lames de planchers, fixe l'obscurité.

— Les fours, entend-il Glohberg murmurer, mon Dieu, les fours.

Quand les fenêtres sont ouvertes, quand la lumière du printemps inonde de nouveau la pièce, personne ne bouge. Ils se regardent. En silence. On entend les pleurs étouffés de quelques hommes. De nombreux visages sont figés, les bouches fermées, le regard encore rivé sur la toile blanche.

Un commandant américain avance sur le devant de la scène. Il prend son temps, il attend, regarde par-dessus leurs têtes, puis finit par prendre la parole. Ces images ont été tournées il y a quelques semaines à Buchenwald, en plein cœur de l'Allemagne. Il répète :

— En plein cœur de l'Allemagne.

Personne ne pouvait insinuer que c'était des mensonges. Personne. Ils étaient invités à regagner leurs quartiers et à ne plus les quitter jusqu'à ce que toutes les compagnies aient assisté à la projection.

— Vous devez bien comprendre pour quel genre de gens vous êtes allés en guerre, dit-il.

Ils sortent, rejoignent leurs baraques en silence. Les Kowalski s'asseyent à la table, tête contre tête, Thomas semble réconforter Peter qui ne cesse de pleurer, il tient fermement son frère par la nuque, le raisonne. D'autres hommes se tiennent près de leurs lits et discutent calmement. Franz se laisse tomber sur son matelas, il attrape crayon et bloc-note, il veut écrire, ne sait pas vraiment pourquoi là maintenant, mais son crayon ne trace qu'un long trait sur le papier, des cercles et des pointes. Il se penche en arrière, ferme les yeux, aperçoit brièvement les cadavres nus, ses paupières vacillent, il fixe les lattes en bois au-dessus de lui. Et nous qui avalons de la bière, bouffons de la viande tous les jours et nous plaignons quand le pain est trop mou. Rien que des salopards, voilà ce que nous sommes. Qu'on sache ou pas d'ailleurs, qu'importe. Mais comment as-tu pu ignorer tout ça, comment est-ce possible ? Paul devait être au courant, ces regards quand il commençait à parler de la Russie, ces pauses, et tous ces autres qui faisaient des allusions sans qu'il demande d'explication, jamais d'explication. Hansen a raison, personne n'avait le droit d'être choqué par ce que les Russes étaient en train de faire en Allemagne.

— On leur a montré comment faire, on a agi comme de vrais animaux.

Ces images, c'est bien pire, ceux qui ont fait ça n'ont rien à voir avec des animaux, ce ne sont pas des hommes, mais encore autre chose, tout autre chose.

Il entend des voix s'élever, se redresse. Il voit Mahlstein dans l'encadrement de la porte, la main encore posée sur le cadre.

— Bah alors, qu'est-ce qu'il se passe ici ? dit-il bien fort. Toutes ces mines tristes pour quelques Juifs morts ?

Franz se redresse, il aperçoit déjà la large carrure de Hansen dans l'allée centrale entre les lits superposés, il s'est levé de table.

— Ferme bien ta gueule, dit-il.

Les autres hommes restés à la porte ou entre la table et Mahlstein reculent, s'écartent. Franz a atteint la table. La sueur dans la nuque de Hansen fonce ses cheveux et le col de son uniforme. Il garde ses distances.

— Ah, mon bon Hansen, dit Mahlstein, pauvre petit Hansen. Tu crois vraiment à tout ce que les Américains te servent pour nous soumettre ?

Mahlstein rit. Sa voix est stridente, il est survolté, ses yeux brillent, son visage est humide de transpiration.

— Tu sais comme moi que c'est vrai. Nous avons tous entendu des histoires, dit Hansen. Maintenant nous avons les images.

— Rien à foutre des images, dit Mahlstein, rien à foutre des images et des histoires. Et tu sais quoi ? Encore plus rien à foutre des Juifs. Tout ce pays, le monde entier grouille encore de sales Juifs. Tu crois que ça change quelque chose qu'on en ait éliminé quelques milliers ?

Son artère carotide est gonflée, sa tête rouge.

— On en a pas buté assez, voilà le problème, pas suffisamment. Ils sont beaucoup trop nombreux à nous avoir filé entre les doigts, à être passés entre les mailles du filet, ils ont menti et corrompu, ont bien trop profité de notre clémence. C'est toute la nichée, écoute-moi bien, toute la nichée qu'on aurait dû choper, toute la nichée qu'on aurait dû exterminer. Mais voilà que les Russes et les Américains débarquent et nous ramènent la meute en Allemagne, les Juifs vont nous tomber dessus comme des vautours, on verra bien ce que notre gentillesse et notre clémence nous rapporteront.

— Tu ouvres ta gueule encore une fois, entend-il Hansen dire, et je te fracasse !

Mahlstein claque la porte d'un coup de pied. Il croise les bras sur la poitrine.

— Approche, Hansen le Juif, hurle-t-il, approche un peu, Hansen le Juif, et montre-moi que tu n'as pas perdu tes couilles parce qu'on a tué quelques-uns de tes amis juifs. Peut-être même que tu en es un, Hansen le Juif, peut-être que je peux montrer ta queue aux autres pour qu'ils voient qui tu es !

Hansen fait voler la table d'un simple mouvement du bras, comme si elle était en carton. Franz bondit, l'attrape par-derrière, enroule ses bras autour de lui. Hansen hurle, il se tord, se penche en avant, essaye de larguer le poids qu'il a dans le dos. Comme un sac à dos, Franz se cramponne, il se cramponne de toutes ses forces ; par-dessus les épaules de Hansen, il voit les Kowalski bondir de leurs chaises, sans vraiment savoir quoi faire.

— Aidez-moi ! hurle Franz. Aidez-moi ! Il va le tuer, aidez-moi !

Avant même que les deux frères n'aient pu atteindre Hansen, il s'est déjà précipité en arrière et heurte l'un des lits superposés. Le corps de Franz est complètement privé d'oxygène, il relâche sa prise, s'effondre par terre, lève une main pour esquiver le poing de Hansen, mais le coup ne vient pas. Il tente de respirer, halète, ouvre les yeux. Des points noirs dansent dans son champ de vision, puis Hansen, Hansen est là, le visage rouge et les yeux rivés sur Franz, incrédule. Les Kowalski sont arrivés à son niveau, lui font entendre raison. Dans le fond s'élève le rire de Mahlstein, jusqu'à ce que quelqu'un ouvre la porte et le mette dehors. On l'entend encore hurler des mots incompréhensibles à l'extérieur. La porte est refermée.

Hansen s'appuie sur ses cuisses, il a du mal à respirer, son uniforme est entièrement trempé. Les Kowalski posent la main sur ses épaules, Glohberg aussi est là. Ils l'observent comme on fixerait un ours épuisé dont la colère peut s'embraser à tout moment. Franz se lève. Ses côtes lui font mal. Il s'étrangle brièvement, crache un mélange de salive et de bile. Hansen se laisse tomber par terre, il atterrit sur ses fesses, en face de Franz, et le fixe. Ses trois amis l'entourent toujours, dubitatifs, les autres camarades quittent la baraque ou retournent à leur lit.

— Bon sang de bonsoir, j'y crois pas ! dit Hansen.

Il essuie la transpiration de son front.

— Pas ici, dit Franz.

Il marque une pause pour reprendre son souffle.

— Pas ici, pas maintenant, pas comme ça.

— Alors comment ? demande Hansen.

*

Le long sifflement persistant d'un train de marchandises transperce la nuit. Franz ouvre les yeux. Le rayon d'un projecteur traverse la baraque, illumine les ombres des lits et des corps, puis disparaît. Il entend les respirations et ronflements de toutes parts. Une fois encore, il ferme les yeux un instant, attend la lumière, maintenant, les rouvre. Ses jambes ne bougent pas, le haut du corps reste tranquille. La lumière du projecteur poursuit sa course, revient, éclaire de nouveau les lits et les corps. Il lève les bras, bouge les doigts. Pas sans toi, rien ne se passera sans toi, c'est maintenant, il est temps, ils attendent.

Il s'assied, lève les jambes, sent le bois chaud du sol sous ses pieds. Il regarde autour de lui. Personne ne bouge. Ils attendent. Lentement, il lace ses bottes. Allonge-toi. Il sent le souffle de tous les camarades. Rallonge-toi. La lumière fait sa ronde. Ils vont attendre, ils vont savoir que tu as changé d'avis, ils vont dormir. Mais personne ne dort, ils respirent tous, c'est maintenant, ils respirent calmement et régulièrement, ne sois pas stupide, personne ne dort, ils savent tous, ils attendent tous. Les bottes sont lacées. Rallonge-toi. Il frotte les mains sur ses genoux. Pour Paul. Maintenant, pour Paul. Rallonge-toi. Qu'est-ce que ça peut lui faire, il est mort, ça ne lui apportera absolument rien. Franz reste assis. Pour toi, sois honnête, tu le fais pour toi, pour personne d'autre. Il se lève.

Il effleure d'abord Glohberg, allongé dans son lit avec ses lunettes, se faufile jusqu'à Hansen qui a déjà ouvert les yeux, qui lui sourit ; un sourire joyeux, diabolique. Rallonge-toi. Il se tourne, pour aller chercher les Kowalski, mais ils sont déjà debout, ils remontent silencieusement l'allée entre les lits pour le rejoindre, impossible de les distinguer dans l'obscurité, pas même dans le bref sillon du projecteur. Maintenant, c'est maintenant. Ils l'auraient aussi fait sans toi, ils t'auraient réveillé, c'était ton idée, mais tu as perdu le contrôle depuis longtemps, au moment où tu l'as eue, ton idée, désormais il n'y a plus qu'à l'exécuter, c'est la seule chose à faire. Pas pour Paul, pas pour toi, simplement pour l'idée que tu perçois dans le visage arrondi de Hansen, dans le regard sérieux de Glohberg, dans les visages en miroir des Kowalski. Ensemble, ils s'accroupissent contre le lit de Hansen, ils regardent autour d'eux. Ils sont éclairés, maintenant, l'espace d'un instant. Hansen soulève son oreiller, la corde est en dessous. Il l'enferme dans sa main, il regarde Franz, son sourire disparaît un moment, ce n'est pas un diable, mais simplement Hansen qui l'interroge du regard.

— Allons-y, dit Franz.

Lentement, ils se meuvent dans les allées, c'est maintenant, les yeux fermés des camarades dans leurs lits, comme toi qui les gardais fermés, comme toi qui étais convaincu que quelqu'un était assis là, qu'il y avait quelqu'un qui t'empêchait de te lever, ils vont se dire qu'il n'y a rien à faire, que c'est la chose à faire, personne ne dort, personne ne dort, ils attendent. Ils ont atteint le lit, l'encerclent, Franz observe le visage clair, presque blanc. Peut-être qu'il s'en doute, peut-être qu'il ne dort pas non plus, comme tous les autres, peut-être qu'il joue le jeu depuis le début. Sa bouche est entrouverte, une boucle rousse tombe sur son front. Tu peux voir sa poitrine se lever et s'abaisser, tu l'entends respirer. Il dort, il dort vraiment.

Regards, signes de tête. Vous en avez discuté, vous vous êtes entraînés. Maintenant. Glohberg tire les draps, Hansen et les Kowalski l'empoignent, l'arrachent à son lit, tu attrapes sa tête, lui enfonces le linge dans la bouche. Vous vous déplacez rapidement. Il remue et se débat, mais il est trop petit, il est trop faible. Glohberg ouvre la porte, tu le vois faire signe, tu te heurtes à une chaise, la chaise s'abat sur le sol, mais personne ne bouge, tout le monde sait, tout le monde est réveillé, mais tout le monde se tait. Maintenant. Dans la lumière, ses yeux écarquillés, la peur ; vous patientez dans le clair-obscur de la porte, attendez l'obscurité, mais la peur est encore là l'espace d'un instant ; Glohberg donne le signal, vous sortez dans la nuit ; sur le chemin ombragé entre les baraques, il remue et continue de se débattre, mais il est trop faible. Tu entends ses gémissements et ses cris étouffés, tu presses le linge contre sa bouche, le presses si fermement que tu crains de lui briser la nuque en voulant estomper ses cris. Derrière le mess, vous le plaquez par terre, il a arrêté de remuer, il vous fixe, avec ses grands yeux écarquillés, il est allongé, fixe et parle, prononce des mots isolés que tu perçois sous forme de vibrations à travers le tissu, mais que tu ne veux pas entendre. Tu sens son souffle, tu sens l'humidité de sa salive à travers le linge ; son front, maintenu au sol par ta main gauche, est en sueur, ses cheveux aussi. Un être humain, c'est un être humain, tu t'en rends parfaitement compte. Tu es pris d'une impulsion, celle de lever les mains, de le laisser partir ; une blague, camarade Mahlstein, c'était une blague.

— C'est bon, entends-tu Glohberg dire.

Tu tournes la tête, vois la corde pendre à l'entrait du mess, tu vois le nœud coulant doucement balayé par le vent. C'est un être humain. Tu voudrais lever les mains, mais tu les enfonces plus fermement sur sa tête et sa bouche. C'est Mahlstein, le salopard ; tu penses aux images des Américains, ces quelques Juifs de merde qu'il a dit, c'est ce qu'il a dit, c'est ce qu'on va voir ; qu'est-ce qu'il est face à tout ça ? Rien, il n'est rien, c'est décidé, ça l'est, décidé, c'était ton idée, la corde, la nuit, ton idée. C'est un être humain, mais il le mérite, lui et tous les autres.

Lorsque vous le soulevez, lorsqu'il voit la corde et comprend ce qu'il va se passer, son corps reprend soudainement vie, commence à remuer, à se cabrer. Mais même s'il emploie toutes les forces qu'il lui reste, même s'il tente de donner des coups de pied et de cogner, il est trop faible, il est vraiment trop faible. Vous le plaquez contre le mur du mess ; son corps fait un bruit sourd. Tu transpires, tes muscles brûlent, il essaye de secouer la tête, mais tu la maintiens fermement, tu appuies le linge contre sa bouche. Glohberg a le nœud coulant à la main, vous le soulevez. Il se débat, tout son corps se raidit. C'est un être humain, c'est un corps, c'est Mahlstein, le porc, Mahlstein qui ne mérite que ça, tu lui rends simplement la monnaie de sa pièce, il fait partie de ces gens-là, on s'en fout, c'est trop tard ; il est suffisamment haut, le nœud coulant est autour de son cou.

— Lâche-le, siffle Glohberg. Il faut que tu le lâches.

Il va crier, le porc, il faut que tu sois rapide, sinon il va crier. Et tu veux être rapide, sinon il va crier, mais tu as sous-estimé Mahlstein, qui ne veut pas crier, tu l'as sous-estimé, car sitôt la prise relâchée, il mord, mord de toutes ses forces. Et tu tombes en arrière, la douleur part de la main et se diffuse dans tout le corps, tu tombes en arrière et le vois tomber, tu vois la corde se tendre, et lorsque tu te redresses par terre, tu le vois suspendu en l'air, agiter les jambes ; tu plaques le dos au sol, serres les dents et gémis de douleur. Un homme qui s'agite, qui s'agite pour sa vie, et la douleur, dans la main, dans le corps, partout.

*

Le rideau est tiré sur le côté. Le visage de Johnson apparaît. Il sourit. Il a ôté sa casquette, ses cheveux n'ont pas la brillance de la pommade, ils sont ternes et un peu ébouriffés. Mais il porte sa veste d'uniforme sur laquelle ses distinctions oscillent et les têtes dorées brillent. Sous le bras, sa serviette en cuir. Il referme le rideau et s'assied sur la chaise à côté du lit. En arrière-plan, le claquement de talons des infirmières, leurs voix claires, le grincement des roulettes de quelques lits poussés dans le couloir. Franz essaye de se redresser. Johnson se relève brièvement, lui pousse le coussin derrière la tête et soutient son dos.

— Comment vous sentez-vous ?

— Ça pourrait être pire, dit Franz. J'ai reçu une injection. Ma tête est un peu au ralenti. Pardonnez-moi. Je me sens faible. Mais ça aide à calmer la douleur.

Sa langue est lourde, les mots lui roulent lentement dans la tête.

— Je suis stupide d'avoir laissé la main dans l'encadrement, l'encadrement de la porte, vous savez, quand le camarade a fermé la porte. Quel imbécile.

Il rit.

— Mais ça aurait pu être pire.

Il lève la main au bandage blanc, sur laquelle l'index, le majeur et l'auriculaire sont visibles. L'espace entre est rouge et vide.

— Je pourrai sûrement bientôt reprendre le travail, dit-il. Ça va aller, c'est sûr. Je serai juste encore plus lent qu'avant à la machine à écrire.

Johnson sourit, il regarde Franz, mais ses pensées sont de toute évidence ailleurs. L'Américain entrouvre la bouche, comme pour dire quelque chose, et puis finalement non. Ses dents sont bien blanches. Il t'observe, essaye de lire en toi. Les pensées dans la tête de Franz sont comme des morceaux de nuages qui s'effilochent lentement. Johnson prend sa sacoche par terre, la pose sur ses genoux et l'ouvre.

— Je peux comprendre, dit-il.

Franz le regarde avec incompréhension.

— Je peux vraiment comprendre ce que vous avez fait. Je ne vous en veux même pas.

Franz sent le sang affluer dans son cerveau, il commence à transpirer. Johnson regarde dans sa serviette. Au moment où l'Américain relève les yeux, Franz comprend, malgré l'anesthésie et l'engourdissement, il comprend.

— Vous auriez vraiment dû retrouver le doigt, dit Johnson. Comment avez-vous pu le laisser ?

Franz ferme les yeux. Et voilà, pense-t-il, et voilà. Les pensées virevoltent dans sa tête, comme des enfants qui sautent sur un matelas. Son cœur s'emballe. Partir en courant, se dit-il, bondir et partir en courant, mais il sait que c'est absurde, qu'il est trop faible, que Johnson le rattrapera avant qu'il atteigne la porte de la chambre. C'est fini, c'est aussi simple que ça. Tu aurais préféré rester, tu n'as pas pensé que ça finirait comme ça. Il sombre, il s'enfonce dans le moelleux du matelas, comme absorbé, toujours plus profondément, il sombre. Johnson se tait. Il attend.

— On voulait, finit par dire Franz, on voulait vraiment, mais c'était impossible. L'obscurité, il faisait noir, juste cette lumière, celle du projecteur, mais très brève. Et nous étions dans l'ombre, nous devions rester dans l'ombre. Je n'ai absolument pas compris, je n'ai d'abord absolument pas compris ce qui se passait. Rien que cette douleur, je me suis effondré, cette douleur et puis soudain le sang. Je leur ai dit qu'ils devaient le retrouver, qu'il fallait qu'ils le retrouvent, je leur ai dit. Mais ils ne pouvaient pas.

Johnson sourit. Il a l'air fatigué.

— Ils m'ont emmené, m'ont soulevé, alors que je voulais continuer à chercher, ils m'ont simplement emporté loin de là. Ils avaient peur, je crois, ils avaient peur que je me vide de mon sang ; "ferme-la", ils disaient, "ferme ta gueule". Ils m'ont emmené et ils ont nettoyé l'endroit car il y en avait partout ; "ne t'inquiète pas", ils disaient, "on a nettoyé". Il y avait du sang partout, partout. Pas de doigt, ils ne l'avaient pas, ils ont nettoyé le sang, mais le doigt, ils ne l'ont pas retrouvé.

— Ce n'était pas évident, dit Johnson.

— Non, dit Franz.

Il se sent fatigué. Il voudrait dormir, toute l'année durant. Son corps est vidé de toutes ses forces, il est mou, il se dissout, c'est l'impression que ça donne.

— Peut-être même que c'était impossible, dit Johnson.

Dans la confusion de la tête de Franz grandit cette idée, très clairement, comme une fulgurance.

— Dans sa bouche, dit-il. Il l'avait dans la bouche.

Johnson hoche la tête.

— Bien sûr, dit Franz.

— Vous n'auriez certainement pas pu l'atteindre, même si vous aviez deviné, dit Johnson. Son corps était raide et crispé quand nous l'avons descendu. Ce n'est qu'en autopsiant le corps qu'un médecin a trouvé le doigt.

Franz ne peut pas faire autrement que de rire, un rire bref et sonore en imaginant l'Américain ouvrir la bouche du mort et trouver sa moitié d'annulaire dedans. Il a honte de son rire, il ferme les yeux. Sacré veinard.

— Vous lui avez maintenu la bouche fermée ? demande Johnson.

Franz acquiesce.

— Il voulait crier, bien sûr, surtout à la fin, il a voulu crier quand il a vu la corde, déjà pendue à l'entrée. C'est là qu'il a compris, c'était clair, et il s'est dandiné comme un poisson qu'on attrape, j'ai dû user de toutes mes forces. Et à la fin, quand ils lui ont passé le nœud coulant, quand j'ai dû enlever ma main, c'est là qu'il a mordu.

Il se tait.

— Je ne donnerai pas de noms, dit-il après avoir marqué une pause. Je sais que vous devez m'arrêter, mais je ne donnerai pas de noms.

Ils savent qui a signalé l'incident avec la porte, se dit-il, qui t'a amené à l'hôpital, ils vont faire le lien. Il devait les prévenir, il donnerait tout pour ça, il pourrait peut-être les sauver en gardant le silence, il pourrait endosser toute la responsabilité. Johnson a toujours le sourire, pourquoi affiche-t-il ce sourire stupide ? Franz le voit attraper sa serviette en cuir, en sortir un mouchoir en tissu froissé.

— Vous avez eu de la chance, dit-il.

— Le gros lot, dit Franz à voix basse.

— Vous avez eu de la chance, répète Johnson, que je sois de service ce matin. Vous avez eu de la chance que je connaisse le médecin qui a trouvé le doigt, qu'il sache que vous travaillez pour moi. Vous avez de la chance que ça n'intéresse pas grand monde de savoir comment le caporal Mahlstein est mort. *Big Hitler* mort, *little Hitler* mort. Tout le monde s'en fout.

Il hausse les épaules. Un silence total plane un moment.

— Vous avez vraiment plus de chance que de raison, dit Johnson.

Il se lève et pose le mouchoir sur la couverture de Franz.

— Et j'espère ne pas me tromper sur votre compte. J'espère que vous en valez la peine, Franz, je l'espère vraiment.

Il fait un bref salut militaire, rit en voyant Franz porter la main bandée à son front, il se retourne et quitte la pièce. Franz prend le mouchoir, il sent instantanément ce qui est enroulé dedans, pas besoin de déballer le cadeau de Johnson. Il glisse sur le côté du lit, penche son buste en avant jusqu'à atteindre l'une de ses bottes. Il chiffonne le mouchoir et le pousse vers l'avant, jusqu'à la pointe de sa botte. Il repose la chaussure, se remet sur le dos et fixe le plafond. Il a le visage de Mahlstein devant les yeux, son air étonné quand ils l'ont attrapé : les grands yeux brillants. Il entend le râle qui n'a cessé que lorsqu'ils étaient déjà accroupis pour chercher le doigt. Étrange vision se dit-il que de voir les camarades à quatre pattes sous le mort, lui était assis, la main tendue en l'air, les murmures de Hansen et des Kowalski, entrecoupés des paroles rassurantes de Glohberg qui s'était au moins dit qu'il fallait essuyer le sang sur la bouche du mort. Il avait été pris de vertiges, les mains de ses amis l'avaient attrapé et emmené loin de là. Une impression de flotter. Exactement comme en cet instant.

*

Chère Wilma,

Je me suis bien remis depuis que j'ai quitté l'hôpital. Ta dernière lettre est arrivée il y a une semaine, j'étais très content de la recevoir, et de découvrir la photographie que tu as jointe. C'est elle la jolie jeune fille, m'a demandé captain Johnson quand j'ai ouvert la lettre et que le cliché a glissé. J'étais bien sûr un peu gêné, mais je ne pouvais qu'acquiescer. Je porte la photo dans la poche de ma chemise afin que personne ne puisse la trouver, et peut-être aussi car je crois qu'elle y a trouvé bonne place.

Je suis content que l'école se soit si bien terminée pour toi. Un bal de fin d'année, ça a vraiment l'air d'être merveilleux. Je te remercie pour tes mots. Sois bien sûre que j'aurais beaucoup aimé être là, si j'en avais eu la possibilité. Je n'ai encore jamais dansé et je crois que je serais bien maladroit, mais rien que le fait d'assister à un bal, ça doit être quelque chose de particulier.

L'ambiance dans le camp est un peu maussade car les Américains ont réduit les rations et pas qu'un peu. Nous sommes passés du paradis des fins gourmets à la frugalité, mais j'ose parfois couper court aux plaintes des camarades pour leur dire que nous n'allons pas mourir de faim, que nous ne faisons que de nous plaindre car nous avons été gâtés pendant tous ces mois passés ici. Beaucoup parlent de punition, pour les crimes étalés au grand jour avec la fin de la guerre, et, en toute honnêteté, je ne peux blâmer personne pour ça.

Je crois que, quand il était en Russie, ton frère a vu des choses, qu'il a pu entrevoir l'horreur, que son pays est devenu une honte à ses yeux. Je crois que c'est une des raisons qui l'ont si vite guéri de son adoration maladive pour le Führer. Et crois-moi bien qu'il y a mis beaucoup de cœur et de raison, car nombreux sont ceux qui, jusqu'au bout, ont eu du mal à en guérir. Je crois que certains en souffrent encore. Ceux-là se taisent désormais ou jouent les démocrates à grand renfort de tambour.

J'en écris encore des choses, la lettre va être trop épaisse. Mais je voudrais te dire encore ceci : je suis allé manger en ville, dans un restaurant près de la gare. Je suis allé manger avec Johnson et sa femme Caroline. Quand il m'a invité et que je lui ai demandé comment c'était possible en ma qualité de prisonnier allemand, il a posé un uniforme américain sur la table, soigneusement plié. Je me suis baladé comme ça dans Ogden avec les Johnson, en homme libre, en Américain. L'idée me plaisait. Caroline a fait des photos. Je t'en enverrai une prochainement !

Raconte-moi comment tu vas, comment tu profites de l'été. J'ai également hâte de savoir dans quelles universités tu vas poser ta candidature. Je croise les doigts pour toi !

Ton Franz qui t'étreint

*

Chère Wilma,

Je suis heureux d'apprendre que tu as été retenue si rapidement. Pardonne-moi de ne pas avoir répondu à tes dernières lettres. J'ai bien du mal à me concentrer en ce moment, au travail ou dans mon temps libre. Mon frère est tombé pendant les derniers jours de la guerre, le message parle de défense du bassin de la Ruhr. Mort en héros, même si je ne comprends pas bien ce que ça signifie. J'ai reçu un télégramme de ma mère, et la gravité de la situation m'a permis de lui répondre. Je cherche les mots, Wilma, mais ne les trouve pas. Tu as déjà perdu ton frère. Je subis désormais le même sort. Peut-être que je le comprends un peu mieux maintenant. Mais comprendre n'est pas vraiment le bon mot, tous les mots que j'écris sont maladroits. J'en suis désolé ! J'aimerais être face à toi, te parler, crois-moi. Il n'y a rien que je souhaite plus au monde. Je me sens tellement épuisé, je me sens vieux, nous sommes tous vieux ici, d'une certaine façon. Mais j'ai l'impression d'être le plus vieil homme de dix-neuf ans sur cette terre. J'aimerais tellement être face à toi et pleurer. Je sais que je devrais pleurer, mais je ne peux pas. Pas ici, pas devant les camarades. Je voudrais être face à toi et pleurer, et tu me prendrais dans tes bras, tu me prendrais et me garderais dans tes bras ainsi jusqu'à ce que je cesse de pleurer.

Le plus singulier dans tout cela, c'est la distance. Ou l'étrangeté. Sa mort m'est étrangère. Je n'arrive pas à y croire. C'est ça. Tout est bien trop loin. Les phrases courtes, hachées du télégramme. Je les ai lues cent fois : Frère décédé. Enrôlé dans le Volkssturm. Tombé en défendant le bassin de la Ruhr. Immense tristesse. Ta mère Hannelore.

J'essaye de comprendre ce que cela veut dire. Comment cela peut suffire, comment c'est possible. J'ai dû attendre une semaine avant de recevoir sa lettre, les Anglais l'ont envoyée par avion. "British Zone of Occupation" lit-on dessus. C'est ça l'Allemagne désormais. Dans la lettre, quelques phrases. Sur la tristesse, l'immense perte. Sur sa gratitude d'avoir au moins son plus jeune fils sain et sauf.

Les phrases que j'ai lues sont tellement maladroites, tellement formelles que j'aurais préféré chiffonner la lettre et la jeter. J'ai répondu, presque aussi formellement, enfin pas presque, aussi formellement. Peut-être que c'est notre seule façon de parler de la mort de Josef. Mais à toi, Wilma, j'aimerais tellement t'écrire autre chose : te parler de ma peur, te dire que je reste éveillé la nuit à essayer de me souvenir de lui, encore et encore. Sans y parvenir. Il a disparu. Je me souviens de photos de lui, mais pas de son visage. C'est mon frère, mais son visage s'est envolé, son visage s'est complètement volatilisé. Je suis vidé, c'est ça, et je ne trouve plus en moi les mots pour te parler de lui. J'en suis désolé. Je voudrais tellement dormir, crois-moi. Un vrai sommeil profond, une année durant. La seule chose que je peux dire, c'est que le sourire de Paul m'apparaît si distinctement devant les yeux, jour et nuit. Je ne l'oublierai pas.

Avec une immense tristesse,
Ton Franz qui t'étreint

*

Chère Wilma,

C'est la dernière lettre que je t'envoie d'Utah, et ce sera la dernière lettre que tu reçois d'Amérique de ma part. Captain Johnson a eu raison. J'ai été accepté pour intégrer un programme spécial à Fort Eustis, en Virginie. "Reeducation Program". Un nom peu sympathique pour une expérience que j'espère agréable. J'aimerais que Tuscaloosa soit sur notre route, je pourrais descendre et te rejoindre en ville, peut-être venir assister à l'un des cours auxquels tu participes. Faire la connaissance de tes amies, Martha, Susan et Harper. J'emporte le Hemingway dans mes bagages. Je l'ai lu et relu, bien que le travail au champ ne m'ait laissé que peu de temps cet automne. La "Lumière", qui appartenait à ton frère, m'accompagnera. J'ose dire que j'en suis venu à bout. Je te le rendrai un jour, je te le promets. C'est un adieu douloureux, mais reste le bonheur de garder toutes tes lettres auprès de moi. Certains s'activent à trouver des billets en dollars ou des cigarettes avant le départ, moi j'ai déjà tout ce dont j'aurai besoin en Allemagne. Je promets de t'envoyer un télégramme dès que l'occasion se présente. Je te suis reconnaissant pour tous tes mots gentils, pour ton réconfort, pour ton grand cœur. Et je suis certain, tout comme toi, très certain que nous nous reverrons.

Ton Franz

*

La vapeur balaye le quai de gare. Le sifflement de la locomotive retentit. Le contrôleur longe le train et invite les passagers à monter. Le soldat qui garde

Franz est déjà monté, Glohberg est lui aussi assis dans le wagon et tape contre la vitre. Il lui tire la langue. Franz lève les yeux au ciel et rit.

— Je dois y aller, dit-il.

Johnson hoche la tête. L'air s'échappe de sa bouche en petits nuages blancs.

— Profitez de la Virginie, dit-il.

— Comptez sur moi.

— J'espère que le temps passé là-bas vous sera utile, que ça vous aidera, pour la suite.

— C'est une certitude, dit Franz.

Il serre la main à Johnson.

— Merci, dit-il, je vous remercie du fond du cœur. Pour tout.

Johnson l'enlace brièvement et avec poigne, puis le remet immédiatement à distance. Il lui tape sur les épaules.

— Que tout cela vous serve. C'est tout. Et écrivez-moi !

— Promis, dit Franz.

Le contrôleur arrive et agite son bâton pour donner le signal. Franz bondit. La porte se referme derrière lui. L'instant d'après, le train se met laborieusement en mouvement. Il rejoint le wagon, où l'attendent Glohberg et le garde. Il cale son sac à dos dans le porte-bagages et s'assied.

— Tu as eu un bisou de ton amoureux ? demande Glohberg.

— Et moi qui croyais que c'était une chance qu'il nous ait choisis tous les deux, dit Franz.

Glohberg ricane et remonte ses lunettes.

— Et quelle chance, tu verras !

Franz regarde par la fenêtre. Le quai a déjà disparu, les toits enneigés du centre-ville défilent sous ses yeux, il aperçoit çà et là des gens bien emmitouflés se presser dans les rues. Il imagine Caroline Johnson en train de se rendre chez le coiffeur ou chez le boucher. Un lointain chez-soi. Au loin, le sommet blanc du mont Ogden. Le ciel bleu et clair au-dessus. Il pose une main sur la vitre glacée.

— À la prochaine, dit Glohberg.

*

La corne de brume du croiseur retentit. Un nuage de poussier et une odeur de diesel planent au-dessus du port. Franz se retourne, jette un regard sur la ville qui, depuis cette presqu'île, ne semblait pas aussi imposante qu'à son arrivée. Les baraques et les bâtiments du camp s'entassent près de la rive, tandis que les maisons commencent à pousser un peu plus haut derrière. Au sud et au nord, les tours rapprochées de Lower et Upper Manhattan. Dans le ciel au-dessus d'eux, un avion traîne une bannière publicitaire qui dit *Smoke Chesterfield*. L'embarcadère regorge d'Allemands, tous croulant sous le poids de sacs à dos ou de sacs de marins remplis à ras bord de boîtes, de cigarettes, de vêtements. Partout, des éclats de rire, on se prend dans les bras et on se tape dans le dos, on montre encore une fois la ville ; certains font des photos avec leurs nouveaux appareils américains, un groupe entonne des tubes, d'abord *Lili Marleen*, puis *Sentimental Journey*. Il a perdu Glohberg de vue, il aperçoit les premiers camarades emprunter la passerelle métallique pour rejoindre les entrailles du bateau. La police militaire américaine circule entre les Allemands et leur demande de bien vouloir se préparer au départ.

Franz monte sur une bitte d'amarrage et se grandit. Les camions s'entassent dans la rue qui longe la rive, mais il repère aussi des véhicules particuliers et des taxis jaunes. Il pourrait remonter la rue en courant, sauter au-dessus de la clôture et faire signe à un taxi, puis monter dedans comme si c'était la chose la plus normale du monde. Il irait se balader dans Central Park, prendrait l'ascenseur pour monter au sommet des plus hautes tours. Il pourrait rester ici, travailler, se procurer un faux passeport. Envoyer un télégramme à Wilma et aller dans l'Alabama, s'inscrire dans son université pour y étudier. Dans une autre vie, se dit-il.

Les camarades affluent vers le bateau, lui aussi finit par quitter son point de vue pour suivre la file ; il monte les marches et se fait accueillir par un Américain qui contrôle ses papiers, le fixe et lui indique finalement un escalier qui monte.

— Vous avez de la chance, dit le GI en ricanant.

Franz grimpe le mince escalier qui l'emmène jusqu'au pont supérieur. Un petit groupe d'Allemands se tient au bastingage et observe la ville. Franz reconnaît Glohberg et s'approche de lui.

— C'est incroyable, dit Glohberg, on voyage dans les cabines du haut. On mange avec les Américains. Et tout ça car nous sommes désormais officiellement des démocrates, c'est acté et signé. Il agite les papiers de Fort Eustis. Un instituteur qui s'en va à la guerre et revient en professeur de démocratie.

Un Allemand appuyé contre le bastingage à côté d'eux se tourne.

— Et avec tout ce qu'on entend sur ce qu'il se passe en Europe, les contrats des Américains avec les Français et les Britanniques, vous devriez vous réjouir encore davantage pour vos tampons. Ils sont des milliers à être envoyés dans les mines ou dans les champs.

L'homme est petit, il a le visage rond et un très gros nez. Ses sourcils en bataille se lèvent quand il leur tend la main.

— Richter, dit-il, Hans Werner.

Glohberg lui demande s'il était aussi à Fort Eustis. Hans Werner secoue la tête. "Fort Kearney, Rhode Island." Glohberg l'interroge sur sa présence là-haut avec les démocrates. Hans Werner rit, leur demande s'ils connaissent le journal *Der Ruf*. Il l'a édité là-bas, pendant six mois. Mais c'était maintenant terminé.

— Nous avons protesté et fait la grève jusqu'à ce qu'ils nous laissent partir. Comme si quelqu'un continuait à lire ce journal. Rentrer à la maison, c'est tout ce qui compte.

Franz se tait et observe la ville.

— Lui là, dit Glohberg en donnant un coup de coude à Franz, il préférerait rester ici.

— Peut-être que ce sera possible de revenir un jour, dit Hans Werner.

— Oui, peut-être, dit Franz.

La corne de brume du bateau retentit de nouveau, des hommes courent le long de l'embarcadère, détachent les cordages et les jettent à l'eau. Lentement, le paquebot se met en mouvement. Ils sont appuyés contre le bastingage en silence et regardent New York s'éloigner doucement. Ils descendent le Hudson, passent la statue de la Liberté qui paraît petite et solitaire sur son île. Les soldats américains, avec eux sur le pont supérieur, sifflent et lui font signe comme si la femme en vert à la couronne rayonnante était une amante à qui il fallait faire ses adieux. Alors qu'ils quittent le Hudson pour se jeter dans l'océan, les hommes partent les uns après les autres en quête de leurs cabines, Glohberg s'y met aussi, avec la promesse de leur trouver une cabine avec vue.

Franz reste à l'air libre, il se rend à la poupe du bateau et regarde derrière lui. Les mouettes suivent en criant l'écume blanche rejetée par les hélices. L'Amérique n'est plus qu'une bande verte qui s'étire à l'horizon.

6

La lumière infiltra lentement le jardin ; strate après strate, gagna les arbres et les buissons, les parterres et le carrelage de la terrasse. Une sculpture, un petit cochon gris que Barbara n'avait jamais remarqué auparavant, semblait venir de se réveiller et offrait son groin joyeux de bon matin. Une corneille atterrit sur le vieux pommier noueux au milieu de la pelouse et sonda les branches à la recherche de fruits.

Elle avait tourné le fauteuil à oreilles de telle sorte que la baie vitrée de la véranda se transformait en écran de cinéma. Les couleurs pointaient timidement le bout de leur nez, chaque minute plus intenses, le marron et le rouge des feuilles devinrent perceptibles, certaines s'étaient encore échouées sur la pelouse pendant la nuit ; son père irait sûrement chercher le râteau dans la remise pour les ramasser dès ce matin.

Plus le jour se levait, moins elle reconnaissait l'image que le miroir lui renvoyait, cette femme aux cheveux gris en pyjama et robe de chambre, une tasse de thé dans la main droite, un plaid en laine tiré sur les jambes. Derrière elle, le canapé, la cloison, le coin repas revêtu de bois ; sur le poêle inutilisé, celui qui lui avait soufflé à l'oreille les conversations de ses parents, se tenait un vase avec des fleurs séchées qui, dans la réflexion de la baie vitrée, surplombaient les aiguilles d'un épicéa. Ses yeux vacillaient. La première nuit, le vin rouge l'avait transportée jusqu'au lendemain matin dans un dédale de mauvais rêves ; elle avait dormi si longtemps que son père avait fini par taper à sa porte. Mais cette seconde nuit, elle n'avait que très peu dormi, avant de se réveiller embrouillée et en sueur, l'espace d'un instant même complètement désorientée. Elle s'était faufilée dans la salle de bains, comme quand elle était petite, elle avait bu de l'eau froide puis l'avait laissé couler sur ses poignets. Mais ces astuces, qui l'aidaient dans sa maison en chaume derrière la digue, n'avaient aucun effet dans la maison de ville de Heisingen. Elle avait tenté de lire pendant une demi-heure, mais les phrases n'avaient aucun sens, elles formaient comme une farandole dans son esprit. Ça sifflait dans les fins interstices grillagés du poêle, les mites ricanaient dans l'imposante armoire en chêne. Elle avait fini par abandonner, s'était levée ; avant de descendre, elle s'était arrêtée devant son bureau, avait ouvert la porte tout doucement et scruté l'intérieur, la pile de papier sur son secrétaire, l'armoire adossée au mur et ses pierres dans la vitrine qui reposaient sur du velours et des coussins. Martin lui avait raconté que le vieux avait complété sa collection pendant leur voyage. Peut-être que les nouvelles recrues se tenaient désormais à côté de leurs aînées des années 1940 et leur racontaient les transformations du pays. Elle s'était demandé s'il y avait des pierres de leur jardin, si leur maison et leur terrain avaient de la valeur à ses yeux. Elle avait éteint la lumière, était descendue au rez-de-chaussée, s'était fait un thé, avait tourné le fauteuil et attendu le lever du jour.

Tu t'attendais à quoi ? Les premières nuits dans ta chambre, presque cinquante ans plus tard. Aucun alcool n'est suffisamment fort contre ça. Même si ses meubles avaient disparu depuis longtemps, si les murs avaient été retapissés, le sol recouvert d'une nouvelle moquette. Elle savait pourquoi elle avait tant tenu à aller à l'hôtel pendant toutes ces années. Je me suis toujours bien sentie ici, disait la petite Barbara qui se tenait sur le bord du lit depuis son réveil et l'avait également accompagnée en bas. La maison avait peut-être été celle de l'enfance, mais jamais celle de l'âge adulte.

Barbara soupira et but une gorgée de thé froid. Elle ne savait pas depuis combien de temps elle était assise là, seule spectatrice de cette représentation spéciale de jardins urbains en automne. Tu t'attendais à quoi ? Elle vida sa tasse et la posa par terre. Une déclaration d'amour de ton père ? *J'ai fait tout ça pour toi, pour toi mon enfant. J'ai renoncé à mes rêves d'Amérique pour toi.* C'est ça que tu aurais voulu ?

Qu'est-ce que j'en sais moi de ce que j'aurais voulu. Dormir davantage, ça oui. Mais tu ne trouves pas qu'il était particulièrement agréable, aux petits soins pour toi ? Ça faisait des années que je ne l'avais pas vu si investi. Préparer le petit-déjeuner, faire du café, tartiner le pain. Beaucoup de questions sur la maison, de balades ensemble. Mais il ne s'agissait pas de ça, se dit Barbara. Parle pour toi, dit la petite.

Des questions, des réponses. Une interview. Mais ça ne se passait pas comme ça. Les interviews, c'est pour les inconnus. Une fille n'obtient ses informations que par bribes, étalées sur la journée, quelques-unes par-ci par-là. Contente-toi plutôt de ça et arrête de pleurnicher.

Wilma, la copine à distance, la sœur de l'ami assassiné. Voilà ce qu'elle avait déjà pu soutirer à Martin. Mais la manière dont Franz parlait d'elle trahissait quelque chose, il devenait très doux, très pensif quand il l'évoquait.

— Elle m'a manqué, avait dit le vieux le deuxième soir en faisant rouler le pied du verre à vin entre le pouce et l'index, même si je ne l'ai vue qu'une fois dans ma vie. Quelques jours au Texas, c'était tout. Sans cette photo que je t'ai envoyée, je ne saurais plus du tout à quoi elle ressemble aujourd'hui. Mais quand même. C'est complètement absurde.

Il s'était redressé, avait levé les yeux. Pour réendosser le rôle de Franz, s'était dit Barbara. Elle avait écarté son assiette où quelques morceaux de pommes de terre flottaient encore dans la sauce brune.

— Peut-être que se voir n'a rien à voir là-dedans. C'est l'écriture, la possibilité qu'elle offrait. Je ne trouve pas ça si surprenant.

Il avait fait un geste de dénégation.

— Une échappatoire à la grisaille, une idée dans laquelle se réfugier. Tu n'imagines pas comment c'était à l'époque, tu étais trop jeune. Toutes les ruines, ces paysages lunaires. Et partout encore, les nazis qui te souriaient et fabulaient joyeusement sur la démocratie. Cette fine couche de vernis qui s'écaillait passé quelques bières ou quelques schnaps. On avait bien besoin d'une échappatoire, de rêver d'Amérique pour supporter tout ça.

— Mais d'autres y sont bien retournés ?

— Oui, certains, avait-il dit. Glohberg, un camarade du camp en Utah. Il s'est découvert une tante éloignée en Californie, il a retraversé dès 1948 quand ils ont commencé à délivrer des visas. J'ai reçu encore une lettre de Sacramento. Rien de plus, nous n'étions que camarades.

— Mais tu avais un sponsor, avait dit Barbara.

— J'avais une femme et une fille.

La phrase était restée suspendue dans la pièce pendant un certain temps, sans qu'il ou elle enchaîne sur une autre. Barbara avait bu une grosse gorgée de vin, s'était enfoncée dans sa chaise et avait observé son père à travers le verre. Il avait vieilli, ses yeux vitreux, ses cheveux fins, tout en restant jeune. En balade, il avançait toujours d'un pas ample et décidé ; chez lui, tous ses gestes étaient calmes et souverains. Quand il souriait ou même riait, son visage ridé affichait une expression juvénile.

— Personne ne t'a forcé à épouser Johanna, avait-elle dit après avoir reposé son verre de vin.

— Ta mère, avait-il dit en accentuant le mot.

Comme Johanna, il n'avait pas trop aimé quand Barbara avait décidé de les appeler par leurs prénoms.

— Ta mère aurait été perdue, toute seule avec un enfant en Bavière. Tu sais bien comment c'était à l'époque, comment les gens étaient. Vous devriez le savoir mieux que personne.

Vous. Vous les féministes, se dit Barbara. Elle se leva de son fauteuil, s'approcha de la vitre, le front à quelques millimètres. Son souffle forma une tache de buée dans laquelle elle dessina un bonhomme qui souriait. Tu interprètes de nouveau, tu l'accables de ta colère. Il n'a jamais été macho, tu es injuste avec lui, un peu conservateur, mais pas dans le sens classique, il n'est jamais allé à l'église, n'a jamais fanfaronné pour son pays. Des idées solidement ancrées qui suivaient leur propre chemin, c'était plutôt ça. Et en toute honnêteté, père et mère s'étaient bien trouvés sur ce terrain-là. Le petit-fils avait été l'élément déclencheur qui avait poussé Johanna à briser le silence. Des cartes postales, ça oui, des appels aussi. Mais elle seule n'avait pas suffi à rompre cet accord qu'ils avaient scellé tous les deux des années auparavant. Il avait fallu Martin. Elle alla à la cuisine et remit de l'eau à chauffer pour le thé. L'horloge affichait sept heures et demie. Dans dix heures, elle serait dans le train, en route pour retrouver son lit.

Elle retourna à son fauteuil, réchauffa ses mains contre la tasse. Ses os la faisaient souffrir. Arthrose, rien à faire. Une maison dans le Sud, se dit-elle en imaginant aussitôt sa réaction : des niaiseries. Elle resterait très probablement derrière la digue jusqu'à la fin. Les premiers amis qui passaient l'arme à gauche, les enterrements encore bien fournis, ces regards graves, les larmes de tristesse pour le défunt et pour soi-même. La perspective d'un futur prometteur s'était envolée depuis longtemps. Au bout c'était la noirceur, le néant, là-dessus son père et elle étaient d'accord. Sa mère avait eu l'église, la foi. Mais elle non plus ne l'avait pas trop aidée sur la fin. Elle se remémora les cris, l'angoisse de sa mère, les derniers jours en maison médicalisée ; cette angoisse qui pouvait surgir d'un moment à l'autre, qui pouvait lui faire retrouver toute sa lucidité, reconnaître soudain sa fille. Elle attrapait

Barbara par le bras, lui plantait ses ongles dans la peau et disait "Je ne veux pas", elle répétait sans cesse "Pas maintenant". Et quand l'angoisse de la mort s'envolait, quand elle prenait les médicaments qui la faisaient replonger dans la somnolence, une somnolence paisible sous le crucifix, dans cette petite chambre avec vue sur un parc, Barbara se demandait si elle ne préférait pas l'angoisse froide, mais claire. La fin restait la fin, aucune croix ni aucun crucifié n'y changeraient rien.

— J'aimerais qu'il reste quelque chose de tout ça, avait dit Franz pendant leur promenade au lac de Baldeney.

Il l'avait invitée à déjeuner au Parkhaus Hügel, puis ils avaient marché le long de la rive, entourés de joggers et de parents avec poussettes. Ils avaient évoqué leur première visite après la naissance de Martin. À l'époque, Konstantin et Franz s'étaient serré la main comme si de rien n'était, et Barbara avait expliqué à son père combien ça l'avait mise en colère ce jour-là.

— Konstantin n'a jamais été compliqué avec ces choses-là, lui avait dit son père.

Barbara n'était pas sûre qu'il s'agisse d'un compliment. Franz avait demandé de ses nouvelles, et elle lui avait raconté le peu de choses qu'elle avait apprises par Martin : un appartement en périphérie de Copenhague, une nouvelle femme danoise d'origine ghanéenne avec qui il parcourait le monde le plus souvent possible depuis qu'il était à la retraite. L'Afrique de l'Est en jeep, l'Amérique latine à vélo, du yoga en Inde. D'une certaine façon, il était resté le Konstantin de l'appartement en colocation à Essen. Le type jovial qui s'intéressait aussi bien à la physique quantique qu'aux techniques respiratoires spirituelles. Un bref sentiment de nostalgie s'était emparé d'elle, mais il était reparti aussi vite qu'il était venu.

C'est dans la quiétude de ses pensées que son père avait prononcé cette phrase sur les vestiges, les vestiges de son histoire. Il avait tout de suite admis que c'était sentimental, comme pour lui couper l'herbe sous le pied. Mais il avait le sentiment que tout ça était vraiment tombé aux oubliettes. Les camps aux États-Unis, les luttes sur place, mais aussi les innombrables moments de liberté.

— Jeunes, nous ne savions pas ce qu'était la liberté, comment c'était. Et plus personne ne parle aujourd'hui de ce que ça signifiait pour nous tous qui ne connaissions rien d'autre que la sombre Allemagne, ce que ça a changé, d'avoir d'un seul coup toutes ces nouvelles possibilités, malgré la captivité. Un rêve de lumière et de liberté. Et de quoi parle-t-on aujourd'hui ? Chaque soir sur les chaînes documentaires, le stupide visage de ce petit moustachu aux cheveux noirs, partout Hitler, partout les images de l'horreur, ce fétichisme, ce voyeurisme de la terreur. Avant ils l'adoraient tous et maintenant ils adorent le détester.

— Tu veux que je tourne mon propre documentaire ? avait dit Barbara.

Il lui avait jeté un regard en coin qui l'avait fait rire.

— Préservez un peu tout ça, avait-il dit. Toi et Martin. Racontez-le à la petite quand elle aura l'âge de comprendre. Allez-y peut-être tous ensemble, dans quelques années.

Quand il sera mort, se dit Barbara. Elle espérait qu'il ne mourrait pas comme Johanna, mais plus vite, soudainement. Ça lui irait bien, se dit-elle. Elle but son thé, profita de la chaleur qui se diffusait dans son corps. Elle devrait s'occuper de l'enterrement. Une cérémonie en petit comité. Vendre la maison. Discuter avec les notaires. Ce genre de choses. Elle ne savait même pas s'il voulait être enterré ou incinéré. Il voudrait peut-être rejoindre les pierres sous terre, se dit-elle.

Au-dessus d'elle, au premier étage, le sol craqua. Une porte claqua. La chasse d'eau de la salle de bains retentit l'instant d'après. Elle s'enfonça dans son fauteuil et l'attendit. Quand, peut-être un quart d'heure plus tard, il apparut dans le salon, déjà en pantalon et chemise impeccablement repassée, il repéra immédiatement son reflet.

— Bonjour, dit-il.

— Bonjour, dit-elle dans la baie vitrée.

Il demanda si elle était réveillée depuis longtemps.

— Trop longtemps, rétorqua-t-elle.

— Oui, dit-il.

Il avança à côté d'elle et posa sa main sur l'accoudoir du fauteuil. Ensemble, ils observèrent le jardin dans lequel un couple de merles sautillait et piquait des vers ou des insectes. Le ciel était déjà bleu, les couleurs des arbres et des fleurs intenses. Ce serait une belle journée d'automne.

— Je vais nous faire un café corsé et des œufs, dit-il.

Il se mit rapidement en branle dans la cuisine. Elle se redressa et le suivit. Quand elle entra, il était penché sur l'évier, les vertèbres de sa nuque étaient bien visibles, la peau de son crâne aussi, sous les cheveux fins. Elle réprima l'envie d'aller se placer à côté de lui et de lui caresser l'arrière de la tête. Quand elle posa sa tasse de thé sur la table de la cuisine, il se tourna vers elle et sourit. La ressemblance avec Martin était frappante. Comme s'ils s'étaient coordonnés pendant le voyage ou que quelque chose avait changé dans sa perception à elle des deux hommes. Il lui demanda si elle pouvait mettre la table. Elle hocha la tête et ouvrit le meuble de cuisine.

*

— Tu étais amoureux ?

Ils étaient assis sur la terrasse, dans les chaises de jardin que Barbara avait offertes à ses parents deux ans auparavant, les jambes de Franz enroulées dans une épaisse couverture, Barbara fraîchement sortie de la douche en jean et pull. La matinée avait tenu ses promesses, il faisait inhabituellement chaud pour un mois de novembre. Malgré tout, elle avait tenu à ce qu'il prenne une couverture. Avant de lui poser cette question.

— De qui ? Ta mère ?

— Des deux. De Johanna, de Wilma.

— Que dire.

Elle garda le silence et attendit.

— Wilma, c'était quelque chose de spécial, une folie, une rêverie, quelque chose de tout à fait irréel, du début à la fin. Un amour sur papier, je ne sais vraiment pas. J'aurais parfois aimé pouvoir le nommer.

— Et Maman ?

Il soupira, fixa les mains sur ses genoux.

— Elle m'a tellement plu quand je l'ai rencontrée. L'Allemagne, je ne m'attendais qu'à trouver un champ de ruines, la mort était partout. Mais ta mère avait ce rire capable de chasser toutes ces pensées : Essen, ma mère, le cercueil de mon frère. Je ne voulais rien voir de tout ça, rien du tout.

— Il est tombé comment ?

— Il n'est pas tombé. Ils l'ont pendu à un lampadaire. Car il a ordonné à sa troupe d'enfants et d'estropiés de rentrer chez eux. Ils l'ont vu faire et ont agi sans autre forme de procès. Jusqu'au bout. Ces gens-là ont fini par enlever leurs uniformes, ils sont rentrés chez eux, ils ont brûlé les drapeaux et les livres du parti et ont vite retrouvé leurs anciens postes.

Il leva la tête. Elle s'étonna de la vivacité de sa colère, après toutes ces années.

— J'ai vraiment espéré que quelque chose change, qu'on puisse faire table rase dans ce pays qui avait en réalité perdu son droit d'exister. Dénazification. Ça sonnait déjà comme quelque chose qui ne fonctionnerait jamais. On a pu pêcher quelques poissons moyens. Mais c'était tout. Personne ne s'est réellement penché sur la question. En tout cas, pas les Allemands. On voit bien ce qui se passe aujourd'hui, quel genre de gens on voit réapparaître à la télévision, leurs discours, le nombre de voix que cette racaille parvient à rassembler. Et pour les Américains à l'époque, deux nazis discrets valaient mieux qu'un communiste agité.

— Et c'est toi qui dis ça, dit-elle.

— Évidemment que c'était des abrutis, dit-il, tous ces tarés qui ont cru que Staline ou Mao allaient leur garantir la liberté. Ceux qui se sont soulevés contre les méchants impérialistes.

C'est reparti, se dit-elle.

— Sans ces méchants impérialistes, tout le monde se serait bravement rangé derrière Hitler et on aurait fêté son quatre-vingtième anniversaire.

Elle se demanda s'il était conscient qu'il lui resservait le même discours depuis près de cinquante ans.

— Tu voulais me parler de Johanna, dit-elle.

L'espace d'un instant, il avait complètement perdu le fil. Il plissa le front, elle vit dans son regard qu'il essayait de reprendre ses esprits.

— Oui, murmura-t-il, Johanna voilà.

Il se racla la gorge.

— Nous étions très isolés, je crois. Elle avait perdu sa famille, je ne voulais pas fréquenter les derniers membres de la mienne. Comme j'avais participé à une formation spéciale, les Américains m'ont permis de rester en Bavière. Et je ne connaissais personne à part elle et quelques soldats américains. Plus tard les gens du comité, la moitié d'incapables en moins. Et quand ta mère est tombée enceinte, nous n'avions plus le choix.

— C'est d'un romantisme, dit Barbara.

— Je t'assure que oui.

Il rit.

— Même si ça ne va pas avec l'image que tu te fais de nous. Une petite église, un prêtre ; un Américain et une collègue de ta mère comme témoins. Puis on a pris le train pour sortir de la ville, profiter du printemps, quelques cigarettes et de la limonade dans les bagages, on logeait chez un fermier. Deux jours de lune de miel. Dehors dans la ferme, on pouvait bien oublier le reste du pays.

— Et Wilma ?

— Quoi ?

— Tu l'as oubliée ?

Il fit non de la main.

— Non, dit-il, ça ne s'est pas passé comme ça. Ça n'a rien à voir avec ça. Wilma, les lettres, ça n'aurait rien changé si tout le reste allait ; l'Allemagne, un vrai changement dans le pays, mon union avec ta mère.

— Mais ça n'allait pas, dit-elle.

— Oui et non, dit-il. Les débuts en Bavière, d'abord vraiment perçus comme un nouveau départ, ces débuts étaient porteurs d'espoir. Mais plus tard, quand j'allais de déception en déception au comité, quand nous sommes retournés à Essen, tout s'est figé, tout s'est assombri. Elle pensait à bien, ta mère, elle a vu ma déception au comité, a dit qu'elle ne pouvait pas accepter que je ne revoie pas ma mère, ni ma ville natale. Elle ne comprenait pas. Renouer avec le peu de famille qu'il nous restait. Elle était déterminée. Elle pouvait être très têtue quand elle voulait.

Barbara sourit.

— Je me suis donc entretenu avec mon officier référent et j'ai obtenu mes papiers de licenciement. Et une lettre de recommandation pour les Anglais. Deux jours plus tard, nous étions à Katernberg.

— Tu n'étais pas content ? De rentrer chez toi après toutes ces années ?

— Le retour triomphant, c'est ça que tu imagines ? On a envie d'y croire, mais l'ambiance était tout autre. Imagine que ton père est mort depuis longtemps, ils ont tué ton frère et ta mère est assise toute seule dans sa maison à fixer les murs. Katernberg, c'était la fin, c'était fini, une impasse. J'ai vraiment cru devenir fou là-bas. Les Anglais n'avaient pas de travail pour moi au début. Je restais assis derrière la maison à fixer la grisaille. Ça sentait le charbon et les cendres. J'ai essayé de dessiner, comme mon père, mais je ne savais pas et ne sais toujours pas dessiner aujourd'hui. Au lieu de ça, je tirais sur des rats avec son vieux fusil de chasse, c'était infesté de rats à l'époque. L'envie de s'enfuir, ce rêve d'Amérique devenait de plus en plus présent. C'est là que c'est devenu problématique, pendant des semaines j'écrivais presque tous les jours à Wilma, avant de brûler directement la moitié des lettres. J'ai dit à ta mère que j'écrivais à des amis aux États-Unis quand elle m'a demandé d'où venait tout ce papier. Je lui parlais d'émigration, elle disait qu'on allait avoir un enfant et qu'il n'y avait pas de visa. Et quand tu es arrivée, quand ils ont délivré des visas, là elle a évoqué ma mère, mon travail, les Anglais m'avaient engagé comme interprète, elle ne voulait pas que j'abandonne mon travail.

— Mais c'est ce que tu voulais ?

Il resta silencieux un instant.

— Oui, dit-il, c'est ce que je voulais. Je voulais partir, je n'en pouvais plus d'être là. Je voulais revoir le ciel de l'Utah ou le soleil brûlant du Texas. Je voulais de l'espace.

— Mais elle ne voulait pas.

— Non. On a passé des heures et des heures à en parler, à crier. Nos premières disputes, les vraies premières disputes, celles qui rongent, qui laissent des traces, celles pendant lesquelles on dit des choses difficiles à oublier. "Pars", a-t-elle fini par me dire. "Pars si tu veux."

— Pourquoi tu n'es pas parti ?

Il réfléchit un long moment.

— Parce que je voulais quelque chose de nouveau, mais je voulais le faire avec elle, avec vous.

Ça n'aurait jamais été un nouveau départ sinon. Pas pour moi. Ça aurait été lâche.

— Ça aurait changé quelque chose ?

— Pour moi oui, dit-il.

Elle le fixa, ce vieil homme, et elle savait qu'il avait raison, dans son monde à lui, il avait raison, dans le système dans lequel il avait vécu, c'était absolument impossible.

— Nous avons loué cette maison, dit-il en pointant la fenêtre de la véranda, on a mis des distances entre ma mère et nous. On espérait que ça allait fonctionner. Et peut-être que ça a fonctionné, finalement. Toutes ces années. De belles années, tout compte fait.

Il haussa les épaules.

— Si les choses avaient été différentes, nous ne serions pas assis là aujourd'hui. Et je n'aurais jamais fait ce voyage avec Martin.

— Si Martin avait existé, dit-elle.

— Tous ces conflits ont eu leur lot de belles choses, dit-il. Tu as gagné un fils, moi un petit-fils. Et même une arrière-petite-fille.

Elle rit.

— Tout est bien qui finit bien ? La descendance est assurée ? C'est ça l'idée ?

Il frotta la paume des mains sur la couverture et ses genoux en dessous.

— Je suis vieux, ma caboche se ramollit. On ne devrait même plus me demander le sens de quoi que ce soit.

Ce sourire malicieux, enfantin. Elle aurait voulu continuer à rire et pleurer à la fois, même si elle ne savait pas pourquoi.

— Tu ne lui as plus jamais reparlé de partir ?

Il secoua la tête.

— Elle m'a dit que je pouvais continuer à écrire à Wilma, si je voulais. Si ça te fait du bien, disait-elle. J'ai essayé un temps, mais c'était trop dur. Ces histoires d'Alabama, d'université. Les petites confidences, les insinuations, les photos. Cette autre vie. Ça m'aurait rendu malade. Alors j'ai arrêté.

— Comme ça ?

Il acquiesça, fouilla la poche de son pantalon pour sortir un mouchoir en tissu, se moucha. Ses yeux rouges la touchèrent bien plus que ce qu'elle aurait imaginé. Elle se pencha en avant, lui tendit sa main, mais il ne la remarqua pas.

— J'ai entamé cette ultime lettre des centaines de fois. Cette lettre qui disait tout, une lettre ouverte et sincère. Mais je n'ai pas pu l'écrire. Je ne trouvais pas les mots. Elle a encore tenté à deux reprises, tu l'as lu toi-même. Je ne voulais même pas ouvrir les enveloppes. Elles sont restées pendant des jours sur mon bureau. Mais j'ai fini par les lire, je voulais savoir, les derniers mots, son dernier au revoir.

— Tu n'as jamais essayé de reprendre contact plus tard ?

— Non, dit-il. Une fois, des années plus tard, après ton déménagement, j'ai proposé à ta mère d'aller aux États-Unis. Là, j'aurais peut-être essayé. D'écrire à ses parents dans l'Alabama, de demander de ses nouvelles.

Après mon déménagement, pensa Barbara, et le naturel avec lequel c'était sorti de sa bouche. Comme si tout s'était passé sans cris, sans pleurs, sans désespoir, sans toutes ces années de silence. Mais peut-être que c'était la version qu'il s'était ancrée dans la tête.

— Mais elle n'a pas voulu.

— Qui ça ? demanda-t-elle.

— Ta mère. Elle ne voulait pas prendre l'avion, ni monter dans un paquebot. Je ne veux pas y aller, a-t-elle dit.

C'était peut-être mieux ainsi, se dit Barbara. Elle était peut-être là sa chance de rester, sans fille ; rien qu'une maison de ville et une femme à gérer. Peut-être aurait-il essayé de la convaincre, ou écrit à Wilma et se serait barré avec elle. Tu divagues, tu divagues complètement.

— Je n'y serais probablement jamais retourné si Martin ne l'avait pas proposé.

Elle pensa à son fils, se dit que lui aussi avait décidé de rester, comme son grand-père, qu'il était resté alors que ce n'était pas une nécessité. Tu te trompes. Il n'avait pas de foyer, pas de chez-eux avec Laura et Judith. Il n'est pas resté, il s'est bougé. Aux États-Unis avec son grand-père, mais pas uniquement. Il s'est bougé. Il est tombé amoureux, tout simplement, plus tard, par messages et pendant les appels à distance sur Skype, de manière tout à fait extravagante, ton fils tout craché. Et c'est là qu'il a lutté pour trouver sa place, ça n'a rien d'une rébellion, il s'agit simplement d'une vie possible, celle qu'il voulait avoir, avec cette femme que tu n'aimes pas, que tu ne connais pas, soyons honnêtes. Tout cela est peut-être une erreur finalement. Mais que reste-t-il à la fin, se dit Barbara, rien ne resterait, rien d'elle, rien de Franz, qu'est-ce qu'on en avait à faire des erreurs, surtout celles de ses propres enfants. Continuer, voilà ce qui importait, et prendre du plaisir, quelle que soit la vie qu'on vivait.

*

L'étreinte fut plus longue qu'à son arrivée, même si elle manquait toujours de naturel pour Barbara. Ça finirait peut-être par venir, il mourrait peut-être avant. Elle monta dans le train, se retourna une fois encore sur la plus haute marche du wagon et lui fit signe.

Quand elle eut trouvé sa place, elle frappa contre la vitre, mais il était trop loin et ne la voyait pas. Il regardait son reflet dans la vitre et fit signe à un inconnu. Barbara ferma les yeux et prit une profonde inspiration par le nez. Elle le sentait encore, il était encore là, une petite trace de lui.

ÉPILOGUE

Les rayons du soleil brillent à travers les feuilles d'un tilleul et l'éblouissent. Il ferme un instant les yeux, inspire les senteurs printanières. Les oiseaux gazouillent. Il a marché de la caserne au centre-ville, malgré la proposition de certains Américains de le conduire à la gare centrale en jeep.

Il a passé plusieurs amoncellements de déblais, ces rares dents arrachées à une ville sinon visiblement peu meurtrie par les bombardements américains ou l'artillerie. Il contourne un grand bâtiment majestueux aux fondations en granit et à la façade en briques, derrière lequel il découvre un parc jonché de souches d'arbres, témoignant du besoin en bois de chauffe des habitants de la ville. Mais la pelouse est bien verte, partout ponctuée de fleurs multicolores ; nombreux sont les gens à se balader, seuls ou en groupes, des femmes avec des poussettes. Il arrive au niveau d'une fontaine à sec, pose le sac à dos à ses pieds et s'assied sur le rebord du bassin. Il pense à la Fontaine du Diable, aux jolis parterres de fleurs autour des fossés de drainage. Tout semble plus sauvage ici, plus chaotique. À un vieil homme appuyé sur une canne et qui faisait de si petits pas que Franz avait l'impression qu'il n'atteindrait jamais son but, quel qu'il soit, il demande où il se trouve. Le vieux fixe Franz à travers ses épais verres de lunettes, il fait la moue. Le parc du château, lui dit-il. Il pointe un grand bâtiment à l'ouest, l'ancien château qui abritait aujourd'hui une université, et la construction basse et jaune avec des fenêtres à hauteur d'homme, c'était l'orangerie. Franz le remercie, l'homme marmonne quelque chose, se tourne et repart en traînant.

Franz ouvre le sac à dos et fixe les papiers de libération, qu'il a placés tout au-dessus de ses effets personnels. Il les plie de nouveau pour pouvoir les ranger dans la poche de poitrine de sa veste. En dessous, le bocal rempli de pierres qui l'avait suivi dans son long périple depuis les États-Unis pour retrouver la liberté. Il se penche en avant, attrape un petit caillou par terre ; va-t-il sentir qu'il s'agit de sa première pierre d'homme libre ? Mais ce caillou du parc du château n'a rien d'autre à offrir que de l'amertume, peut-être une petite note salée. Déçu, il le crache, ouvre cependant le bocal et le glisse avec les pierres ramassées en Amérique. Un début, se dit-il, la première pierre allemande. Il va demander où il peut trouver une pension, il peut payer en dollars ou en cigarettes, ce qui lui ouvrira sûrement quelques portes. Et si les Américains l'embauchent, comme promis, trouver un toit ne posera plus aucun problème.

— Vous avez besoin d'aide ?

Il lève la tête. Une jeune femme se tient devant lui. Elle porte une longue robe vert foncé autour de laquelle est noué un tablier rouge. Le haut se compose d'un genre de veste et d'un chemisier blanc. Elle a tressé ses longs cheveux blonds en couronne autour de sa tête. Elle sourit et répète sa question.

— Probablement, dit-il. Vous connaissez les environs ?

Elle acquiesce. Ses yeux sont verts, dirait-il, son expression a quelque chose d'à la fois triste et joyeux. Elle était ici chez elle, où voulait-il aller ? Elle a le nez retroussé et beaucoup de taches de rousseur. Il hausse les épaules. Il était nouveau ici, venait d'être libéré. Elle hoche la tête. C'est bien ce qu'elle pensait. Il semblait un peu perdu.

— Vous arrivez de France ? demande-t-elle.

— D'Amérique, dit-il.

— Oh, dit-elle.

Et après une brève hésitation :

— Vous avez dû être bien traité là-bas.

Il rit.

— Oui, dit-il, oui, en grande partie.

— Et vous voulez rentrer chez vous ?

Il secoue la tête.

— J'ai déjà un travail ici, dans une caserne américaine. Je cherche un toit.

Son regard étincelle. Quand elle sourit, une petite fossette se forme sur sa joue gauche. Elle lui apparaît comme un mirage, il a l'impression de devoir s'assurer que sa tête ne lui joue pas des tours, qu'il ne s'est pas endormi au bord de la fontaine.

— Vous pouvez m'aider ? demande-t-il.

— Je travaille dans une auberge, dit-elle, sur une place à quelques rues d'ici, au sud. La nourriture est bonne et les lits propres. La plupart des clients sont des Américains, mais j'imagine que ça ne vous pose pas de problème.

Il se lève. Ils font quasiment la même taille, l'inconnue est peut-être même un peu plus grande que lui.

— On dirait bien que Fortune m'a été envoyée en personne, dit-il.

Elle rit, tout en secouant la tête. Elle le fixe très directement, l'examine.

— Johanna, finit-elle par dire en lui tendant la main.

Sa poigne est ferme, sa paume de main très rugueuse. Il lui donne son nom.

— J'ai le temps, dit-elle, je vais vous y conduire. Entendu ?

— Entendu, dit-il.

Sans attendre d'autre forme de réponse de sa part, elle se met en route et prend les devants. Franz se penche, met son sac à dos sur l'épaule et se hâte à la suivre.

POUR ALLER PLUS LOIN

Ouvrages cités par l'auteur :

PW. Gefangen in Amerika (ou *Nazi Prisoners of War in America* dans la version anglaise), Arnold Krammer, 1982, éditions Motorbuch.

Die deutschen Kriegsgefangenen in amerikanischer Hand – USA, Hermann Jung, 1972, éditions Ernst und Werner Gieseking.

Kameraden. Die Wehrmacht von innen, Felix Röhmer, 2012, éditions Piper.

En français :

Prisonniers nazis en Amérique, Daniel Costelle, 2012, éditions Acropole.

Les Vaincus, Hans Werner Richter, 1950, éditions Horay.

REMERCIEMENTS

Je tiens tout d'abord à remercier ma mère et ma tante, dont les histoires sur mon grand-oncle et son temps passé aux États-Unis ont donné l'impulsion de ce roman.

Je remercie tout particulièrement mes deux interlocuteurs Josef Mutter et Herbert Büscher, qui par les vifs récits de leur captivité en Amérique ont donné à ce roman la consistance qu'aucune autre source n'aurait pu délivrer. Je remercie Hendrik Peeters de nous avoir mis en contact et de m'avoir reçu dans sa famille. Josef Mutter n'aura malheureusement pas eu la chance de voir le texte publié, que je dédie à sa mémoire.

De nombreuses personnes aux États-Unis ont contribué à rendre les recherches fructueuses et inoubliables. Je remercie particulièrement Christine Niehenke de m'avoir donné la possibilité de venir en m'offrant le premier pied-à-terre, puis Cathy Lazarus pour son aide précieuse dans mes recherches au *Camp Hearne Visitor & Information Center*, Sarah Singh de la *Special Collection* à la *Weber State University* d'Ogden, John Gillum du Museum d'Aliceville et Amber Korb du *Military Museum* de Sacramento.

Je voudrais également remercier Elisabeth Ruge pour sa confiance immédiate dans le texte, et Valentin Tritschler qui s'est occupé de moi avec beaucoup de familiarité, dans le sens le plus vrai du terme.

Un grand merci à Ulrike Draesner pour ses critiques et les idées décisives au bon moment, ainsi qu'à ma lectrice Kristine Kress pour le travail intensif et productif accompli ensemble autour du texte. Merci à Patrick Findeis, Sebastian Himstedt, Svealena Kutschke, Inger-Maria Mahlke et Sascha Reh pour leurs précieuses remarques sur le texte à différents stades.

Un séjour au Künstlerhaus Schloss de Wiepersdorf à l'été 2014 m'a permis de lire et d'étudier en toute tranquillité la pile de documents et de textes rassemblés, et de commencer l'écriture de ce roman.

Enfin, mes plus sincères remerciements vont à Paula, ma première lectrice et critique la plus pointue, suffisamment folle pour m'accompagner deux mois aux États-Unis et fouiller pendant des heures les dossiers et les documents dans l'arrière-pays américain ou pour vagabonder dans des sites de fouilles archéologiques au Texas par quarante degrés à l'ombre. Ce roman n'existerait pas sans toi.

OUVRAGE RÉALISÉ
PAR L'ATELIER GRAPHIQUE ACTES SUD
REPRODUIT ET ACHEVÉ D'IMPRIMER
EN NOVEMBRE 2022
PAR NORMANDIE ROTO IMPRESSION S.A.S.
À LONRAI
POUR LE COMPTE DES ÉDITIONS
ACTES SUD
LE MÉJAN
PLACE NINA-BERBEROVA
13200 ARLES

DÉPÔT LÉGAL
1re ÉDITION : FÉVRIER 2023

N° impr. : 2204921

(Imprimé en France)